AF221199

Carolin Held

Die Legende des Geistes
- Der Aufbruch

Carolin Held

Die Legende des Geistes
- Der Aufbruch

Herstellung und Verlag:
BoD – Books on Demand, Norderstedt

ISBN: 9783751970716

Karte

Nach dem System von Tamias Welt nach dem Verlauf der Sonne ausgerichtet

Teil 1:

Die fünf Völker

Kapitel 1

Ich saß schweigend auf einem Felsen, spielte mit den Zehen im Sand unter meinen Füßen und starrte auf das Meer und seine peitschenden Wellen hinaus.

Ich lehnte mich an Sahri, die hinter mir lag und spürte ihre schuppige Haut durch mein Kleid hindurch an meinem Rücken.

Sie schnaubte und Rauch quoll dabei aus ihren Nüstern. Ihre Augen glitzerten ebenso dunkel wie klar durch die Abenddämmerung.

„Ist der Sonnenuntergang nicht wunderschön?", flüsterte ich ehrfürchtig und sah dem roten Farbenspiel am Horizont entgegen.

„Tamia?" Der Klang meines Namens kam aus weiter Ferne. Ich wollte nicht antworten. Nicht jetzt. Nicht, wenn ich den Abend mit Sahri verbrachte.

„Tamia?" Erneut schallte der Ruf über die Sandlandschaft. Ruka hinterließ ihre Fußspuren am Strand und kam auf mich zu. Ich sah ihr nicht entgegen. Warum auch? Ich konnte sie oft genug sehen. Anders als diese Ansammlung und Konstellation von Farben am Himmel. Die gab es nur heute, nur genau jetzt.

Meine Freundin hatte durch die Sonne gebräunte Haut und glatte, pechschwarze Haare, die ihr gerade mal bis zum Kinn gingen. Meine Haut war blass, meine Haare ungebändigt lang und heller als die Marmorfelsen am Rande des Strandes. Meine Augen waren grau. Nicht braun wie die der meisten Leute hier. Das einzige, was mir ein wenig Farbe verlieh, waren die Sommersprossen quer über meiner Nase.

Ruka setzte sich neben mich und lehnte sich an Sahris Flügel. „Hallo, Sahri", sagte sie dabei. „Ich darf doch, ja?"

Sahri schnaubte zur Bestätigung. Ruka hatte gelernt, meine Drachenfreundin zu respektieren und sich somit ihren Respekt zu verdienen.

„Weshalb antwortest du nicht?", fragte sie dann mich.

„Siehst du nicht, dass ich beschäftigt bin?", erwiderte ich, ohne meinen Blick auch nur eine Sekunde vom roten Himmel zu lösen.

Ruka folgte verwirrt meinem Blick. Dann sah sie wieder mich an. „Ja, der Sonnenuntergang ist schön", sah sie ein. „Aber das ist doch kein Grund, mir nicht zu antworten, wenn ich dich suche."

„Siehst du sie nicht tanzen?", fragte ich wie in Trance.

Ruka wiederholte ihren Blickwechsel zwischen mir und dem Himmel. Das Rot der Sonne verschmolz langsam mit dem Dunkelblau des Wassers.

Ruka griff nach meinem Arm ohne auf meine Frage einzugehen. „Kommst du jetzt bitte? Meine Familie wartet."

Zum ersten Mal löste ich meinen Blick vom Horizont und sah Ruka ins Gesicht. Ihre braunen Augen glänzten mich ungeduldig an. „Ja", sagte ich schnell und schüttelte den Kopf, um meine Gedanken zu klären. Ich stand auf und lief einen Meter, um Sahri in die Augen zu sehen. Ihre Nüstern weiteten sich, ihre Mundwinkel zogen sich unmerklich nach oben. Ihre sonst blaugrauen Schuppen wirkten silberschwarz im Abendlicht.

„Bis morgen", flüsterte ich und drückte meine Hand gegen ihre Nase. Sahri schloss kurz die Augen und senkte den Kopf. Vier Hörner prangten an ihrem Schädel. Dann stand sie auf, breitete ihre mächtigen Schwingen aus und erhob sich in die Lüfte, um ihren Schlafplatz auf der Höhe des Hügels gleich neben dem Strand aufzusuchen. Meine Haare flatterten in dem von ihr verursachten Wind.

Ruka hüstelte wegen des aufgewirbelten Sandes. „Komm jetzt", bat sie erneut.

Ich grinste. „Ist gut", erwiderte ich spöttisch. „Ich komme doch schon."

Neben Ruka schlenderte ich über die Sanddünen auf das kleine Holzhaus zu, welches ihr Zuhause war.

Ich war woanders aufgewachsen. Bis vor zwei Jahren hatte ich noch nie ein anderes Dorf gesehen, als das hoch oben in den Gebirgen des Ostens. Konghi. Meine Heimat. Der Ort, an dem meine Eltern lebten. Als ich vierzehn Jahre alt geworden war, hatte ich es dort oben nicht mehr ausgehalten. Nicht, dass ich es in den Höhen nicht mochte. Nein, das sicher nicht. Die Berge waren die Heimat der Vögel und der Drachen und die Liebe zur Höhe und zum Himmel war mir in die Wiege gelegt worden. Aber ich hatte schon immer eine unglaubliche Sehnsucht nach der Außenwelt verspürt, den Wunsch, mehr zu sehen, kennen zu lernen und zu erkunden. Ich war damals zu jung gewesen, um allein wegzugehen, daher hatten meine Eltern mich auf Reisen in den Süden und in den Norden begleitet und ich hatte Dörfer im Schnee und in der Wüste kennen gelernt. Nach meinem fünfzehnten Geburtstag hatte ich meine Eltern überredet, mich allein ziehen zu lassen. Ich musste meinen Weg finden. Fern der Berge. Aber ganz allein war ich ja nie – ich hatte immer Sahri bei mir, meine Vertraute und Verbindung zur Heimat. Zuvor hatte ich mich nie so weit von dort entfernt. Jetzt war ich im Westen. Im Dorf Haiyang am Strand. Schon seit mehreren Monaten lebte ich bei Rukas Familie. Ich hatte sogar meinen sechzehnten Geburtstag mit ihrer Familie verbracht.

„Meinst du, dein Großvater kann noch mal die alte Legende erzählen?", fragte ich.

Ruka seufzte. „Ach, Tamia. Weshalb willst du das hören? Kennst du sie nicht schon auswendig wie jeder, der im Westen aufwächst?"

Ich lächelte. „Doch. Natürlich. Aber… es hat etwas Magisches, wenn die Älteren Legenden erzählen. Findest du nicht?"

Ruka zuckte mit den Schultern und schmunzelte. Ich wusste, insgeheim gab sie mir recht. Aber wie so viele andere, dachte auch sie: Es waren doch nur alte Geschichten. Nichts Besonderes.

Jede Region hatte ihre eigenen Geschichten.

Wir gingen auf die Terrasse und setzten uns ans Lagerfeuer, um mit der Familie, die sich schon wie meine eigene anfühlte, draußen gemütlich zu Abend zu essen. Rukas Eltern Hia und Saul, ihr kleiner Bruder Luiro und Großvater Lurai.

„Lurai, kannst du uns die Legende des Westens erzählen?", fragte ich sofort.

Lurai lächelte. Gerade hier, in der Abenddämmerung am Lagerfeuer, passte es doch besonders gut, eine Geschichte, erzählt von einem der Älteren, zu hören.

„Ja, bitte!", der zwölfjährige Luiro schloss sich mir an.

Hia und Saul reichten uns Teller mit über dem Feuer gegrillten Brot und Fisch.

Mit der Stimme des Alters fing Lurai an zu erzählen: „In einer Zeit, in der noch keine Siedlungen entstanden waren, lebten die Menschen im Einklang mit ihrer Umgebung. Der Westen ist die Heimat der Meere und die Heimat unserer Vorfahren. Das war damals... alles eins. Unsere Vorfahren lebten am Meer – wie unsere Familie es heute noch tut, aber da war mehr. Sie lebten im Wasser und mit dem Wasser. Doch die Menschen entwickelten sich mehr dem Land entgegen. Sie fanden sich in Siedlungen zusammen und vergaßen mehr und mehr wie stark ihre Verbindung zum Meer sein konnte. Sie fanden andere Möglichkeiten des Überlebens. Den Zusammenhalt zu anderen Menschen, nicht mehr den zum Wasser." Lurai sah in die Runde und sein Blick blieb lächelnd an mir hängen. „Erzähl du uns doch, wie es dort ist, wo du herkommst. Im Osten."

Ich lächelte zurück. Ich liebte es, wenn er mich dazu aufforderte und ich mich an die Geschichte meiner Vorfahren erinnern durfte. „Die Bewohner des Ostens hatten keine Verbindung zum Meer, denn das Meer kannten sie gar nicht. Sie kannten die Höhen der Berge, die dünne Luft in den höchsten Wipfeln. Meine Vorfahren hatten mehr von den Drachen als es heute möglich ist. Die Drachen waren nicht nur Flugtiere, wie Sahri es für mich sein sollte."

„Sahri ist doch mehr als ein Flugtier, oder nicht?", fragte Luiro.

Ich nickte lächelnd. „Ja. Viel mehr. Sahri ist meine älteste Freundin. Aber das geht nicht allen so, weißt du? Und selbst das. Diese Verbindung ist nicht zu vergleichen mit den Verbindungen aus vergangenen Zeiten. Die Drachen und Vögel waren unsere Lehrmeister. Die Lüfte und Winde waren unser Terrain, unsere Zuflucht. Wir konnten eins werden mit dem Wind. Ein Leben führen in den Lüften. Ich habe mich immer gefragt... wie das wohl ist." Verträumt sah ich wieder in den Himmel. Sah die Sterne und den aufgegangenen Mond an.

Ich wusste, Ruka musterte mich mit einer Mischung aus Sehnsucht und fehlendem Verständnis. Sie verstand nie, wieso mein Drang nach Reisen und Geschichten so stark war. Wieso meine Fantasie so leicht mit mir durchging – wie sie es nennen würde. Aber irgendwo sah ich ihr immer wieder an, dass sie dieselbe Sehnsucht empfand wie ich. Auch sie wollte von diesem Leben träumen. Sie traute sich nur nicht, es so offen in die Welt zu tragen. Sie hatte mir das nie erzählt, aber ich wusste es einfach.

Das Feuer knisterte leise vor sich hin. Ich hörte nichts anderes mehr. Die Flammen züngelten und wanden sich umeinander. Rauch und Funken sprangen aus ihnen hervor und schlängelten sich gen Himmel. In Richtung der Unendlichkeit.

„Tamia?", fragte Lurai irgendwann.

Ich blinzelte kurz und sah dem alten Mann ins Gesicht. Viele Falten hatten sich darin gebildet. Seine Haare waren voll und lang geblieben, aber sie waren von schwarz zu einem Grau erbleicht und er trug sie zu einem Pferdeschwanz nach hinten gebunden. „Träumst du?", wollte er wissen und legte den Kopf lächelnd zur Seite.

Ich nickte kurz. „Ich werde jetzt ins Bett gehen", beschloss ich dann und stand auf um das kleine, aber unglaublich gemütliche Haus zu betreten. „Gute Nacht."

„Gute Nacht!", wünschte mir die ganze Familie, bevor ich die Treppe hinaufging. Ich lebte in einer Kammer auf dem Dachboden des Hauses. Eigentlich eine Abstellkammer, aber ich hatte es mir hier gemütlich gemacht. Ich hatte mir genau dieses Zimmer gewünscht. Ein Ort weit oben, von dem aus ich aus dem Fenster auf das Gebirge sehen konnte, das Sahri sich zur Heimat gemacht hatte.

Früh am Morgen stand ich auf und verließ das Haus. Ohne darüber nachzudenken, lief ich durch den von der Sonne noch nicht gewärmten Sand zum Fuße des Berges. Auf seinem Gipfel hörte ich Sahri brüllen, gleich darauf erkannte ich den Schatten ihrer gespreizten Flügel. Sie glitt durch die dunkle Luft und landete rasant auf dem Felsen, auf dem ich stand. Ich wich keinen Schritt zurück. Ich wusste, sie hatte ihren Anflug genau unter Kontrolle. Ihr Kopf kam einige Zentimeter vor mir zum Stillstand. Ich hob den Arm und tätschelte ihre Nüstern. „Guten Morgen, Sahri", sagte ich und sah an ihr vorbei, weg vom Wasser. Sie drehte sich um, folgte meinem Blick und brüllte erneut. „Ich weiß", sagte ich. „Zuhause geht die Sonne auf." Sahri drehte sich einmal um sich selbst und fegte mich dabei beinahe von dem Felsen, um sich dann hinzulegen und der Sonne entgegen zu sehen. Ich ließ mich langsam neben ihr nieder und lehnte meinen Rücken gegen ihren schuppigen Flügel, wie ich es schon am Tag zuvor getan hatte. Ich schloss die Augen und genoss die aufgehenden Sonnenstrahlen. Ich spürte wie die Wärme der Sonne an meinen Beinen empor immer höher in meinen Körper floss.

Ich öffnete die Augen erst wieder als jemand neben mir gähnte. „Guten Morgen, Tamia", murmelte Lurai und hielt sich die Hand vor den Mund.

„Lurai", ich setzte mich automatisch aufrechter hin. „Ich habe dich gar nicht kommen gehört."

Lurai setzte sich langsam und gemächlich neben mich. Sahri schlug ungeduldig ihren Schwanz hin und her. „Ruhig Sahri", flüsterte ich und rieb beruhigend über ihren Hals. „Er ist ein Freund."

„Weshalb bist du schon so früh auf?", fragte Lurai mit seiner krächzenden Stimme.

Ich wandte mein Gesicht wieder der Sonne zu und atmete seufzend aus. „Sahri und ich lieben Sonnenaufgänge", meinte ich. Sahri schnaubte kurz. Ich lächelte verträumt. „Ja, und Sonnenuntergänge, nicht zu vergessen."

„Du hängst gerne deinen Gedanken nach, nicht wahr?", fragte Lurai und lehnte sich zurück. Sahri gestattete es ihm, nachdem ich erneut ihren Hals tätschelte.

Ich kniff nachdenklich die Augen zusammen. „So habe ich das noch nie betrachtet", erwiderte ich dann. „Eigentlich… denke ich gar nicht großartig nach, wenn ich hier sitze. Ich genieße nur die Zeit."

„Darf ich dich noch etwas fragen?", bat Lurai.

„Hast du doch gerade", murmelte ich.

Ein kurzes Lächeln huschte über sein Gesicht. „Woher dieses Interesse an den alten Legenden?"

Ich legte die Stirn in Falten und kniff wieder die Augen zusammen. Nach einer Weile erwiderte ich: „Ist es die Art

15

des westlichen Volkes sich so viele Gedanken über Eigenschaften und Vorlieben anderer zu machen?"

Lurai lehnte sich wieder vor und sah mich eindringlich an.

„Nein, Tamia. Das ist die Art der Menschen", damit stand er auf und wandte sich zum Gehen.

„Lurai?", rief ich noch. Er drehte sich langsam wieder um und stützte sich an einem Felsen ab. „Ja?"

„Denkst du nicht auch manchmal... dass mehr dahinter steckt – hinter den Legenden?"

In Lurais Augen trat ein sanftes Leuchten und ein Zucken umspielte seine Lippen. „Wer weiß", meinte er.

„Was heißt das?", bohrte ich nach.

„Tamia", sagte er betont und ernst. „Für mich sind es nur Geschichten. Ich bin ein alter Mann und mein Leben liegt hinter mir. Aber es kommt doch immer auf den Standpunkt an, oder? Du bist jung und neugierig. Für dich könnten es mehr als Geschichten sein." Mit diesen Worten drehte sich Lurai endgültig um und ging langsam den Strand entlang auf die Hütte der Familie zu. Ich sah ihm noch lange nach, bevor ich mein Gesicht wieder der hoch am Himmel stehenden Sonne zuwandte.

Kapitel 2

Kurz entschlossen lief ich die Treppen nach oben und schmiss meine wenigen Sachen in meine Tasche. Die unordentlich gepackte Tasche ließ ich fürs Erste stehen, dann stieg ich die Treppe wieder hinunter.

„Guten Morgen, Tamia", Ruka kam gerade aus ihrem Zimmer und streckte sich ausgiebig. Sie trug noch ihr leichtes, dünnes Nachthemd.

„Guten Morgen", antwortete ich. „Gerade erst aufgestanden?"

Ruka nickte. „Wieso? Bist du schon länger wach?"

Ich überlegte kurz, dann schüttelte ich den Kopf. „Nein, nein. Nicht bedeutend länger. Komm, lass uns zum Frühstück gehen."

Wir liefen gemeinsam in die Küche und setzten uns an den Tisch. „Guten Morgen", begrüßte uns Hia mit ihrer gewohnten Leichtigkeit. Teller und Besteck standen bereits auf dem Tisch. Saul stieg die Treppen aus dem Keller hoch und stellte Aufstriche auf den Tisch. Im Keller lagerte die Familie Aufstriche, Fleisch und Milch, um sie möglichst kühl zu halten.

„Kann ich dir noch irgendwie helfen, Mama?", fragte Ruka. Hia winkte lächelnd ab. „Nein, nein, es ist schon alles da. Setz dich."

Wir setzten uns an den Tisch zu Lurai, der seine Nase gerade tief in ein altes Buch steckte.

„Wo ist Luiro?", wollte Ruka wissen.

„Du kennst ihn doch", erwiderte Saul. „Er braucht noch ein wenig mehr Schlaf."

„Ihr verpasst so viele schöne Dinge, wenn ihr immer den ganzen Tag verschlaft", die Worte rutschten mir heraus, bevor ich großartig darüber nachdenken konnte.

„Ey, was heißt denn hier ‚ihr'?", Ruka schlug beleidigt ihre Arme übereinander. „Wir wollen frühstücken und ich bin pünktlich wach, nicht wahr?"

Ich rollte mit den Augen, sagte aber nichts mehr. Ruka war ein nettes, freundliches Mädchen und während meines Aufenthalts hier war sie diejenige gewesen, mit der ich im Meer schwimmen und durch die Straßen des Dorfes bummeln konnte. Aber sie lebte ein vollkommen anderes Leben als ich. Unsere Wunschvorstellungen der Zukunft gingen weit auseinander.

Wir saßen also am Tisch und aßen.

Irgendwann fasste ich mir ein Herz. „Ich… muss euch was sagen."

Hia und Saul sahen auf, in beiden Augenpaaren stand Neugierde und Offenheit.

„Ich möchte weiterziehen", erklärte ich hastig. „Meine Sachen sind schon gepackt und Sahri ist sowieso immer bereit."

Ruka zog überrascht die Augenbrauen nach oben. „So plötzlich?", fragte sie perplex.

Auch Hia schien ihr zuzustimmen: „Möchtest du nicht noch zwei oder drei Nächte bleiben und deine Abreise wenigstens ordentlich vorbereiten?", schlug sie vorsichtig vor.

Ich schüttelte instinktiv den Kopf. „Nein, mich... mich hält hier nichts mehr."

„Hast du Heimweh und möchtest zurück in den Osten? Dann verstehe ich das", sagte Hia sanft und legte ihre Hand mitfühlend auf meine. Doch ich schüttelte wieder den Kopf. „Ich glaube nicht, dass es das ist. Aber es zieht mich eben fort."

„Bitte bleib hier!", Ruka hörte sich an wie ein quängelndes Kleinkind. Und trotz der Albernheit musste ich lächeln. Es rührte mich, wie lieb sie mich anscheinend gewonnen hatte.

„Ruka", tadelte ihr Großvater. „Tamia ist hierher gekommen, weil sie ihrem Bauchgefühl vertraut hat, also muss sie auch nun darauf hören, wenn es sie fortzieht."

„Wenigstens noch eine Nacht drüber schlafen?", schniefte das Mädchen.

Ich sah in ihr schmollendes Gesicht, seufzte und nickte dann. „Na gut, versprochen. Ich reise nicht heute ab, sondern morgen."

Ruka lächelte sofort spöttisch. „Oder du überlegst es dir doch noch anders", trällerte sie.

Nein, vergiss es, dachte ich, ohne etwas zu sagen, weil es eh verschwendete Mühe gewesen wäre. *Das Meer ist schön, aber es hat mir seine Geschichte erzählt. Jetzt suche ich etwas anderes.*

Nach dem Essen ging ich wieder zurück in meine Kammer auf dem Dachboden. Seufzend sah ich auf meine unordentlich gepackte Tasche. Ich kniete mich auf den Boden, schüttete sie aus und fing an, meine Kleidung ordentlich zusammen und zurück in die Tasche zu legen.

Nach einiger Zeit klopfte es an der Tür im Boden, die das Wohnhaus mit der Dachkammer verband. „Ja?", rief ich irritiert. Normalerweise ließ mich die Familie hier oben in Ruhe.

Die Klappe öffnete sich und ächzend kam Lurai darunter zum Vorschein.

„Lurai!", rief ich sofort aus. „Die Treppe ist steil, was machst du denn?" Ich stürzte zu ihm und griff unter seine Arme um ihm nach oben auf den Boden meines Zimmers zu helfen. Zu allem Überfluss hatte er auch noch nur eine Hand frei. In der anderen hielt er das alte, zerfledderte Buch, in dem er am Frühstückstisch gelesen hatte.

„Lass nur", krächzte Lurai und kämpfte sich hoch, um sich dann bequem auf mein Bett zu setzen.

„Was hast du da?", wollte ich wissen und setzte mich neben ihn.

„Das möchte ich dir schenken", erklärte Lurai und reichte mir das Buch.

Der Einband war aus braunem Leder. Das Buch sah edel aus, aber gleichzeitig war es total vergilbt. Es wirkte wertvoll und zerbrechlich. Vorsichtig streckte ich meine Finger aus. Ich hatte das Gefühl, das ganze Buch könnte mit einem Mal zerfallen, wenn ich es falsch anfasste. Zögernd nahm ich nach und nach das Buch in die Hand und strich über den goldenen, kaum lesbaren Schriftzug auf dem Einband.

Die fünf Völker.

„Osten, Westen, Süden, Norden…", murmelte ich.

„… Und?" Ich sah Lurai fragend an.

Er zuckte mit den Schultern und lächelte gleichzeitig. *Du hast das Problem erkannt*, sagte er mir dadurch stumm. *Welches ist das fünfte Volk?*

Ich wandte meinen Blick wieder dem Buch zu, drehte es in meinen Händen und blätterte langsam und mit unbarmherziger Vorsicht ein paar Seiten durch. Diese wirkten abgenutzt. Als wäre Wasser auf sie getropft und wieder getrocknet. Sie waren rau und gelblich. Manche waren zum Teil herausgerissen, angebrannt oder mit Flecken beschmiert, die sie unleserlich machten.

„Wie alt ist es?", flüsterte ich irgendwann ehrfürchtig. „Und woher?"

„Mein Großvater war ein Reisender", fing Lurai an. „Genau wie du. Ich weiß nicht, wo er dieses Buch her hat. Aber er hat es meinem Vater gegeben, als er im Sterben lag. Er sagte, die Familie dürfe das fünfte Volk nie vergessen. Das erzählte mein Vater mir, als er mir das Buch gab, als ich einmal eine Urlaubsreise machen wollte. Mein Vater ist nie gereist, musst du wissen. Ich nur einmal – aus Neugierde – und mein Vater gab mir sofort das Buch, da er dachte, es hinge mit der Reiselust zusammen und deshalb wäre es bei mir besser aufgehoben. Aber nach dieser... Ausprobierreise, könnte man sagen, hat es mich nie wieder dazu gezogen, den Westen zu verlassen." Lurai schwieg einen Moment, schien seinen Erinnerungen nachzuhängen. „Du kennst ja meinen Sohn Saul und meine Enkelkinder", fuhr er dann fort. „Keinem von ihnen scheint es anders zu ergehen als mir. Wir sind an unsere Heimat gebunden. Wir haben kein Interesse an mehr. Das, was in dem Buch steht, ist nicht viel. Es ist dünn und erzählt die Legenden der vier

Völker, wie man sie heute noch kennt. Eigentlich habe ich nie mehr als ein Märchenbuch darin gesehen. Den Rest wirst du selbst lesen, aber es sind nur wenige Seiten und es kommt mir unrealistisch und ausgedacht vor. Dennoch denke ich, du solltest es haben. Es lag lange in der hintersten Ecke meines Bücherregals und ich hatte es schon fast vergessen... Heute früh als du mich nach den Legenden gefragt hast... da habe ich mich wieder daran erinnert und es für dich gesucht."

Ich strich erneut vorsichtig über den Einband des Buches. „Irgendetwas an dem Buch...", flüsterte ich dann, „... Wirkt magisch. Es ist wie das Auf – und Untergehen der Sonne. Es berührt mich." Ich sah auf und erwiderte Lurais warmherziges Lächeln. Ich lehnte mich vor und umarmte ihn. „Danke", wisperte ich. „Vielen, vielen Dank. Du hättest mir kein schöneres Geschenk machen können."

Kapitel 3

Ich gähnte ausgiebig als ich durch ein Kitzeln auf meiner Nase wach wurde. Sonnenstrahlen bahnten sich ihren Weg durch das Fenster in mein Zimmer und ich blinzelte ein paar Mal, bevor ich mich an das grelle Licht gewöhnen konnte. Der Sonnenaufgang. Er war heute früher wach als ich. Ich stand auf, nahm die letzten Sachen von meinem Nachttisch und packte sie in meine Tasche. Darunter natürlich auch das Buch, das ich ganz nach oben auf meine wenigen Kleidungsstücke bettete. Ich trug ein leichtes Kleid, eng anliegend am Oberkörper, am Hals zusammengebunden und ärmellos. Wenn mir kalt war, trug ich Stulpen über meinen Armen, wie auch an diesem Morgen. Das Kleid ging mir bis über die Knie, war unten ein wenig zerfetzt und flatterte um meine Beine, wenn es windig war. Es war in einem schlichten hellen Braunton. Es war ein typisches Kleid des Ostens.

Im Westen trugen Frauen blaue Kleider aus einem festeren Stoff, die ihnen kaum bis zum Knie reichten und eng anlagen. Auch so ein Kleid war in meiner Tasche vorhanden – immerhin hatte ich lange hier gelebt.

Ich öffnete die Klappe, zog meine Tasche hinter mir her und stieg die Treppe ins Wohnhaus hinunter. In der Küche traf ich nur auf Hia. Sie sah auf meine Tasche, dann in mein Gesicht. Sie nickte leicht. „Ich sehe, deine Meinung ist unverändert."

Ich zuckte mit den Schultern. „Hast du was anderes erwartet?"

Ein Lächeln umspielte ihr Gesicht und sie schüttelte den Kopf. „Nein. Du vertraust deinem Instinkt, das wissen wir alle. Wann willst du denn aufbrechen?"

„Möglichst bald."

„Bitte warte ab, bis alle wach sind. Sie wären wirklich traurig, wenn sie sich nicht von dir verabschieden könnten."

Ich nickte. Ja natürlich. Da ging es mir nicht anders.

„Du solltest sowieso erst in Ruhe frühstücken und etwas Proviant für die Reise einpacken", redete Hia weiter. Sie stellte einen Korb mit Brötchen, Aufschnitt und Marmeladen auf den Tisch und reichte mir einen aufgefüllten Wasserschlauch und einen Apfel. „Vielen Dank, Hia", sagte ich, setzte mich an den Tisch und fing an, mir Brötchen für jetzt und eins für später, für unterwegs zu schmieren.

Ich frühstückte schweigend. Ich fieberte meiner Abreise entgegen, aber gleichzeitig war ich nervös. Ich wusste nicht, wo es mich hinzog und was ich erleben würde. Ich wusste nicht, ob meine unglaubliche, plötzlich neu ausgebrochene Sehnsucht gestillt werden würde.

Hia überließ mich meinen Gedanken. Sie verließ irgendwann die Küche – vermutlich um die anderen zu wecken.

Als ich gerade den Wasserbeutel, den Apfel und das in eine Serviette gewickelte Brötchen in meine Tasche gepackt hatte, kam die gesamte Familie in die Küche geprescht.

Ich stand auf und hob die Tasche hoch.

„Oh nein, du gehst ja wirklich!", rief Ruka schrill.

„Ach Ruka…", murmelte ich mit einer Mischung von Gerührt- und Genervtheit. „Ist doch nicht so schlimm. Du hast doch vorher auch ohne mich gelebt."

„Da kannte ich dich noch nicht", erwiderte sie quängelnd.

„Lass sie, Ruka", mischte sich Lurai ein. „Sie hat schon früh erkannt, dass sie ihren eigenen Weg gehen muss und wird jetzt nicht damit aufhören."

Während Ruka die Arme überkreuzte und betrübt auf den Boden starrte, verstand ihr Bruder schneller, dass meine Abreise nichts Schlimmes war. Luiro kam als Erster auf mich zu, um mich zu umarmen. „Viel Spaß, Tamia", wünschte er mir. „Ich hoffe du findest, was du suchst." In diesem Moment wirkte Luiro viel erwachsener als seine vier Jahre ältere Schwester. Auch Saul und Hia umarmten mich und wünschten mir eine gute Reise. „Eine letzte Bitte habe ich noch", sagte ich, bevor ich mich auch von Ruka und Lurai verabschiedete – den Leuten, die mir hier wohl am Nächsten standen.

„Ja?", fragten Hia und Saul gleichzeitig.

„Darf ich Gero zu meiner Familie schicken?" Gero war die jüngere der beiden Botentauben, die die Familie besaß. Sie hatten nur Gero und Giselle, deshalb hatte ich immer verstanden, dass ich Gero nur, wenn es absolut notwendig war, in den Osten schicken durfte. Einen viel weiteren Weg konnte es kaum geben und jeder Flug barg Gefahren für die Tiere. Ich hatte Gero nur einmal, als ich angekommen war, verschickt und noch einmal zu meinem Geburtstag.

„Ja natürlich", sagte Saul sofort. „Deine Eltern sollen natürlich wissen, dass deine Reise weitergeht", schon verließ er die Küche, um die Taube zu holen. Hia kramte derweil in einer Schublade und reichte mir Stift und Papier. „Danke", sagte ich hastig, setzte mich an den Küchentisch und schrieb ein paar Zeilen auf:

Liebe Mama, lieber Papa,
Ich habe nicht viel Zeit, tut mir leid. Ihr kennt mich ja –
immer in Eile. Das Leben im Westen war schön und ich
habe mich hier lange aufgehalten, aber jetzt zieht es mich
wieder woanders hin. Ich will in den Süden und in den
Norden, so wie vor zwei Jahren mit euch. Sahri ist immer
bei mir und passt auf mich auf. Mal sehen, wo ich lande!
Ich hoffe dort bekomme ich Gelegenheit euch noch einen
Brief zu schicken!
Macht euch keine Sorgen.
Tamia

Ich wickelte das Stück Papier zusammen und brachte es nach draußen. Saul stand bereits vor der Tür mit Gero auf seinem Arm. Er nahm das Papier entgegen und befestigte es in einer Schlinge am Fuß des kleinen Vogels. „Danke Gero", sagte ich schnell an die Taube gewandt. „In das Dorf Konghi, hoch oben im Gebirge Donga im Osten. Du kennst den Weg doch noch, nicht wahr?" Es wirkte fast so, als würde die Taube nicken, bevor sie sich von Sauls Arm löste und sich in den Himmel erhob.

Als ich mich wieder umdrehen wollte, um meine Tasche aus dem Haus zu holen, kamen Lurai und Ruka mir bereits damit entgegen. Ruka reichte mir widerwillig und mit gesenktem Blick die Tasche. „Danke", murmelte ich. Ihre schlechte Laune bereitete mir Unbehagen.

Lurai stieß Ruka mit dem Ellenbogen in die Seite. „Ruka!", sagte er tadelnd. „Nun komm schon! Verabschiede dich wenigstens ordentlich. Es ist unfair, sie aufhalten zu wollen."

Mit einem Mal fiel Ruka mir um den Hals. „Kommst du mal wieder?", murmelte sie in mein Ohr. Ich schüttelte langsam den Kopf. „Ich weiß nicht. Ich gehe dorthin, wohin es mich zieht." Langsam löste sich das Mädchen wieder von mir. „Du wirst mir fehlen", meinte sie leise.

Ich antwortete nicht darauf. Ich verstand die starke Bindung nicht, die sie meinte, zu mir zu haben. Sicher mochte ich sie und verbrachte gerne Zeit mit ihr. Und ich fand es toll, wie sie mit meinem Drachen umging. Aber sie war nicht notwendig für mich. Sie hatte keine Bedeutung in meinem Leben. Vielleicht war ich das für sie, was das Reisen für mich war. Nur weshalb? Weil ich fremd war?

Ich lächelte vor mich hin, als meine Gedanken einen Sinn bekamen. Womöglich verspürte jeder Mensch die gleiche Sehnsucht nach der Ferne wie ich. Sie bemerkten sie nur nicht so deutlich. Durch mich wurde Rukas Sehnsucht gestillt. Und nun würde ihr Bedürfnis wieder wachsen und unbefriedigt bleiben.

„Tamia, träumst du schon wieder?", fragte Lurai.

Ich sah auf und bemerkte, dass Ruka gegangen war und Lurai und ich allein auf dem Sand des Strandes standen. Am Himmel entdeckte ich einen Schatten. Sahri hatte sich aus ihrem Schlafplatz erhoben und machte sich auf den Weg, mich abzuholen.

„Ich habe nur über Ruka nachgedacht, das ist alles", erklärte ich.

„Du warst ihr sehr wichtig."

„Ich?", hakte ich nach. „Oder meine Herkunft?"

Lurai kniff die Augen zusammen. „Interessanter Punkt", meinte er nach kurzer Zeit. „Ja, vielleicht hat dich gerade das in ihren Augen so interessant gemacht."

In dem Moment stürzte Sahri vor uns auf den Boden und wirbelte Sand auf. Während Lurai den Arm hob, um seine Augen zu schützen, trat ich einen Schritt auf das riesige Tier zu und tätschelte die Schuppen zwischen seinen Augen. „Hallo, meine Schöne."

„Sie spürt, dass es wieder los geht, nicht wahr?", Lurai machte vorsichtig einen Schritt auf uns zu.

Ich nickte. „Sie weiß immer, was ich vorhabe. Sie kennt mich."

Ich lief an Sahris Seite entlang und fuhr mit der Hand über ihren Nacken, ihren Hals, ihre Schulter. Sie legte sich lang hin, streckte Hals und Kopf auf den Boden und stieß ein Schnauben aus. Sie forderte mich auf, aufzusteigen.

Ich drehte mich ein letztes Mal zu Lurai um, sah ihn mir zunicken und kletterte auf Sahris Rücken. Sie erhob sich sofort wieder.

„Vielleicht sehen wir uns ja mal wieder", verabschiedete sich letztlich auch Lurai. „Es war mir eine große Freude dich kennen gelernt zu haben, Tamia."

Bevor ich noch ein Wort sagen konnte, erhob Sahri sich bereits in die Lüfte.

Kapitel 4

Ich genoss die warme Luft auf meiner Haut. Den Wind, der in meinen Haaren wehte und an meinem Kleid zerrte. Sahri stieß ein zufriedenes Schnauben aus. Ich hatte zu lange nicht mehr auf ihrem Rücken gesessen. Ich schloss die Augen. Ich musste sie nicht geöffnet halten. Meine beste Freundin passte ja auf mich auf. Ich hatte fast vergessen, wie sich das anfühlte. Und ich wusste, meine Entscheidung, zu gehen, war absolut richtig gewesen. Dort unten hatte ich mich inzwischen nur noch gefangen gefühlt. Die Freiheit, die mir an diesem Ort zur Verfügung stand, war ausgeschöpft. Dort konnte ich nichts mehr lernen. Ich suchte nach mehr, nach viel mehr.

Es konnten Stunden vergangen sein, in denen ich nur auf Sahris Rücken saß und mein angeborenes Terrain – die Luft, die Höhe – genoss. In Wahrheit hatte ich jedes Zeitgefühl verloren.

Erst als ich meinen Magen knurren hörte, öffnete ich wieder die Augen. Ich beugte mich nach vorne und streckte den Oberkörper, um möglichst nah an Sahris Ohren zu kommen, sie waren von ihrem Kranz aus vier kleinen Hörnern umgeben. „Wohin sind wir geflogen?", rief ich. Sahri riss ihr Maul auf und hob den Kopf hoch. Ich folgte ihrem Blick. Sie sah direkt in die Sonne. Diese war riesig. *Süden*, schoss es mir durch den Kopf. *Dort, wo man der Sonne am nächsten ist.*

Wieder reckte ich mich nach vorne. „Hast du Hunger?",
fragte ich laut. „Zeit für eine Pause, oder?" Sahri schnaubte zustimmend und setzte sogleich zur Landung an. Unter
uns befand sich eine riesige Wiese. Ein kleiner Fluss plät-
scherte am Rande entlang. Ich kannte sein Ziel. Er würde
dorthin fließen, wo wir herkamen – zum Meer.

Auf der anderen Seite der Wiese war ein Feldweg. Ein
Stück hinter uns konnte man die Umrisse eines Dorfes er-
kennen, sicher lag vor uns noch ein Dorf und wir machten
Rast in der kleinen Ebene zwischen den bewohnten
Plätzen.

Sahri bediente sich an dem Gras der Wiese, während ich
den Apfel aus meiner Tasche kramte.

Ich ließ mich mit einem Mal in das weiche Gras fallen.
Reste von Tau klebten noch an den Halmen. Das kühle
Wasser an meinen Beinen und in meinem Nacken tat gut
und erfrischte mich. Sahri stöberte währenddessen herum
und schlenderte Richtung Fluss. Ich ließ sie unbeobachtet.
Niemand war in der Nähe, der sich vor ihr fürchten könnte
und ich nahm an, dass ihr das trockene Gras einfach nicht
genügte und sie sich an den Fischen im Fluss bedienen
wollte.

Die Sonne schien brütend heiß auf mich herab. Das war
etwas ganz anderes als im Westen an der Küste oder auf
den hohen Gipfeln im Osten. Aber ich wusste von einer
vergangenen kürzeren Reise, dass es noch viel wärmer
werden konnte. Nachdem ich meinen Apfel und das Stück
Brot aufgegessen hatte, stand ich wieder auf und folgte
Sahri ans Flussufer. Diese hatte sich anscheinend in der

Zwischenzeit satt gefressen, denn sie lag einfach nur lang im Wasser und rührte sich kein Stück.

„Eine gute Abkühlung, was?", lachte ich. Sahri hob schleppend ihren Kopf, als sie meine Stimme hörte, sah mich einen Augenblick irritiert an und ließ ihren Kopf dann wieder ins Wasser platschen.

Ich nahm meinen noch halb vollen Trinkschlauch aus meiner Tasche und bückte mich, um die Gelegenheit zu nutzen, ihn wieder ganz zu füllen. Erst probierte ich vom Flusswasser. Ja, es war süß und erfrischend. Salzig würde es erst im Meer werden, wenn es seinen Weg hinter sich ließ.

„Ich warne dich, es wird noch viel wärmer. Die Sonne ist noch ein Stück entfernt", sagte ich währenddessen. Sahri sah mich nur kurz aus den Augenwinkeln an und wollte sie sofort wieder schließen, doch ich stand schwungvoll auf und fuhr laut fort: „Na komm. Lass uns weiter."

Sahri sprang auf, als hätte ich sie eher erschreckt als zum Weiterfliegen motiviert. Das Wasser perlte sofort von ihren seidigen Schuppen ab. Sie schüttelte sich trotzdem, um auch das letzte bisschen Wasser von sich zu lösen. Dann kam sie mit mächtigen Schritten aus dem Flussbett heraus und bot mir sogleich, wenn auch mit etwas widerwilligem Blick, an, wieder aufzusteigen.

Es dauerte nicht mehr lange, bis die Dämmerung einsetzte. Ich bat Sahri zu landen, sobald ich unter uns ein Dorf erahnen konnte. Sie war froh darüber. Kein Wunder, immerhin war sie, bis auf die kleine Pause am Fluss, den ganzen Tag lang geflogen. Auch ein so mächtiges Wesen, wie Sahri es war, benötigte ab und zu etwas Ruhe.

Sahri landete direkt vor dem hölzernen Tor, auf dem groß „Cunmin Tulaode" stand. „Ich gehe besser allein in das Dorf. Du weißt ja wie das ist. Außerhalb der Berge trifft man selten auf Drachen. Ich mag es nicht, wenn die Leute dich so komisch anglotzen. Komm morgen wieder her. Nach Sonnenaufgang." Sahri neigte zur Bestätigung ihren Kopf, dann erhob sie sich wieder in die Lüfte. Sie würde einen geeigneten Schlafplatz finden. Um sie brauchte ich mir keine Sorgen zu machen. Ich sah ihr noch einen Augenblick nach. Ihre graublaue Gestalt schimmerte im Rot der untergehenden Sonne. Ich schüttelte den Kopf. Ich musste schnell eine Gelegenheit zum Übernachten finden. Ich wollte mich nicht wieder dem Anblick der Sonne hingeben und den eigentlichen Grund unserer Landung vergessen.

Ich lief also durch den Torbogen und betrat das Dorf. Eine lange Straße führte direkt in dessen Zentrum. Das erkannte ich sofort, da ich in der Ferne die Umrisse eines Brunnens sehen konnte. Ein Brunnen war ein Ort der Zusammenkunft, ein Symbol des Zentrums also. An der Straße entlang standen rechts und links Häuserreihen. Sie waren nicht aus Holz, wie es im Westen häufig der Fall war. Alle Häuser waren aus Stein errichtet. Sie wirkten massiver, sicherer aber auch kälter und abweisender.

„Wieso nur habe ich das Gefühl, dass es hier gar nicht so leicht sein wird einen Schlafplatz zu finden?", murmelte ich vor mich hin, während ich schnellen Schrittes der Straße folgte, um möglichst bald am Brunnen anzukommen.

Je näher ich ihm kam, desto deutlicher konnte ich an der Brunnenseite die Gestalt einer Frau erkennen. Ich beschleunigte meinen Schritt erneut. Die Frau wirkte klein und zerbrechlich, sie versteckte ihre grauen Haare in einem Knoten unter einem Haarnetz und beugte sich über den Brunnen. Hinter Häuserreihen sah ich, dass der Brunnen tatsächlich in der Mitte eines riesigen Platzes stand – sicher der Marktplatz des Dorfes. Verkaufsstände waren aneinandergereiht, doch die meisten waren bereits geschlossen.

Ich beschloss, die Frau anzusprechen, immerhin war sie die Erste, die ich in diesem Dorf gesehen hatte.

Sie hievte gerade einen Eimer aus dem Brunnen, als ich sie ansprach: „Entschuldigung, wissen Sie vielleicht…"

„Was!", unterbrach sie mich sofort grimmig. Sie funkelte mich einen Moment lang geradezu wütend an, dann musterte sie mich missbilligend von Kopf bis Fuß.

Ich atmete tief durch – nur nicht den Mut verlieren – und setzte erneut an: „Ich wollte nur wissen, ob Sie vielleicht wissen, wo…"

Wieder wurde mir über den Mund gefahren: „Was ist das überhaupt für ein Aufzug? Hast du keinen ordentlich genähten Rock im Schrank oder eine Hose?"

„Das ist die Kleidung meines Volkes", erwiderte ich kleinlaut.

„Aha. Dein Volk. Hat dein Volk schon mal etwas vom Haare schneiden gehört?", schnaubte die Alte patzig.

„Ich…"

„Wir sind hier nicht an Fremden interessiert. Verschwinde!" Mit diesen Worten stapfte die Frau, den Eimer schwer schleppend, an mir vorbei.

Ich sah ihr einen Moment entmutigt nach. Das Dorf hatte vom ersten Augenblick an genau so auf mich gewirkt, wie sich diese Bewohnerin mir gegenüber nun auch gezeigt hatte. Auf mein Bauchgefühl war eben Verlass.

„Oh je, das hat sich aber nicht gut angehört." Ich drehte mich verwirrt um und sah in ein freundlich lächelndes Gesicht. Eine junge Frau, ich schätzte sie auf Mitte zwanzig, sah mich mit blassbraunen Augen an. Ihre Haare hatten dieselbe Farbe und waren in einzelnen Flechten zurück gebunden. Sie hatte Sommersprossen auf der Nase – genau wie ich. An ihrer Hand hielt sie einen kleinen, blonden Jungen.

Sie bemerkte meine Sprachlosigkeit. „Entschuldige, überrumpele ich dich? Ich bin Jisa." Sie streckte mir die freie Hand entgegen, ich reichte ihr zögernd meine.

„Ich habe das gerade mitbekommen", erklärte Jisa schnell. „Ich habe nur noch meinen Obststand abgeschlossen und wollte jetzt nach Hause gehen. Was wolltest du Hilde denn fragen?"

„Ich suche einen Platz zum Übernachten", antwortete ich merkwürdig sachlich. Vielleicht hing mir die unerwartet heftige Reaktion der Alten, die scheinbar Hilde hieß, noch nach.

„So etwas wie eine Herberge haben wir hier leider nicht", Jisa rümpfte die Nase.

„Weil ihr eh nicht an Fremden interessiert seid?", fragte ich mit gerunzelter Stirn.

Das Lächeln schwand so leicht, dass es kaum merkbar war, aus Jisas Gesicht, gleichzeitig senkte sie den Blick und zuckte unsicher mit den Schultern. „Ja. Ich habe das Gefühl, ich bin die Einzige in diesem Dorf, die nichts gegen Fremde hat", sie sah wieder auf und lächelte mich an wie zuvor. „Du kannst mit zu mir kommen. Wenn es dir nichts ausmacht, im Zimmer eines kleinen Jungen zu übernachten." Sie sah kurz auf den Jungen an ihrer Hand herab. „Du bist doch gastfreundlich, nicht wahr, Yuro?" Der Junge nickte eifrig, grinste zu mir hoch und entlockte mir ein Lächeln.

„Nein, das macht mir gar nichts aus!", antwortete ich fröhlich. „Vielen Dank."

„Ich helfe Reisenden gerne", erzählte Jisa, als wir uns auf den Weg zu ihrem Heim machten. „Mein Mann, Yuro's Vater...", sie deutete kurz auf den Jungen an ihrer Hand, „...war auch ein Reisender. Wurde natürlich ähnlich empfangen wie du. Bis dahin hab ich mich auch nicht an der Einstellung der Dorfbewohner gestört, ich kannte es ja nicht anders. Aber... naja... wo die Liebe halt hin fällt", sie lächelte still vor sich hin. Ich mochte sie sofort. Sie war so ein herzlicher, offener Mensch.

„Das ist irgendwie komisch", meinte ich. „Überall wo ich bisher war, wurde ich als Fremde offen empfangen. Man tauscht alte Geschichten aus und so. Legenden."

Jisa reagierte nicht darauf. Es wirkte fast so, als hätten meine Worte eine Traurigkeit in ihr geweckt.

„Wir sind da", sagte sie nach wenigen Sekunden und öffnete die Tür eines Hauses.

„Guten Abend, Jisa", ertönte sofort die Stimme eines Mannes aus dem Haus. Yuro löste sich von ihrer Hand und stürmte ins Haus. „Mein Junge, da bist du ja!", hörte ich die Stimme wieder. „Und, hast du Mama fleißig geholfen?"

„Ja, Papa, versprochen!", quiekte der Junge glücklich.

Diese Familie strahlte eine perfekte Idylle aus. Ein merkwürdiger Kontrast zu dem Dorf, in dem sie lebten. Wieso wohnten sie nur ausgerechnet hier?

„Hallo Kian", rief Jisa. „Schau, ich habe jemanden mitgebracht."

Als ich das Haus betrat, setzte ein großer, blonder Mann gerade Yuro auf dem Boden ab. Er sah mich perplex an. Sein Blick machte mir Angst. Sein Mund war offen, seine blaugrauen Augen geweitet.

Dann kam er plötzlich mit langen Schritten auf mich zu, blieb genau vor mir stehen und sah auf mich herab. Ich starrte ängstlich zu ihm hinauf

„Aber das ist ja…", sagte er dann. „…ein Kleid des Ostens", er strahlte seine Frau an und die nickte lächelnd.

„Ich habe ewig niemanden mehr aus meinem Volk getroffen!", rief der Mann fröhlich aus, und noch bevor ich reagieren konnte, umarmte er mich. Ich freute mich genauso sehr wie er.

Kapitel 5

Jisa und Kian halfen mir, ein Gästebett in Yuros Zimmer auszuklappen und eine Decke zu beziehen. Der fünfjährige Junge freute sich sichtlich über den unerwarteten Besuch. Inzwischen lag er im Bett und seine Eltern saßen mit mir am Esstisch. Die kleine Familie spendierte mir auch noch belegte Brote und Salat mit Fleischstreifen zum Abendessen.

Ich hatte den beiden bereits von meiner Zeit im Westen erzählt.

„Und nun? Geht es jetzt zurück in den Osten?", fragte Kian. Sein Gesicht strahlte, als er an unsere gemeinsame Herkunft dachte.

Ich schüttelte den Kopf. „Nein, ich bin noch nicht bereit, zurückzukehren." Ich überlegte kurz, ob ich das näher erläutern sollte. Aber wie hätte ich das anstellen sollen? Ich dachte nicht über die Dinge nach. Ich handelte frei nach meinen Empfindungen.

„Ein Mädchen des Ostens", meinte Kian verständnisvoll. „Frei wie der Wind, niemals gefesselt an Gedanken. Du erinnerst mich an unsere Herkunftslegende, Tamia."

Sofort fing ich an zu strahlen. Es war das größte Kompliment, das ich mir vorstellen konnte. „Wirklich?"

Kian nickte.

Jisa allerdings sah unsicher zwischen ihm und mir hin und her. „Fang lieber nicht von den Legenden an, Kian", hauchte sie. „Nicht, wenn Mutter doch jeden Augenblick heim kommen kann."

Die glückliche Leichtigkeit wich sofort von meinem Gesicht. „Weshalb?"

Jisa hatte schon auf dem Weg hierher so merkwürdig reagiert, als ich die Legenden erwähnt hatte. Ich wiederholte meine Worte von vorhin: „Ich bin es gewohnt, dass man gerne die alten Geschichten austauscht. Möchtest du mir nicht vielleicht die Legende deines Volkes erzählen? Die Legende des Südens?" Ich hoffte, meine Frage würde sie glücklich machen. Jeder liebte doch seine eigene Legende und dachte gerne daran. Aber stattdessen sah ich in Jisas Augen, dass sie geschockt war. Ihr Blick war wie versteinert.

Plötzlich schwang die Tür zum Esszimmer auf und eine alte Frau stürzte herein, ohne auch nur einmal hinzusehen, wer alles am Tisch saß, ohne hinzuhören, ob sie vielleicht jemanden unterbrach, plapperte sie sofort los: „Jisa, rate, was Hilde mir erzählt hat. So ein dummes, fremdes Geschöpf hat sie…" Erst jetzt erblickte sie mich. Ich hatte mich ängstlich zu ihr umgedreht. Allein den Namen Hilde zu hören, hatte gereicht, um eine solche Reaktion in mir auszulösen. Die Frau hatte dunkelgraue Haare, ebenfalls zu einem Knoten gebunden und unter einem Netz versteckt. „Jisa", ihre Stimme war zwar ruhig, aber unglaublich drohend. Sie redete mit meiner Gastgeberin, funkelte aber die ganze Zeit über nur mich an. „Sag mir bitte, dass das nicht das Mädchen vom Brunnen ist."

„Doch, Mutter", erwiderte Jisa ohne zu zögern. „Sie ist heute Nacht unser Gast."

„Was habe ich nur erwartet?", die alte Frau versenkte ihr Gesicht kopfschüttelnd in ihren Händen. „Natürlich nimmst du sie auf! Du liebst ja zugelaufene Hunde! Was habe ich nur falsch gemacht?" Während sie noch so vor sich hin klagte, verließ sie das Zimmer wieder. Ich sah ihr verdutzt hinterher.

Jisa berührte mich leicht an der Hand, damit ich mich wieder ihr zuwandte. „Meine Mutter. Sie war gerade noch Hilde besuchen. Die sind schon seit sie in der Schule waren befreundet – natürlich gemeinsam hier im Dorf", erklärte sie. Dann veränderte sich ihr Gesichtsausdruck. Sie sah an mir vorbei, als wollte sie überprüfen, dass uns niemand zuhörte. Dann lehnte sie sich näher zu mir und fuhr flüsternd fort: „Und jetzt – solange sie hier ist – kein Wort mehr über irgendwelche Legenden. Das gilt eigentlich für jeden. Erwähn die Legenden hier nicht. Sobald du dem Süden näher kommst, kannst du dich wieder mit Leuten darüber austauschen aber nicht hier und nicht in Dörfern nördlich von hier. Die Legenden gibt es hier nicht."

„W-wieso? Was soll das heißen?", fragte ich verwirrt und sah hilfesuchend zwischen Kian und Jisa hin und her. Jisa stand ohne zu antworten auf und brachte das benutzte Geschirr in die Küche. Mir entging nicht, dass sie nervös auf ihrer Lippe herumkaute.

Ich warf Kian einen flehenden Blick zu. Irgendjemand schuldete mir Antworten. Doch sobald er meinen Blick bemerkte, wandte auch er sich von mir ab und rief: „Kann ich dir irgendwie helfen, Jisa?"

„Hallo?", meine Stimme wurde automatisch ein Stück lauter. Ich stand auf, folgte den beiden in die Küche und kreuzte in einer energischen Geste die Arme. „Was zur Hölle ist denn hier los? Wieso ist hier alles anders als überall sonst?"

Jisa drängte sich mit kleinen, schnellen Bewegungen an mich. „Tamia, bitte!", bat sie flüsternd, ihre Augen glänzten ängstlich. „Nicht jetzt. Nicht, wenn Mutter da ist." Sie stieß sich wieder ein Stück von mir fort. „Geh schlafen. Aber pass auf, dass du Yuro nicht weckst."

Wieso hast du Angst vor deiner eigenen Mutter?, wollte ich fragen. *Wieso sind sonst beliebte Gesprächsthemen hier verboten? Was soll das heißen: ‚Die Legenden gibt es hier nicht?'* Doch ich brachte kein Wort mehr heraus.

Ich tat wie mir geheißen und schlurfte den Flur entlang zu Yuros Zimmer. Ich öffnete vorsichtig die Tür, um den Jungen in Ruhe schlafen zu lassen und legte mich, so wie ich war, ins Bett. Ich schlief mit unzähligen durcheinander wirbelnden Fragen im Kopf ein.

Ich öffnete die Augen vorsichtig, als streitende Stimmen sich durch meine Ohren ins Gehirn kämpften.

„Sie ist eine Reisende. Eine Reisende des Ostens, um genau zu sein. Ihr Freiheitsdrang ist riesig, sie wird sich nicht einsperren lassen."

„Was soll denn das bedeuten? ‚Einsperren'? Hältst du das Wort nicht für etwas melodramatisch, mein Schatz? Sie ist eine Reisende, ganz genau. Sie will in den Süden. Soll sie doch dort hin und in ihrer kleinen Welt weiter leben. Es ist besser für alle, wenn sie das Dorf heute sofort verlässt. Für sie auch."

„‚Ihre kleine Welt'? Was redest du denn da? Sie ist jung. Und sie hat mehr von *unserer* Welt gesehen, als es die meisten je tun werden."

„Sie glaubt, die Welt zu kennen, aber das tut sie nicht!"

„Und wer hat Schuld daran? Du willst ihr den Rest ja partout nicht beibringen!"

„Die Dorfgeschichten gehen sie nichts an!"

„Du hast dich nicht so angestellt, mich über meinen unfreundlichen Willkommensgruß aufzuklären."

„Das ist etwas ganz anderes…"

„Ach ja? Weshalb? Reisende des Ostens. Neugierig. Für mich klingt das ziemlich gleich."

„Du warst von Anfang an ein Teil meines Lebens. Sie ist jemand, dem ich gerne helfen wollte. Aber sie ist keine Freundin… oder Verwandte. Du kannst das nicht vergleichen."

„Ich erkenne dich nicht wieder." Fußstapfen waren zu hören.

„Ich versuche nur, sie zu schützen!" Es folgte ein kurzes Schweigen, dann ertönte die Stimme wieder, laut und flehend: „Kian! Schatz, bitte! Ich… sie ist zu jung. Außerhalb des Dorfes ist es sicherer…" Sie bekam keine Antwort.

Als ich mich umsah, war ich einen Moment lang desorientiert. Ich war nicht in meiner Kammer im Holzhäuschen am Strand. In einem Bett, einen Meter entfernt von meinem, schnarchte ein kleiner, blonder Junge leise vor sich hin.

Ich stand vorsichtig auf, um ihn nicht zu wecken und kramte in meiner Tasche nach meiner Haarbürste, um meine lange Mähne zu bändigen. Die letzte Müdigkeit fiel von meinen Schultern und ich begann die Bedeutung des Gespräches zwischen Jisa und Kian zu verstehen. Ich starrte perplex aus dem Fenster. Ich hatte keine Zeit, darüber nachzudenken oder hier zu verweilen. Die Sonne ging auf. Sahri erwartete mich am Dorfeingang.

Ich schmiss meine Bürste zurück in die Tasche, schloss sie und verließ damit das Zimmer. Durch den Flur fiel mein Blick in die Küche, in welcher Jisa sich an die Anrichte gelehnt und den Kopf in den Händen versenkt hatte.

„Guten Morgen", sagte ich tonlos ohne den Raum zu betreten.

Jisa hob überrascht den Kopf, wischte sich mit einer schnellen Bewegung durchs Gesicht und lächelte mich an – Im Gegensatz zu gestern wirkte es diesmal gezwungen und gespielt.

„Guten Morgen, Tamia. Möchtest du etwas frühstücken, bevor du weiter ziehst?", fragte sie mit Blick auf die Tasche in meiner Hand.

„Wenn ich etwas mitnehmen könnte, wäre das sehr lieb. Aber ich muss sofort weiter", erwiderte ich. Merkwürdig. Gestern noch hatte dieses Haus einen Gegenpol zu dem schrecklichen Dorf dargestellt, in dem es stand. Jetzt fühlte ich mich hier drin genauso wie draußen. Unbehaglich und fehl am Platz. Es war untypisch für mich, aber meine Neugier, was diesen Ort anging, war schwach. Ich wollte einfach nur weg.

Mir entging nicht, dass Jisa dankbar für meine Bitte zu sein schien, als sie mir ein Brot mit Käse reichte. Sie lächelte, aber der Geste fehlte jede Aufrichtigkeit.

„Danke", murmelte ich und nahm das Brot entgegen. Ich drehte mich um und lief zur Haustür. Als ich meine Hand auf die Klinke legte, wandte ich leicht den Kopf, ohne den Blick zu heben. „Ähm, danke nochmal, dass ich hier übernachten konnte", sagte ich mit leiser Stimme.

Gerade als ich die Tür aufzog, ertönte hinter mir eine fröhliche, doch überraschte Stimme: „Tamia! Was? Du gehst schon? Ohne dich zu verabschieden?"

Ich drehte mich wieder um und erblickte das strahlende Gesicht des blonden Mannes. Doch das war nicht mal das Schönste, was ich an ihm bemerkte. Er trug eine leichte, dünne, cremefarbene Pluderhose, darüber hing locker ein weißes, dünnes Hemd und darüber trug er eine braune Weste mit fadenartigen, grauen Verzierungen.

Mir entwich ein Lachen. Ebenso aufrichtig und herzlich wie überrascht.

Es war ein östliches Gewand. Leicht und flatternd – genauso wie das Kleid, das ich trug.

Ich warf einen schnellen Blick zu Jisa. Sie zeigte keinerlei Reaktion, wandte sich ab und arbeitete allem Anschein nach in der Küche weiter.

„Lass mich dich zum Stadttor begleiten", bot Kian an ohne seiner Frau überhaupt Beachtung zu schenken.

„Gerne!", rief ich sofort strahlend. „Du wirst dich freuen, meine Reisebegleiterin kennen zu lernen! Komm, sie wartet dort schon auf mich."

Auf dem Weg zum Stadttor aß ich das Käsebrötchen, welches Jisa mir gegeben hatte. Kian lief schweigend neben mir her. Ich verriet ihm noch nichts von Sahri. Es sollte eine Überraschung werden.

Als ich geradeaus etwas Schnauben hörte, lief ich sofort los ohne Kian weitere Beachtung zu schenken. „Sahri!", rief ich. Das mächtige, wunderschön blaue Tier schnaubte erneut und stürmte auf mich zu. Als sie mich erreichte, rammte sie mir voller Freude ihre riesige Schnauze in den Bauch, wodurch ich ein paar Schritte zurück stolperte und husten musste. „Aua, Sahri...", murmelte ich schmunzelnd und tätschelte ihren Hals. „Jaja, ich freue mich auch dich zu sehen." Ich drehte mich wieder zu Kian um, der ein paar Meter entfernt stehen geblieben war. Sein Mund stand vor Staunen offen. Das Glitzern in seinen Augen entging mir auch aus der Entfernung nicht. Ich grinste breit und winkte ihn herbei.

„Es ist ein paar Jahre her, seit ich zum letzten Mal einen Drachen gesehen habe", erklärte Kian, während er näher kam. Er streckte vorsichtig die Hand aus, Sahri legte ihre Nase hinein. „Der Vogel der zwei Elemente", flüsterte Kian ehrfürchtig.

Der Vogel der zwei Elemente. Ich wiederholte die Worte in meinem Kopf. Das hatte ich noch nie gehört. „Was soll denn das sein?", fragte ich mit gerümpfter Nase.

Kian machte eine wegwerfende Handbewegung ohne seinen Blick von meinem Drachen zu lösen. „Weiß ich auch nicht so genau. Scheint so 'ne alte Geschichte zu sein. Meine Eltern kannten auch nur den Begriff. Hab's nie rausgekriegt."

„Ich weiß nicht, ob ich Sahri als *Vogel* bezeichnen würde", meinte ich und musterte meine Freundin. Sie hatte keine

Federn und auch keinen dünnen Körper. Sie war viel schwerer und hatte einen kräftigeren Körper als jeder Vogel dieser Welt. „Hattest du denn keinen Drachen, als du auf Reisen warst?", wollte ich wissen.

„Nein, keinen Drachen. Mein Begleiter war ein Simurgh."

„Na, das ist schon eher ein Vogel", meinte ich lächelnd. Ein Simurgh. Man konnte sich diese Wesen vorstellen wie dünne, aber große Hunde mit den Flügeln eines Adlers und dem Gefieder eines Pfaus. „Was ist mit ihm passiert?"

„Mit meinem Simurgh?", Kian sah mich eine Weile nachdenklich an. „Er hieß Yigan. Er ist... geflohen."

„Geflohen?", hauchte ich. Kian sah mich nicht an. Vielleicht versuchte er stark zu wirken. Ich spürte, dass ihn meine Fragen bedrückten. „Hör mal, du... du musst es mir nicht erzählen. Tut mir leid, dass ich gefragt habe."

Kian schüttelte den Kopf. Sahri drückte ihre Nüstern stärker gegen seine Hände – als wolle sie ihn trösten. Kian lachte leicht. „Ist schon gut", sagte er. „Ich wollte hier bleiben. Wegen Jisa. Ich bin umher gereist wie du und habe nach meinem Platz gesucht. Und hier hatte ich ihn gefunden. Aber hier gab es keinen Platz für Yigan. Wie du sagtest – er war ein Vogel. Ein Tier, wie man es nur im Osten trifft. Kein Wesen der Mitte. Die Dorfbewohner wollten ihn hier nicht. Sie... griffen ihn an, mit... mit brennenden Speeren und selbst gebauten Bögen und Pfeilen. Alles Waffen, einzig hergestellt um diesen Vogel aus ihrem Dorf zu entfernen... Ich wollte ihn beschützen, aber er hat sich schon selbst beschützt, bevor ich eingreifen konnte. Er blieb nicht bei mir. Er brachte sich in Sicherheit. Ich weiß nicht, wo er jetzt ist."

45

„Und du… du bist geblieben, obwohl sie Jagd auf ihn gemacht haben? Auf deinen besten Freund?", fragte ich ungläubig.

„Ich bin für Jisa geblieben", erwiderte Kian sofort. Ich dachte an ihren Streit, den ich unbeabsichtigt mit angehört hatte. „Ich habe es nie bereut", fuhr er fort, als hätte er die Frage in meinem Kopf gelesen. „Yigan wusste, was richtig war. Er hat für mich entschieden, bevor ich es tat."

„Das ist eine traurige Geschichte." Ich strich über Sahris Hals und sofort löste sie ihren Kopf aus Kians Händen, um meine Schulter anzustupsen. Ich konnte mir gar nicht vorstellen, mich jemals von ihr zu trennen. Niemand kannte mich so gut wie sie.

Sahri streckte den Kopf nach vorne und ließ sich lang auf den Boden plumpsen. „Das ist mein Zeichen." Ich ließ zu, dass die trübe Stimmung vorüber zog und grinste über ihre Geste. Ich stellte einen Fuß auf Sahris Vorderpfote und schwang mein anderes Bein über ihren Rücken. Sie hob in freudiger Erwartung den Kopf, blieb aber noch liegen. Sie wartete, bis ich mich verabschiedet hatte.

„Danke", sagte ich aufrichtig. „Für die Unterkunft. Aber vor allem für die Erinnerung an zuhause."

Kian neigte leicht den Kopf, erwiderte aber nichts. Er lächelte auch nicht. „Na komm, Sahri", sagte ich nach einer Weile und trommelte mit den Händen auf ihren schuppigen Rücken. Sie reagierte nicht darauf.

„Dich beschäftigt noch etwas", sagte Kian. Ich starrte nach unten. Er hatte seinen Blick erhoben. „Frag ruhig."

„Es ist nur…", fing ich zögernd an. „Ich habe noch nie einen Ort wie diesen kennen gelernt."

46

Kian nickte. „Ja, dieser Ort ist ungewohnt. Das war er auch für mich. Die Dörfer auf der Linie Richtung Norden sind genauso. Den Menschen… fehlt etwas, was unseren Völkern sehr wichtig ist."

„Welchem Volk gehören sie an?"

Kian sah mich lange an. In seinem Blick lag etwas, das mir Angst machte.

Sahri blieb ungewöhnlich ruhig. Sie erkannte den Ernst der Situation genau.

„W-was?", stotterte ich nach einiger Zeit.

Kians Mundwinkel zuckte leicht nach oben. „Du überraschst mich, Tamia."

„Warum?" Ich strich unruhig über Sahris Haut.

„Du hast sofort verstanden, worum es ging. Welchem Volk gehören sie an? Die Wahrheit ist, sie haben kein Volk."

„Das kann nicht sein!", rief ich sofort aus. „Norden, Osten, Westen oder Süden. Jeder gehört einem Volk an, jedes Dorf!"

Kian schüttelte den Kopf. „Wenn ich dir einen Tipp geben darf: Setz deine Reise in den Süden fort. Finde, wonach du suchst. Und dann, Tamia, dann komm wieder. Du bist mir jederzeit willkommen." Er streichelte Sahri erneut die Nüstern. „Hoffentlich bis bald", sagte er an sie gerichtet.

Bevor ich etwas erwidern konnte, breitete Sahri die Flügel aus und brachte uns in die Luft. Der Wind, der mir durch die Haare peitschte, kam aus dem Nichts. Ich blieb still sitzen. Sahri übernahm die Führung, sie brauchte mich nicht.

Kein Volk, ging es mir durch den Kopf. *Nicht Westen, nicht Süden. Osten und Norden sowieso nicht. Wie kann so ein Dorf nur existieren?*

Kapitel 6

Die Sonne schien immer greller auf uns herab. Sahri hatte unser Ziel fest vor Augen. Der Süden war schon unglaublich nah. Das Gras unter uns nahm die Farbe von Stroh an, sah stachelig und kahl aus. Hier wuchsen keine Bäume mehr, nur sandfarbene, kleine Büsche. Die Landschaft unter uns war offenes Flachland.

Sahri stieß die Luft aus und streckte den Hals leicht nach links. Sofort war ich wach und folgte ihrem Blick. Ein Dorf. Staubkörner lagen in der Luft und verringerten unsere Sicht, aber mitten aus dem flachen Tal stieg ein Turm hervor. Ein Rathausturm. An ihm konnte man ein Dorf erkennen.

„Perfekt", schrie ich durch den Flugwind. „Lande dort."

Mir schossen Sorgen durch den Kopf, ob man uns freundlich empfangen würde. Merkwürdig. Vor meinem Besuch in dem merkwürdigen Cunmin Tulaode hatte ich mir nie Sorgen darüber gemacht. Ich war immer davon ausgegangen, dass in jedem Dorf freundliche Bewohner lebten. Kaum hatte ich es einmal anders erlebt, ließ mich die Angst nicht mehr los. Gerade hier, wo es keine Berge oder Hügel oder sonstige Erhöhungen gab war Sahri nirgendwo anders geschützt und musste mit mir in das Dorf kommen. Gerade hier brauchten wir Gastfreundschaft.

Sahri landete vor dem Dorfeingang und wirbelte Sandkörner auf. Mein Herz raste wie wild. Ich schwang das rechte Bein nach vorne und rutschte von Sahris Rücken. „Schon gut", murmelte ich, als ich an ihrer Seite entlang lief und die Hand über ihren Hals fahren ließ. „Mach dir keine Sorgen. Kian hat gesagt, dass es die Dörfer Richtung Norden sind, die uns Probleme machen könnten."

Sahri reckte den Kopf nach oben und schüttelte ihn. *Ich mache mir doch gar keine Sorgen,* schien sie zu sagen.

Ich seufzte. „Ich weiß. Ich versuche wohl eher, mich selbst zu beruhigen."

Denk an die Familie, die du im Westen gefunden hast. Es wird hier nicht anders sein, fuhr ich in Gedanken fort, als ich vorlief und das Tor passierte. Sahri blieb dicht hinter mir.

Zwei schwarzhaarige Frauen kamen mir entgegen. Sie waren anscheinend in ein Gespräch vertieft und lachten zwischendurch. Sie liefen einfach an mir vorbei. Eine drehte sich kurz um und nickte mir zum Gruß zu. Das war's. Sie beachteten mich und meinen Drachen nicht weiter.

Ich seufzte erleichtert auf. Sowohl mein östliches Gewand, als auch das riesige östliche Tier neben mir schienen die Bewohner nicht zu stören.

Ich lief weiter die Straße entlang. Wie es in den Dörfern üblich war, führte mich die Eingangsstraße zum Zentrum des Ortes, zum Marktplatz.

Gleich mehrere Brunnen waren ausgehoben. Das war im Süden notwendig. Ein Brunnen reichte nicht, um an das nötige Wasser, das ein Dorf benötigte, zu gelangen. Die Brunnen umrahmten in weiten Abständen den Marktplatz, damit sie von möglichst vielen verschiedenen Wasserquellen ihr Wasser bezogen. Es waren kaum Menschen hier. Einige wenige ließen ihre Eimer in die Tiefen des Brunnens hinab, um Wasser zu schöpfen. An einem Stand verkaufte eine Frau Melonen. Die anderen Stände waren verschlossen. In der Mitte des Platzes brannte ein Feuer. Auf Baumstämmen darum saßen Kinder, die jüngsten schätzte ich auf zehn, die ältesten mussten ungefähr so alt sein wie ich. Zwei Erwachsene waren dabei, ein Mann und eine Frau. Beide hatten schwarze Haare durch die sich bereits graue Strähnen wanden.

Es war ein Lagerfeuer mit Kindern. Genau an diesen Orten hatten die Legenden ihren Platz.

„Komm, Sahri!", sagte ich. „Ich glaube, wir haben ein außerordentlich gutes Timing!"

Als ich auf die Gruppe zuging, hob die Frau als Erste ihren Kopf. Einen Moment lang kamen meine Sorgen zurück, aber sie lächelte mich sofort an. „Schaut", meinte sie und neigte den Kopf in meine Richtung. Der Mann und auch die Kinder sahen auf. Gerade die jüngeren öffneten staunend den Mund, als sie mich – oder besser gesagt den Drachen – näher kommen sahen, und sprangen von den Baumstämmen auf. Ein dünner Junge mit strubbeligen, dunkelbraunen Haaren lief sogar auf mich zu. „Darf ich ihn streicheln?", fragte er mich aufgeregt. Ich nickte lächelnd und sofort ging er zu Sahri und berührte ungläubig ihre Schuppen. „Was ist das?", wollte er wissen, während Sahri sich scheinbar aus seiner Berührung winden wollte. Sie wich zur Seite aus, jedoch immer darauf bedacht, keine Person umzurempeln.

„Ein Drache, Pon", antwortete der Mann an meiner Stelle.

Ich hielt den Jungen leicht am Arm fest, der immer wieder versuchte, Sahri zu streicheln. „Vorsichtig", erklärte ich. „Halt ihr die Hand kurz vor die Nüstern und frag sie mal selbst, ob sie gestreichelt werden will. Dann lässt sie es vielleicht auch zu."

Pon nickte langsam, ging erneut auf Sahri zu, hielt aber seine Hand ausgestreckt, ohne Sahri von sich aus zu berühren. Sie neigte leicht den Kopf und blies Luft aus ihren Nüstern über seine Hand. Er ging einen Schritt vor und diesmal ließ Sahri sich von ihm berühren.

„Du kommst aus dem Osten, nicht wahr?", fragte mich die Frau mit einem freundlichen Lächeln. Ich nickte.

„Magst du dich zu uns setzen?", lud mich der Mann ein. „Erzähl uns deine Geschichte, Reisende."

Über das ganze Gesicht strahlend setzte ich mich neben die Frau ans Lagerfeuer. Ich genoss die neugierigen Blicke der Kinder und ihre lauschenden Ohren und ich erzählte meine Geschichte. Ich erzählte von den Bergen, von den Vögeln und Drachen und vom Leben in luftigen Höhen. Ich erzählte auch von meiner anderen Heimat – von der Küste und vom Wasser.

„Es ist lange her, dass der letzte Reisende aus dem Osten hier war", sagte der Mann schließlich. „Viele hören diese Legende heute zum ersten Mal."

Ich sah in die Runde und der Großteil der Kinder nickte mit staunendem Gesichtsausdruck.

„Der Wind wäre mir zu kalt", murmelte ein Mädchen mit wirren, schwarzen Locken schließlich.

„Ich persönlich finde es hier etwas zu warm", erwiderte ich schmunzelnd. „Gegen einen frischen Wind hätte ich nichts einzuwenden."

„Ja, es kommt immer darauf an, was man gewohnt ist", meinte die Frau verständnisvoll. „Der Ort, an dem man aufwächst, hat einen starken Einfluss auf das eigene Wohlbefinden."

„Ich liebe die Hitze", sagte das Mädchen wieder.

Die Kinder um sie herum nickten zustimmend.

„Wir machen uns nichts aus Wind oder Regen – bis darauf, dass der die Brunnen füllt. Wenn es regnet, können wir uns nicht in die Sonne legen und das nervt", stimmte Pon, der Junge, der noch immer neben Sahri saß, zu.

„Wenn ich mich hier in die Sonne legen würde, würde ich verbrennen", lachte ich.

„Deine Haut und Haare sind auch ganz anders als unsere", sagte ein älteres Mädchen mit glatten Haaren. Sie waren schokobraun und hatten fast dieselbe Farbe wie ihre Haut. Alle um mich herum waren gebräunt und hatten dunkles Haar. Ruka war vom Typ her ähnlich, doch ihre Gesichtszüge waren kantiger gewesen. Aus den Gesichtern der südlichen Kinder sahen mich lauter runde Augen an – anders als im Westen. Im Osten wiederum fand man zu diesem dunklen Typ gar keine Ähnlichkeit. Dort hatten die meisten hellbraune bis blonde Haare. Einige hatten so helles Haar wie ich, fast weißes. Unsere Haut war sandfarben oder leicht rosa.

„Und eure Geschichte?", fragte ich dann. „Wie war oder ist es im Süden?"

„Die Legende haben wir erzählt, kurz bevor du zu uns gestoßen bist, Tamia", antwortete die Frau – sie hieß Parla. „Und jetzt sind die Kinder müde und gehören nach Hause", fügte ihr Mann Hunoyan hinzu. Die jüngeren Kinder gähnten und nickten, während einige ältere genervt aufstöhnten.

„Darf ich ihr die Legende nicht noch schnell erzählen?", bat Pon. „Nein, Pon, geh nach Hause", sagte Parla streng. Mit gesenktem Kopf wandte er sich ab und ging. „Tschüss, Tamia", nuschelte er noch.

„Tschüss, Pon", erwiderte ich genauso genuschelt. Ich sah ihm verdrossen hinterher. Ich brannte so sehr darauf, die Geschichte zu hören.

Eine Hand berührte meine Schulter und ich sah auf. „Keine Sorge", sagte Hunoyan. „Du wirst die Geschichte hören. Und diese Nacht kannst du in unserer Scheune schlafen. Mehr kann ich dir leider nicht anbieten, aber…"

„Es ist ja warm genug", unterbrach ich ihn dankbar. „Ich brauche keine wärmenden Mauern oder ein Feuer. Nur einen Schutz vor der Sonne – eine Scheune ist perfekt."

„Sogar dein Drache findet darin Platz", fügte Parla lächelnd hinzu mit Blick auf Sahri. „Sie ist wirklich ein prächtiges Tier."

„Und mehr", murmelte ich, mehr zu mir selbst als zu dem Paar. „Viel mehr."

Sahri und ich liefen Seite an Seite hinter Parla und Hunoyan her. Das Paar wohnte am südlichen Dorfrand. Ihre Scheune lag etwas von den Wohnhäusern entfernt und war von einsamen, strohigen Wiesen umgeben. Sicherlich hatten Vorbesitzer, vermutlich die Großeltern von einem der beiden, hier in der Scheune früher Tiere untergestellt, aber jetzt war sie leer. Nur einzelne Strohsplitter bedeckten hier und da den Boden.

Nachdem meine Gastgeber mich und Sahri in der Scheune allein gelassen hatten, öffnete ich meine Tasche, um meinen Schlafsack herauszukramen. Mir prangte ein altes, ledernes Buch entgegen und ich vergaß sofort, weshalb ich die Tasche eigentlich geöffnet hatte.

Ich setzte mich im Schneidersitz hin, Sahri schlich um mich herum, bot mir ihre Seite als Rückenlehne an und sah über meine Schulter auf das Buch. Vorsichtig strich ich über den Einband.

Die fünf Völker.

Ich öffnete den Mund zu einem Gähnen. Als wäre das ihr Stichwort, lies Sahri den Kopf sinken und blinzelte mich an. „Schon gut", murmelte ich und seufzte. Wir waren beide müde und wollten morgen weiterreisen. Wir hatten den Süden gerade erst betreten. Tiefer drin, näher an der Sonne würde ich mehr über dieses Volk erfahren. Ich legte das Buch zurück in meine Tasche und holte nun doch meinen Schlafsack heraus. Ich kuschelte mich darin ein und lehnte immer noch an Sahris Seite. Schnell holte mich der Schlaf.

Ich erwachte als Sahri sich erhob und ich dadurch zur Seite plumpste. Durch das dünne Holzdach kämpften sich Sonnenstrahlen, sodass ich ihre blaugraue Gestalt gut erahnen konnte. Sie lief ungeduldig herum und setzte sich letztlich mir gegenüber hin wie ein gigantischer Hund. Sie sah mich erwartungsvoll an. Ich blinzelte kurz und rieb mir die Augen. „Es ist mit Sicherheit noch früh, Sahri, entspann dich. Erinnere dich mal daran, wie lange die Sonne hier jeden Tag scheint."

Sahri erhob sich und stellte sich vor die verschlossene Scheunentür. Ich stand auf, strich mein Kleid glatt und hob den Riegel, damit Sahri die Tür aufschieben und ins Freie laufen konnte. Dann ging ich zurück zu meinem Schlafplatz, rollte den Schlafsack wieder zusammen und nahm ein frisches Kleid aus der Tasche. Ich entschied mich für den eng anliegenden blauen Rock und das dazugehörige bauchfreie, enge Top. Die Kleidung des Westens war in der südlichen Hitze nicht die schlechteste Wahl. Sie war zwar nicht so luftig und leicht wie meine sonstige Kleidung, aber dafür bedeckte sie nur wenig Haut.

Nur kurze Zeit später stand ich neben Sahri auf den weiten Feldern und die Scheune sah aus, als wäre sie nie benutzt worden. Einen Augenblick lang sah mich mein Drache mit schief gelegtem Kopf an. Dann ließ er sich auf die Erde fallen und stieß einen geduldigen Laut aus. Es klang merkwürdig – wie ein Brüllen, dass im Keim erstickt wurde – Doch ich war mit Sahri aufgewachsen und so verstand ich immer genau was sie mir sagen wollte. Sahri wollte weiter, aber sie gab mir noch etwas Zeit vor dem nächsten Aufbruch. Ich ließ sie vor der Scheune liegend zurück und ging auf das Dorf, auf Parlas und Hunoyans Haus, zu.

Noch bevor ich klopfen konnte, schwang die Tür auf. „Oh!", machte Parla und wischte sich einzelne Haarsträhnen aus dem Gesicht, die nicht in ihrem Zopf am Rücken halten wollten. „Wie schön, dich nochmal zu sehen, Tamia. Entschuldige bitte, dass das jetzt alles so eilig ist, aber ich bin auf dem Sprung. Ich arbeite in der Kinderbetreuung, weißt du, ich will niemanden warten lassen. Geh einfach rein, Hunoyan ist in der Küche!", damit drückte sie sich an mir vorbei, huschte über die Straßen und war schnell außer Sichtweite.

Ja, das war wirklich alles etwas eilig. Einen Moment lang blieb ich in der Tür stehen und sah Parla nach, dann trat ich einfach in das Haus ein, wie mir geheißen wurde. Mich erwartete eine riesige Eingangshalle. Die Wände waren hölzern und in den Ecken ragten Balken daraus hervor. Ich lief in die Mitte des Raums und sah mich nach angrenzenden Räumen um. „Hunoyan?", rief ich dann unentschlossen. Schritte waren zu hören. Es dauerte eine Weile, dann schwang eine Tür auf und der große Mann betrat die Halle. „Guten Morgen", sagte er und neigte leicht den Kopf, wie für eine äußerst höfliche Verbeugung. „Hat Parla dich reingelassen?" Ich nickte. „Ah gut", Hunoyan lächelte mich an. Alles was er tat, wirkte besonders elegant. Er trug eine dunkelrote Weste über einem schlichten weißen Hemd, die er mit einem roten Gürtel zusammengebunden hatte. Hatte er dasselbe oder etwas ähnliches gestern schon angehabt? So viele Details waren mir in der Dämmerung am Lagerfeuer entgangen!

„Möchtest du etwas frühstücken?", fragte Hunoyan mich freundlich.

„Gerne."

„Dann komm mit."

Ich folgte Hunoyan durch einen langen Gang, an den weitere Türen grenzten, dann eine Treppe hinauf in eine typische Küche – einen Raum mit Esstisch, Anrichte und

Herdplatte. In dieser Küche gab es sogar einen Schrank, der innen aus Fliesen bestand – so konnte man Lebensmittel kühler halten.

„Setz dich doch", forderte Hunoyan mich auf und deutete auf den Tisch. Darauf standen ein gefüllter Brotkorb, ein Korb mit Obst und eine Wurstplatte. „Ich habe selber gerade noch gefrühstückt", erklärte mein Gastgeber sofort, während er mir einen Teller und ein Messer reichte.

„Danke." Ich nahm mir ein Brot, schnitt es auf und legte Wurstscheiben darauf. „Ihr habt hier so viele Räume", meinte ich währenddessen. „Und die Eingangshalle unten – sind alle Häuser im Süden so groß?"

Hunoyan schüttelte den Kopf. Seine Eleganz wirkte streng und blieb demnach erhalten, dennoch meinte ich, seine Lippen amüsiert zucken zu sehen. „Dies ist nicht nur unser Wohnhaus", erklärte er. „Im gesamten unteren Bereich führe ich eine Kampfschule."

Wenn ich bis zu diesem Zeitpunkt noch so etwas wie Anspannung verspürt hatte, fiel sie nun komplett von mir ab. „Eine Kampfschule?", wiederholte ich laut. „Das ist aber spannend!"

Hunoyan zuckte mit den Schultern. „Ja, das Kämpfen ist noch der spannendste Teil meiner Arbeit. Es ist eine alte, körperliche Kunst, die Konzentration und Körperspannung verlangt. Aber das ist nicht alles. An der Kampfschule sind vor allem jugendliche Jungen interessiert, Pon zum Beispiel ist einer meiner Schüler. Doch um auch das Interesse der Erwachsenen zu wecken, biete ich Meditation und ruhigere Bewegungen an."

„Ruhigere Bewegungen?", hacke ich sofort nach.

„Die sind angeblich auch aus kämpferischen Bereichen. Aber ich habe nie verstanden, worum es dabei geht. Erinnern mich mehr an eine Art einschläfernden Tanz."

„Wieso hast du diese Dinge gelernt, wenn sie dir keine Freude bereiten?", ich legte den Kopf schief und biss in mein Brot.

„Ich bin damit aufgewachsen. Es war die Schule meines Vaters. Der hat es von meinem Großvater gelernt und so weiter. Meine Vorfahren waren früher große Krieger."

„Oh", nuschelte ich. „Und ich dachte, ihr wäret einfache Bauern gewesen – wegen der Felder und so."

„Die sind nicht mein Erbe, sondern Parlas", erwiderte Hunoyan. „Sie war das Nachbarsmädchen."

„Hat die Welt früher Krieger gebraucht?", wollte ich zwischen zwei Bissen wissen.

Wieder zuckte Hunoyan bloß die Schultern. „Wenn sich die Völker gegeneinander richten... dann braucht jedes Volk seine Beschützer." Seine Stimme wurde dunkler.

Irgendwie verging mir die Lust auf dieses Gespräch und die Lust darauf, in diesem Haus zu bleiben. Hunoyan wandte den Blick ab und ging langsam zum Fenster in der Küche. „Dein Drache wartet", meinte er dann und nickte nach draußen. Ich schlüpfte neben ihn ans Fenster. Sahri hatte sich aufgerichtet und erhob den Kopf gerade zu einem lauten Brüllen. Ich griff blitzschnell nach dem Riegel des Fensters und schob es auf. „Sahri!", rief ich. „Nicht! Mach keinen Lärm, ich bin gleich da!"

Komisch. So verhielt sie sich sonst nicht. Sie hatte mir doch vorher gesagt, dass sie auf mich warten würde. Ich nahm mir noch eine Banane aus dem Obstkorb mit, dann öffnete ich die Tür, lief die Treppe hinunter und durch den langen Korridor zurück in die Eingangshalle. Ich drehte mich um und erwartete, dass Hunoyan mir gefolgt war, aber hinter mir war niemand. „Tschüss, Hunoyan", rief ich also kurz entschlossen in Richtung des langen Korridors. „Danke für eure Gastfreundschaft!" Einen Moment lang wartete ich noch auf eine Antwort, doch dann öffnete ich die Haustür und ließ sie hinter mir wieder ins Schloss fallen. Damit würde ich auch dieses Dorf hinter mir lassen.

Kapitel 7

Als Sahri mir das nächste Mal zu verstehen gab, dass sie eine Pause einlegen wollte, hatte ich das Gefühl, wir hätten bereits das Ende der Welt erreicht. Vor uns ergoss sich ein ewiges Sandmeer. Die Körner auf der Erde blitzten golden unter der kaum aushaltbaren Sonneneinstrahlung.

Wir waren Stunden geflogen. Nur einmal waren wir gelandet. Auf einer letzten Wiese, weil ich noch genau von früher wusste, dass Sahri so tief im Süden keine Gelegenheit zum Grasen mehr bekommen würde. Bei der Pause hatte ich auch meine Banane gegessen. Wir mussten etwas zu essen finden, wir beide.

Wir flogen nur knapp über den Sand hinweg, um mehr auf dem Boden erkennen zu können. Aber es gab hier nichts außer glühendem Sand. Sahri riss ihr Maul auf und diesmal konnte ich nicht verhindern, dass sie ein gellendes Brüllen ausstieß. Es klang verletzt und verzweifelt und versetzte mir einen Stich in der Seele. Sahri schnaubte und der dunkle Rauch, den sie aus ihren Nüstern blies, wirbelte die Sandkörner unter uns auf. Die Stelle unter ihr färbte sich grau. Genau dort landete Sahri. Ihr kräftiges Pusten hatte diese Stelle abgekühlt. Jede andere wäre zu heiß für ihre nackten Tatzen gewesen. Ich rutschte von Sahris Rücken herunter, setzte mich in den Sand und lehnte meinen Rücken an ihre Seite. Ich blickte nach Norden, mein Drache bot mir Schatten.

Ich war dumm gewesen. Das letzte Wasser, das sich noch in meinem Trinkschlauch befand, bot ich Sahri an. Schließlich war sie der prallen Sonne ausgesetzt und schließlich war sie die ganze Zeit geflogen. „Tut mir leid", sagte ich als sie trank und meine Stimme klang brüchig. „Wir hätten nach einer Karte fliegen sollen, wie damals mit meinen Eltern. Es war dumm auf gut Glück ein Dorf zu suchen – das konnte nicht auf Dauer gut gehen", Ich verbarg das Gesicht in meinen Händen und verkroch mich wieder in den Schatten, welchen Sahri mir auf ihrer linken Seite bot.

Jetzt saßen wir hier. Zwei müde Gestalten, die der Sonne nicht standhalten konnten. Auf ewig trockenem Gebiet ohne jegliche Nahrung. Meine Haut war allein vom Flug hierher ganz gerötet und brannte. Ich hätte doch ein östliches Kleid anziehen sollen. Ein Kleid, das mehr von meiner Haut vor der fiesen Hitze schützte.

Ich kullerte mich neben Sahri zusammen. Ich musste durchhalten. Ich musste nur durchhalten, bis meine beste Freundin wieder bereit war in die Lüfte zu steigen. Ich hatte ihr die letzten Tropfen Wasser gegeben, mehr konnte ich nicht tun.

Plötzlich hörte ich Stimmen. „Da! Siehst du? Ich sagte doch, hier ist etwas!"

Ich wusste nicht, ob ich mir das nur einbildete. Ich hob den Kopf und Sand rieselte aus meinen langen Haaren.

„Bleib weg, mein Sohn." Diese Stimme war rauer und tiefer als die erste.

„Warum?", fragte die erste Stimme wieder.

„Wir wissen nicht, was das ist."

„Ein Lebewesen, Vater." Die Stimme des jungen Mannes klang eindringlich. „Und es...", er zögerte, „...stirbt."

Ich kletterte auf Sahris Vorderpfote und zog mich an ihrem Rücken hoch, um von hier aus über sie hinwegblicken zu können. Die Wüste war nicht mehr leer. Unter der Sonneneinstrahlung schimmerten leicht verschwommen zwei Silhouetten. Sie bewegten sich nicht.

„Hallo?", wollte ich rufen, doch meiner trockenen Kehle entwich nur ein krächzendes Geräusch. Ich stieg wieder von Sahris Pfote und lief, oder stolperte eher, um sie herum auf die Personen zu.

Die Silhouetten nahmen, als ich näher kam, eine feste Form und Farbe an. Die Männer trugen von Kopf bis Fuß hellrote Kleidung, selbst ihre Gesichter waren in hellrote Tücher gewickelt. Einer der beiden zog das Tuch, welches vor seinem Mund hing, unter sein Kinn, sodass er frei sprechen konnte. „Sieh doch, Vater!", zu ihm gehörte die erste Stimme. „Eine Reisende aus dem Westen. Das riesige Tier kam sicher mit ihr her. Ich stolperte noch einen Schritt nach vorne, dann fiel ich in den Sand. Er brannte an meinen nackten Knien und Händen. Sofort stürzte der junge Mann zu mir, fasste meine Handgelenke und zog mich wieder auf die Beine. „Du solltest nicht allein in der Wüste reisen", sagte er langsam, während er mein Gesicht musterte. „Du bist zu jung."

„Ich bin nicht allein", röchelte ich leise. Der junge Mann war eigentlich noch kein richtiger Mann. Seine Haut war goldbraun und erinnerte mich an dunklen Honig, seine Augen waren fast schwarz. Sein Körper wirkte zwar kräftig, aber er war schmal und seine Gesichtszüge erinnerten mich mehr an die eines neugierigen Jungen. „Aber dein Tier hat auch keine Karte dabei, nehme ich an", seine Augen funkelten spöttisch. „Oder einen Reiseplan... mit genug Proviant."

Es fiel mir schwer, mich zu konzentrieren und aufrecht stehenzubleiben. Hätte der Junge mich nicht festgehalten, wäre ich vermutlich schon wieder umgekippt. Mir war zu warm, meine Haut brannte und meine Kehle war trocken. Alles in mir schrie nach Wasser.

„Wie heißt du?" Auch der Ältere hatte seinen Mund vom Tuch befreit und trat nun heran. Ein grauer Stoppelbart umgab seine Wangen und sein Kinn, seine Augen waren so dunkel und ehrlich wie die des Jüngeren.

„Tamia."

„Gut, Tamia, nimm dein Tier und lauf Richtung Osten. Du wirst eine Oase finden, um die herum sich ein Dorf gebildet hat. Es ist unser Dorf. Es heißt Cunmin Shado."

„L-laufen?", stotterte ich.

Der ältere Mann rollte die Augen. „Ja, Mädchen, laufen. Es ist nicht sehr weit."

„Das ist es nicht. Sahri kann hier nicht laufen", erwiderte ich und meine Stimme wurde mit jedem Wort wieder fester – Jetzt wo die Angst vor der Einsamkeit der Wüste gebannt war. „Der Boden ist zu warm für ihre Füße."

„Wie seid ihr dann hergekommen?" Der Junge zog die Augenbrauen hoch.

„Sie ist ein Drache. Sie fliegt. Doch nun ist sie zu müde."

Hinter uns erklang ein Brüllen. Sahri richtete sich schwerfällig auf, Sand rieselte zwischen ihren Schuppen hervor. Sie schlug mit ihren gewaltigen Flügeln und eine Sandböe

64

flog uns entgegen. Wir alle drei hoben schützend den Arm vor unsere Augen.

„Gut", übersetzte ich, als der Sand wieder ruhig dalag. „Sie wird es schaffen. Wir fliegen dorthin."

„Weißt du, sie hat dich damit gerettet." Der Junge sah neugierig zu Sahri hinüber.

„Damit, dass sie mich zu dem Dorf fliegt? Das weiß ich." Er schüttelte den Kopf. „Nein, mit dem Brüllen. Hätten wir das nicht gehört, wären wir nicht hergekommen. Und wären wir nicht hergekommen, würdet ihr euch immer noch von der Sonne kochen lassen."

Ich senkte den Blick. Es stimmte. Hätte ich diese Leute nicht getroffen, hätte ich kein Ziel vor Augen. Jetzt würden wir bald in einem Dorf sein, doch das hätten wir ohne ihre Richtungsanweisung nie gefunden. „Sie passt immer auf mich auf", meinte ich. „Ich sagte doch, dass ich nicht allein bin."

Der Junge lächelte leicht. „Ich bin übrigens Tabo und das ist mein Vater Yudan."

Yudan neigte leicht den Kopf, wie zur Begrüßung, dann zupfte er an Tabos Ärmel. „Komm, mein Sohn, wir haben genug Zeit vertrödelt. Die Sonne geht bald schon unter."

„Offiziell beginnt das Ritual doch auch erst bei Sonnenuntergang", erwiderte Tabo mit kecker Stimme.

„Die Nächte sind kurz", warf sein Vater zurück. Er spannte sein Tuch wieder über seinen Mund, drehte sich um und ging. „Tschüss, Tamia!", sagte Tabo, bevor auch er sich umdrehte und seinem Vater nachlief. „Vielleicht sehen wir uns ja noch bei meiner Rückkehr."

Die Männer entfernten sich und mit jedem Meter verschwammen ihre Gestalten wieder mehr zu flimmernden Silhouetten. Hinter mir schnaubte Sahri unentwegt. Als ich mich umdrehte, sah ich, dass sie eine rauchige Spur hinterlassen hatte. Sie hatte den Sand vor jedem ihrer Schritte abgekühlt, um zu mir zu gelangen. „Na los", schmunzelte ich. Sahri machte sich klein und half mir, aufzusteigen. Dann schlug sie mit einem Ächzen ihre Flügel und erhob sich in die Luft. Sie flog gerade so hoch, dass ihre Klauen vor dem glühenden Sand geschützt waren.

Tabo und Yudan hatten recht. Es war nicht weit zu dem Dorf. Als das grüne Gras der Oase in unser Blickfeld kam, stürzte sich Sahri ausgelaugt zu Boden. Ich fiel fast vornüber, als sie so unsanft landete. Sie richtete sich danach nicht wieder auf. Sie blieb auf dem Gras liegen und atmete hechelnd. Ihre Augen hielt sie geschlossen. Ich rutschte von Sahris Rücken und tätschelte ihre Nüstern. „Meine arme Freundin", flüsterte ich verständnisvoll. „Vielen Dank, dass du so tapfer durchgehalten hast."

Auch meine Beine taten weh, dabei war ich doch gar nicht gelaufen.

Es kehrte keine Ruhe ein. Ich merkte schnell, dass sich die Dorfbewohner um uns scharrten. Langsam kamen immer mehr Leute auf uns zu. Manche mit freundlichen, neugierigen oder staunenden Blicken, aber andere mit ängstlichen oder grimmigen. Ich hasste es, wenn Sahri zum Objekt des Interesses der Schaulustigen wurde.

„Was macht sie hier?", flüsterte eine Jugendliche, die bestimmt nur ein oder zwei Jahre älter war als ich, einer Gruppe junger Frauen zu. „Wieso landet das fremde Mädchen in *unserer* Oase?", tuschelte eine Frau aus der Gruppe zurück. Mehr Leute schlossen sich ihr an. „Was hat sie für ein Kleid an?" „Was will sie mit dem riesigen Untier in unserem Dorf?"

Jemand drängelte sich mit einer Mistgabel durch die Ansammlung und rammte diese Sahri in die Brust, bevor ich eingreifen konnte. „Nein!", schrie ich noch im selben Moment und streckte die Hand aus, als könnte ich jetzt noch etwas daran ändern.

Sahri riss mit einem gewaltigen Ruck die Augen auf, sprang auf und brüllte, wie ich sie selten brüllen gehört hatte. Der Mann mit der Mistgabel wich zurück. Ich lief vor Sahri und hielt ihr die Hände entgegen, im verzweifelten Versuch, sie zu beruhigen.

„Das Ding ist ja mordsgefährlich!", grölte der geisteskranke Mann und reckte seine Mistgabel in die Höhe. Zustimmend erhobene Fäuste und Rufe aus der Menge folgten. Meine Müdigkeit vernebelte mir die Sinne. Wieso ließ man uns nur nicht in Ruhe?

„Sie sind gefährlich!", kreischte ich zurück. „Sie mit ihrer blöden Mistgabel!" Ich griff danach, zog sie dem Mann aus der Hand und schmiss sie zur Seite. Sahri warf noch immer den Kopf hin und her und hob immer wieder die Vorderfüße in die Luft. Ihr Körper bebte. Der Mann hatte ihr wehgetan.

Die Menschen um mich herum tuschelten.

Einige verteidigten mich. „Sie ist nur eine Reisende auf der Suche nach einem Ort für eine Rast." Aber die Stimmen, die in meinen verzweifelten Versuchen, Sahri zu beruhigen, zu mir durchdrangen, hetzten gegen uns.

67

„Ruhig, Sahri", rief ich. Doch ich war selbst alles andere als ruhig. Ich war müde und traurig. Ich hatte keine Kraft mehr.

Eine Stimme durchschnitt die Luft. Eine, die alle anderen zum Schweigen brachte. „Lasst sie in Ruhe. Sie gehört hierher. Seht ihr nicht? Sie hat den Vogel der zwei Elemente bei sich." Ein Augenblick der Stille kehrte ein. Selbst Sahri wurde ruhiger, doch ich konnte sehen, wie sie mit dem Schmerz der Wunden in ihrer Brust kämpfte. Dann fuhr die ungemein kräftige Stimme fort: „Kümmert sich jetzt wohl mal jemand um das Feuertier?!"

Kapitel 8

Ich saß mit einer langen, dunkelroten Robe im Schaukelstuhl vor Wertars Haus und schlürfte ein Glas gekühlten Kirschsaft.

Wertar war der Mann, der sich für uns eingesetzt hatte. Er hatte dafür gesorgt, dass Sahri in einem Schuppen, ähnlich dem von Hunoyan, untergebracht und ihre drei kreisförmigen Wunden an der Brust mit einer fettigen Salbe behandelt wurden.

Außerdem hatte er mir das Gewand des Südens geschenkt. Es bestand aus einer langen, weiten Hose und einem Shirt, das locker sitzende, lange Ärmel und einen tiefen V-Ausschnitt hatte. Dazu hatte er mir noch ein Tuch gegeben, wie Tabo und sein Vater eins getragen hatten. Es deckte den Hals und Kopfbereich ab. Die Kleidung bestand aus sehr dünnen Leinen, sodass man nicht schwitzte, aber dennoch die gesamte Haut bedeckt war. Sie war perfekt an die Wüste angepasst. Ich hatte bei Wertar gebadet, meine Beine und Arme mit einer Salbe aus einer Wüstenlilie eingerieben, sodass die Verbrennungen nicht mehr so stark schmerzten, und mich umgezogen.

Nun kam Wertar aus dem Haus, auch er hatte sich einen Kirschsaft geholt, und setzte sich in den Rattansessel neben mich.

Wertar war mittleren Alters. Seine Haare waren, wie es in dieser Gegend typisch war, schwarz und streng nach hinten gekämmt, nur an den Schläfen färbten sie sich leicht grau –

Ich fand, das stand ihm. Seine Augen waren graublau, nicht braun wie die der meisten im Süden. Auf seiner dunklen Haut erstrahlten sie geradezu.

„Vielen Dank", ergriff ich sofort das Wort. „Du bist sehr gastfreundlich. Aber nehme ich jetzt nicht deiner Frau eine ganze Gewandung weg?"

Er schmunzelte und durch das Lächeln bildeten sich leichte, sympathische Fältchen in seinem Gesicht. „Nicht meiner Frau", erwiderte er. „Meiner Tochter. Ich kann mich nicht daran erinnern, wann sie zuletzt dunkelrot getragen hat. Sie meint selbst, ihr stünden helle Farben einfach besser. Sie wird es nicht mal bemerken."

Wertar tippelte nachdenklich mit den Fingerspitzen auf seinem Glas herum. Ich trank einen Schluck und sah zum Himmel. Mein Blick ging nach Osten, die Sonne befand sich auf der anderen Seite des Hauses, doch am orangen Schimmer am dunkelblauen Himmel erkannte ich, dass sie endlich beinahe untergegangen war.

„Du hattest einen langen Tag?", fragte Wertar, als er meinem Blick nach oben folgte.

Ich stöhnte auf und lehnte mich weit zurück. „Und wie. Wortwörtlich lang. Wie lange scheint täglich bei euch die Sonne?"

„Achtzehn Stunden", erwiderte Wertar ohne zu zögern. „Also circa."

„Wow", murmelte ich, schüttelte erstaunt den Kopf und schloss die Augen. Jetzt ging es mir besser. Ich war erfrischt und es wurde kühler.

Wertar räusperte sich und ich schlug die Augen wieder auf und blinzelte ihn fragend an. „Ich weiß, du würdest dich

70

gerne ausruhen", erklärte Wertar, er klang fast ein wenig schuldbewusst. „Das kannst du auch sofort tun, aber ich möchte gerne vorher wissen, wer genau du bist."

„Ja, das verstehe ich", erwiderte ich schnell.

„Dein Name ist Tamia, richtig? Und du bist... siebzehn Jahre alt?"

„Sechzehn", korrigierte ich.

„Sechzehn, wow. Und dann schon allein unterwegs. Und so weit. Ist dir überhaupt bewusst, wie weit du dich in die Wüste begeben hast? Deshalb musst du den Dorfbewohnern auch verzeihen, dass sie etwas...", er suchte nach einem passenden Wort: „...scharf reagiert haben. Wir sind hier nicht wirklich an Besucher gewöhnt. Und wo kommst du her?" Ich öffnete den Mund, um zu antworten, schloss ihn aber wieder, weil Wertars Redeschwall noch anhielt: „Du hast diesen blauen, engen Rock getragen. Ein Kleid des Westens, wie ich meine. Aber das Tier. Der Vogel ist ein Tier der Berge, des Ostens, oder nicht?"

„Ja, alles richtig. Ich selbst stamme aus dem Osten. Sahri ist mein Begleittier. Und ihre Art heißt Drache – Unter einem Vogel stelle ich mir irgendwie etwas anderes vor. Aber Drachen werden wie die Vögel dem Volk des Ostens zugeschrieben. Das Kleid ist ein Andenken an mein halbes Jahr im Westen. Ich habe dort bei einer Familie an der Küste gelebt."

„Und nun? Willst du nun eine Weile im Süden leben?"

Ich wandte den Blick wieder dem Himmel zu und runzelte die Stirn. „Ich weiß nicht. Ich habe mir keine richtigen Pläne gemacht", ich zuckte die Schultern. *Vielleicht sehen wir uns ja noch bei meiner Rückkehr.* Eine Stimme drang

71

aus meinem Gedächtnis in mein Bewusstsein. „Jemand hat mir da draußen in der Wüste geholfen", sagte ich letztlich. „Er lebt hier. Erstmal möchte ich gerne so lange bleiben, bis ich ihn wieder sehe." Ich sah Wertar wieder an und seine hellen Augen blitzten neugierig, das begleitende Lächeln verleitete mich dazu, ihm seine unausgesprochene Frage zu beantworten. „Er heißt Tabo, kennst du ihn?"

„Aaaah", machte Wertar. Mit einer großen Bewegung nickte er. „Tabo, ja. Er hat das Dorf für sein Einführungsritual verlassen. Begleitet von seinem Vater Yudan, der zufälligerweise mein Bruder ist." Wertar zwinkerte mir kurz zu. „Ich würde sagen, ich kenne den jungen Mann sogar recht gut."

So sehr ich auch nachgebohrt hatte, Wertar hatte den Tag für beendet erklärt und mir an dem Abend nichts mehr über das Ritual erzählen wollen. Es sei eine komplizierte, südliche Angelegenheit, hatte er gesagt. Und er würde mir morgen die Geschichten seines Volkes verraten.

Nun lag ich auf dem knarschenden Bett im Gästezimmer und konnte trotz meiner Müdigkeit nicht schlafen. Mir ging einfach nicht aus dem Kopf, was Wertar über Sahri gesagt hatte. Er hatte sie als *Vogel der zwei Elemente* bezeichnet, genau wie Kian vor wenigen Tagen – es fühlte sich schon so viel länger her an, als es in Wirklichkeit war. Aber nicht nur dieser Ausdruck hielt mich wach. *Und kümmert sich wohl mal jemand um das Feuertier?,* hatte er gesagt, kurz bevor er mich zu seinem Haus begleitet und mir ein Bad angeboten hatte. *Feuertier...* An Sahri war nichts, das etwas mit Feuer zu tun hatte. Na gut, aus ihren

Nüstern kam Rauch, wenn sie die Luft ausstieß. Rauch brachte man sonst mit Feuer in Verbindung. Das Zeug war grau und staubig, das war es schon mit den Gemeinsamkeiten. Ihr Rauch war auch immer kalt, niemals erhitzt.

Es nützte nichts, meine Neugier siegte einfach über meine Müdigkeit. Ich setzte mich aufrecht ins Bett und tastete den Nachttisch neben dem Gästebett nach den zwei kleinen Steinchen und der Kerze ab, die auf jeden Nachttisch gehörten. Schließlich fand ich sie und schlug zufrieden die Steine gegeneinander, um das dicke Teelicht zu entzünden. Dann zog ich meine Tasche unter dem Bett hervor und das Buch aus ihr heraus. Wieder einmal fesselte mich der Ledereinband mit der goldenen Schrift, als würde ich ihn zum ersten Mal sehen. Aber dieses Mal würde ich es nicht mehr weiter hinauszögern. Diesmal würde ich auch *in* dem Buch lesen.

Ich schlug den Einband auf und auf der ersten Seite stand in verschnörkelter Schrift Das östliche Volk. Darunter war groß ein Dreieck mit der Spitze nach oben und einen Querstrich durch die Mitte abgebildet. Daneben befanden sich verschnörkelte Linien, die aussahen wie die Zeichnung eines Fünfjährigen zum Thema Wind. Fehlte nur noch eine pustende Wolke.

Es gab kein Inhaltsverzeichnis. Das Buch begann gleich auf Seite eins.

Auf der nächsten Seite stand der erste lange Text, die Überschrift lautete Das Leben in der Luft. Ich überflog den Text und blätterte dann schnell weiter. Es war wie Lurai gesagt hatte, als er mir das Buch geschenkt hatte – Es enthielt die Legenden, wie man sie sich noch heute erzählte, also überflug ich den Teil mit *Sie lebten in der Luft und mit der Luft, die Luft umwirbelte sie wie sie die Flügel eines Drachen umwirbelt* nur flüchtig. Es war die Geschichte meines Volkes und ich kannte sie bereits in- und auswendig.

Dennoch wurde ich schneller als erwartet fündig. Einige Seiten handelten von Geschichten aus den Bergen, von verschiedenen Begleittieren – auch über den Simurgh, so ein Tier, wie Kian es besessen hatte, sah ich Geschichten. Aber all das erweckte gerade nicht meine Aufmerksamkeit. Sicher war es interessant, aber nicht das, was ich zu dieser späten Stunde noch suchte. Doch die letzte Seite im Oberkapitel Das östliche Volk besaß die Überschrift Der Vogel der zwei Elemente.

Mit zitternder Hand fuhr ich über die vergilbte Seite. Dann begann ich zu lesen.

Zwischen dem Osten und dem Süden gibt es eine ganz besondere Verbindung.

Die nächste Stelle im Text stand am Rand und war leider zum Teil ausgerissen, zum anderen Teil unleserlich. Egal. Ich flog schnell über den fehlenden Teil hinweg und las weiter.

... dieses Tier, welches als Bindeglied dient. Es ist ein Vogel. Ein Tier der Lüfte, dadurch Bewohner der Berge und somit Lehrmeister für die Angehörigen des östlichen Volkes. Der Vogel ist gigantisch. Seine federnden Schwingen tragen ihn überall hin. Es wäre ein Leichtes für ihn, die Bewohner der Berge bis an den Ozean im Westen zu tragen. Doch sie würden sich dabei verbrennen, denn er besteht aus Feuer.

Ich hielt einen Moment verblüfft inne und versuchte, mir einen Vogel aus Feuer vorzustellen. Sahri jedenfalls bestand nicht aus Feuer und konnte mich ohne Probleme tragen.

Die prächtigen Schwanzfedern, die Flügel, welche eine Spannweite von bis zu fünf Metern besitzen, und auch das Gefieder am Kopf des Vogels, alles brennt, glüht und lodert. Selbst die Augen glitzern rotorange.

Wieder fehlten einige Zeilen am Rand.

... im Süden wohl. Denn hier ist er der Sonne am nächsten und die Sonne ist die einzigartige Quelle des Feuers. Bewohner des Südens besitzen die Fähigkeit, einen dieser Vögel zu reiten. Doch zumeist machen sich die Angehörigen des Volkes des Feuers nichts aus den Lüften. So ist es nur einem Menschen möglich, einen Phönix von sich zu überzeugen, welcher die Kraft besitzt, sich sowohl auf die freie Energie der Luft als auch auf die kraftvolle Energie des Feuers einzulassen.

„Phönix", flüsterte ich leise. „Phönix", ich wiederholte es erneut, weil das Wort so fremd klang. Ich hatte es wirklich noch nie jemanden sagen hören. Ich gähnte. Scheinbar kam die Müdigkeit nun doch wieder, jetzt, wo mein Wissensdurst gestillt war.

Ich klappte das Buch vorsichtig zu und legte es zurück zwischen meine Kleidung. Ich pustete die Kerze aus und rollte mich im Bett unter der leichten Decke zusammen.

„Phönix", murmelte ich ein letztes Mal und gleich darauf war ich auch schon eingeschlafen.

Kapitel 9

Ich saß mit Wertar und seiner Frau wieder draußen vor dem Haus. Diesmal hatten wir aber einen Tisch aufgestellt, auf dem nun alles stand, was man für ein Frühstück brauchte. Wertars Frau hieß Maia, trug einen hohen, pechschwarzen Pferdeschwanz und hatte Fältchen um die Augen, die mir verrieten, dass sie in ihrem Leben viel gelacht hatte. Ich fühlte mich bei diesen Leuten wohl. Sie strahlten dieselbe Freundlichkeit aus, die Lurai von Anfang an besessen hatte.

„Wieso hast du Sahri als Vogel der zwei Elemente bezeichnet?" Die Frage brannte mir in der Brust, seit ich aufgewacht war.

Maia und Wertar wechselten einen Blick, als würden sie eine gemeinsame Erinnerung teilen. Beide sahen glücklich aus. Dann wandte sich Wertar mir zu. „Ich hätte gedacht, du kennst die Geschichte", fing er an. „Es ist so eine alte Legende. Der Drache ist der Luft genauso wie dem Feuer zugeteilt. Er gehört in den Osten, aber auch in den Süden. Er gehört natürlich deshalb in die östlichen Berge, weil er fliegen kann. Der Grund, zum Süden zu gehören, liegt in seinem Inneren. Der Drache lodert innerhalb seines Körpers. Er speit Feuer."

„Sahri speit aber kein Feuer", entgegnete ich ungewollt scharf. „Sie speit höchstens Mal etwas Rauch aus. Sie mag die Hitze nicht einmal."

Wertar zuckte mit den Achseln. „Es ist nur eine Geschichte. Sei doch froh darüber, Tamia. Sahris Ruf hat dich gestern geschützt. Er hat bewiesen, dass du hierher gehörst."

Ich lehnte mich im Stuhl zurück, atmete gedehnt aus und sah Wertar mehrere Sekunden lang zerknirscht an. Er machte sich nichts daraus, lächelte nur kurz und aß gemütlich weiter.

Nach einiger Zeit durchbrach ich wieder die idyllische Stille. „Sie ist verfälscht."

Wertar sah auf. „Was denn?"

„Die Geschichte."

„Ach ja?" Aus Wertars Augen funkelte ehrliche Neugier gemischt mit einem Fünkchen Spott.

„Ja", entgegnete ich fest und richtete mich wieder im Stuhl auf. „Ich habe gestern darüber gelesen. Der Vogel der zwei Elemente war kein Drache. Er hieß Phönix. Ein Vogel des Feuers. Es sind nicht Drachen gemeint. Vielleicht nahm man das später an – einzig und allein wegen des Rauchs."

Wieder wechselten Wertar und Maia einen Blick. Der konnte alles bedeuten. Ein „Die ist doch verrückt" oder ein „Kann sie uns wirklich noch mehr über die Welt beibringen?"

„Kann ich… diesen Text mal sehen?", fragte Maia schließlich.

Bevor ich antworten konnte, kam von der Straße ein Mädchen angerannt. „Was macht *die* denn hier?", fragte sie mit patziger Stimme. Ihre Haare waren schwarze Wuschellocken und ihre Augen waren dunkelgrau und zu Schlitzen verengt. Ihre Stirn lag in Falten.

„Hallo, mein Schatz", antwortete Wertar, als hätte er die Frage überhört. „Wie war die Übernachtung?"

Ich erkannte das Mädchen wieder. Es war die Jugendliche, die gestern als Erste das Wort gegen mich erhoben hatte. Sie zog beleidigt die Oberlippe nach oben. „Ähm, hallo?", zickte sie. „Ich habe dir eine Frage gestellt. Und wieso trägt die Fremde *meine* Kleidung?" Aus ihrem Mund klang das Wort „Fremde" wie ein Schimpfwort.

„Du trägst dieses Gewand eh nicht mehr, mein Schatz", erwiderte nun Maia. Ihre Stimme war ruhig, als wäre sie das Gemecker ihrer Tochter gewohnt. „Dein Vater und ich haben Tamia eingeladen, hier zu übernachten. Du weißt, dass wir nichts gegen Reisende haben."

„Wie ihr meint." Das Mädchen lief an mir vorbei ins Haus. Die ganze Zeit beäugte sie mich missmutig aus zusammengekniffenen Augen.

Sobald sie hinter der Tür verschwand, stieß ich die Luft aus. „Die ist ja ein richtiger Engel."

Maia seufzte. „Bitte entschuldige, Tamia. Walla ist... in einer speziellen Phase."

„Sie versucht nur, sich ins Dorf einzugliedern", fügte Wertar hinzu. „Sie ist die einzige Achtzehnjährige hier. Ein paar Jahre vor ihr wurden mehrere Mädchen geboren. Sie will dazugehören, das kann man doch verstehen."

„Und die Mädchen stehen wohl nicht so auf Reisende", schlussfolgerte ich.

„Wie ich dir gestern bereits sagte, Tamia. Dieses Dorf ist nicht wirklich an Reisende gewöhnt. Und Mädchencliquen sind sowieso...", er sah hilflos zu Maia. Sie schmunzelte leicht und beendete seinen Satz: „...schwierig."

79

Wertar nickte. „Ja, schwierig."

„Also zurück zu diesem Text, den du gelesen hast...", nahm Maia dann den Faden wieder auf. Erneut stellte sie ihre Frage: „Kann ich den mal sehen?"

Ich sah zwischen Maia und Wertar hin und her. Aus ihren Augen sprach echtes Interesse. Das Buch war mir unglaublich wichtig und ich gab es ungern aus der Hand, aber irgendetwas an diesen Leuten verleitete mich dazu, ihnen zu vertrauen. „Ich hole das Buch her", antwortete ich schließlich und stand auf.

Nach wenigen Augenblicken kam ich mit dem ledernen Buch in der Hand zurück. Ich legte es behutsam auf dem Tisch vor Maia ab. „Bitte seid vorsichtig damit", bat ich dabei. „Es ist sehr alt. Ein Erbstück eines guten Freundes."

Maia fasste das Buch nicht sofort an. Sie betrachtete es nur und legte den Kopf schief. Wertar rückte seinen Stuhl näher an ihren, um es auch sehen zu können.

„Fünf?", fragte er dann irritiert.

Ich zuckte die Schultern. „Ich weiß auch noch nicht, worum es da geht." Ich griff nach dem Buch und schlug die Seite auf, die ich in der Nacht zuvor gelesen hatte.

Schweigend sah ich zu, wie Maia und Wertar lasen. Sie ließen das Buch dabei einfach auf dem Tisch liegen, als hätten sie Angst, es durch ihre bloße Berührung zu zerstören. Dieses Gefühl konnte ich gut nachempfinden.

„Das ist...", begann Maia zögernd, nachdem sie zu Ende gelesen hatte, „...interessant."

„Vermutlich hat Tamia recht", murmelte Wertar, immer noch den Blick auf den Text gerichtet. „Die Geschichte wurde in der mündlichen Überlieferung verfälscht. Vielleicht… weil niemand mehr so ein Tier zu sehen bekommen hat. Phö-nix." Er sprach das Wort betont langsam und intensiv aus. Genau wie ich, als ich es zum ersten Mal gesagt hatte.

Ich nahm das Buch langsam wieder an mich und klappte es vorsichtig und lautlos zu. Dann erst setzte ich mich wieder hin, das Buch fest in beiden Händen. „Wisst ihr, was ich mich frage?", sagte ich dann. „Wie sollten selbst Bewohner des Südens auf einem Tier aus Feuer reiten können? Ich meine… ich erinnere mich noch von meinen früheren Reisen daran, dass das Feuer hier im Vordergrund steht, aber… selbst ihr habt Angst davor. Ihr seid auch nur Menschen. Auch ihr könnt euch verbrennen."

Ein erneuter Blickwechsel zwischen meinen Gegenübern folgte. Maia lächelte zart. „Es scheint lange her zu sein, dass du unsere Legende gehört hast", erwiderte sie dann und sah wieder mich an. „Vielleicht solltest du sie wiederholen."

Endlich! Ich lehnte mich vor mit flehendem Gesichtsausdruck. „Ja, bitte! Ich will sie unbedingt hören!"

„Also gut", lächelte Wertar. „Zunächst einmal hast du recht. Ja, auch wir fürchten das Feuer. Aber unsere Vorfahren taten dies nicht. Eigentlich geht es in unserer Legende auch weniger um das Feuer als solches, denn das wirst du hier nur selten antreffen. Wir machen keine Lagerfeuer, an denen wir zusammenkommen und sitzen nicht vor Kaminen, um uns zu wärmen. Das benötigen wir nicht, es ist ja immer warm genug. Es geht vielmehr um die Sonne. Der Süden ist der Sonne am nächsten. Und was ist die Sonne letztlich anderes als ein riesiges Feuer am

Himmel? Unsere Vorfahren lebten nicht nur in der Wärme, sondern mit der Wärme. Sie schöpften Kraft aus den lodernden Flammen des Horizonts. Wenn die Menschen Feuer wollten, machten sie reales Feuer aus dem sprichwörtlichem Feuer, das in ihrem Inneren herrschte. Sie konnten die Kraft der Sonne quasi absorbieren und auf die Erde in ihren Körper bringen. Und dann loderten die Flammen um sie herum, als könnten sie ihnen nichts anhaben. Als wären sie auch nur ein Teil ihres Körpers. Und so, Tamia, so könnte man auch diesen... Vogel berühren. Die Macht des Feuers würde von Vogel zu Mensch und zurück fließen, ohne dass sich der Mensch dabei verbrennt."

Ich stützte mich mit meinem Ellenbogen ab und zog gedankenverloren die Muster des Holztisches mit dem Finger nach.

Denn die Sonne ist die einzigartige Quelle des Feuers, dachte ich und spürte das Buch fest auf meinem Schoß liegen.

„Das ist natürlich nur eine Geschichte", unterbrach Maia nach einer Weile meine sich wiederholenden Vorstellungen vom Leben mit der Sonne. „Eine Überlieferung aus lange vergangenen Zeiten. Was ist davon schon übrig geblieben? Die Liebe zur Sonne, sicher. Wir wachsen hier mit der Hitze auf und ohne sie... Naja, was würde schon Drastisches passieren", Maia zuckte die Achseln. „Wir würden frieren."

Ich nickte kaum merklich. Ihre Worte lösten ein Bedauern in mir aus, dass ich selbst nicht verstand. Eine tiefgreifende Sehnsucht loderte tief in mir auf. Eine Sehnsucht, die nicht gestillt werden konnte. Die gerade gehörte Legende hatte mich für einen Moment besänftigt. Dann hatte Maia gesagt, dass es nur eine Geschichte sei. Eine Tatsache, welche mir eigentlich schon vorher klar gewesen war, also woher rührte dieser Schmerz?

„Was hat es mit dem Ritual auf sich?", hörte ich mich fragen. Erst durch die Ablenkung durch meine eigene Stimme wurde ich wacher. Das Beben in meiner Brust ebbte ab zu einer minimalen Vibration.

„Womit?", erwiderte Wertar sichtlich verwirrt.

„Das, zu dem Tabo aufgebrochen ist. Ihr hattet das Wort ‚Ritual' verwendet. Er selbst und du auch."

„Ah, das Einführungsritual." Jetzt nickte Wertar wissend. „Tabo ist achtzehn Jahre alt geworden. Wenn ein junger Mann unseres Volkes dieses Alter erreicht, bricht er mit seinem Vater auf und beweist seine Widerstandskraft. Er trotzt der Hitze und der endlosen Weite des Sandes. Er folgt den Zeichen und sucht eine Oase für die Übernachtung und Versorgung, wie sein Vater es ihn gelehrt hat. Dieser darf ihm nicht dabei helfen, sondern nur überwachen. Nach der Nacht – oder besser gesagt der Übernachtung am Tage, da man in der Wüste nachts reist und tagsüber ruht, kehren die zwei ins Dorf zurück."

Wertar musste meinen etwas verdutzten Gesichtsausdruck bemerkt haben, denn er fügte mit einem Augenzwinkern hinzu: „Das mag für Außenstehende komisch erscheinen, aber es ist ein sehr altes Ritual, welches den Jungen als Mann in unsere Gesellschaft einführt. Außerdem ist es wie eine Prüfung und durchaus sinnvoll. Wenn man hier lebt, sollte man einen Tag in der Wüste überstehen können.

83

Man weiß ja nie, ob das Dorf nicht von einer Sandver-
wehung getroffen wird und wir weiterziehen müssen."

„So etwas passiert?", hakte ich mit großen Augen nach.

Wertar nickte. „Ja, so etwas kann passieren. Wüstendörfer
sind immer irgendwo auch Nomadendörfer. Aber in dieser
Oase sind wir seit mehreren Generationen sicher. Mein
Großvater zog in jungen Jahren mit den anderen ersten
Siedlern hierher."

„Also, wenn ich den Ablauf richtig verstanden habe...
kehrt Tabo morgen zurück, richtig?"

Wieder nickte Wertar. „Ja, bei Sonnenaufgang sollte er das
Dorf wieder betreten. Aber er wird sich dann noch einige
Stunden ausruhen, bevor wir ihn wieder zu Gesicht be-
kommen und ihm gratulieren können."

„Kann ich... noch ein paar Tage hier bleiben? Ich glaube,
in diesem Dorf bin ich fürs Erste angekommen", fragte ich.

„Außerdem hat Sahri etwas Ruhe verdient, damit ihre
Wunden heilen können."

Wertars lächelndes Gesicht wurde neben seinen Falten von
einem jugendlichen Zucken, dass ich nicht zu deuten wusste, umrahmt. Doch auch Maia lächelte mich aufrichtig an.

„Sicher", antwortete sie. „Das Haus ist groß genug und das
Gästezimmer wird momentan von niemandem sonst ge-
nutzt."

„Was wohl Walla davon hält?", fragte Wertar seine Frau
spöttisch.

Maia stand auf und stapelte die benutzten Teller aufeinander. „Sie wird sich damit abfinden", meinte sie mit einem Schulterzucken. „Tamia ist ein gerne gesehener Gast.
Immerhin wird sie auch im Haushalt anpacken, nicht

wahr?", Maia hielt mir die schmutzigen Teller entgegen und zwinkerte mir zu.

Sofort erhob ich mich von meinem Stuhl, behielt in der einen Hand das Buch und nahm mit der anderen die drei Teller entgegen. „Sicher. Das ist doch das Mindeste!"

Kapitel 10

Zwei Tage verstrichen wie im Flug. Wie versprochen half ich Maia als Gegenleistung für ihre und Wertars Gastfreundschaft im Haushalt. Deren Tochter Walla hingegen trug recht wenig zum Wäschewaschen, Geschirrspülen, Kochen und so weiter bei. Sie nahm mich wahr, betrachtete mich manchmal mit einer mürrischen Art Argwohn, sagte aber nie etwas. Sie drückte natürlich kein Gefallen, aber eben auch kein Missfallen an meiner Anwesenheit aus.

Am Nachmittag des ersten Tages besuchte ich Sahri in ihrer Scheune außerhalb des Dorfes. Sie schlief tief und fest. Wir waren einige Tage mit nur wenigen Pausen geflogen. Ich gönnte ihr die Ruhe.

Am zweiten Tag schlenderte ich durch die Straßen des Dorfes. Es war recht klein. Ich hatte das Gefühl, jeder kannte jeden und war auch irgendwie mit jedem verwandt. Vermutlich hatten Wüstendörfer das so an sich. Eine Oase bot eben nur begrenzt Platz. Außerdem gelangte kaum jemand so tief in die Wüste hinein. Es war kein Ort, an dem sich Reisende tummelten oder gar zuwanderten. Gerade das machte genau dieses Dorf so interessant für mich.

An diesem Abend lag ich an der Rückseite von Wertars Haus mit dem Bauch auf dem Boden, auf dem grünen, leicht stacheligen Gras. Ich stützte meinen Kopf mit den Ellenbogen vom Boden ab und sah hinauf zur Sonne. Sie war schon vor Ewigkeiten aufgegangen und doch stand sie noch immer hoch am Himmel. Das einzige, was auf den Abend hinwies, war ein leichter roter Streifen, der sich aus der riesigen gelben Kugel am Himmel hinaus wand.

„Ach, hier bist du", erklang plötzlich eine freundliche Stimme.

Ich wandte den Kopf leicht nach rechts und erblickte Wertar, der um die Hausecke lugte und amüsiert grinste.

„Was machst du denn hier hinten?"

„Ich beobachte die Sonne", antwortete ich und drehte den Kopf wieder nach vorne. „Sonnenauf- und Untergänge haben mich schon immer gefesselt, aber hier sind sie so anders."

„Anders?", kam Wertar interessiert näher und setzte sich im Schneidersitz neben mich.

Ich richtete mich auf und nickte. „Sie sind spät. Spät und warm, als wären sie nur eine Illusion. Im Osten waren Sonnenaufgänge groß und Sonnenuntergänge klein und in weiter Ferne. Im Westen war es anders herum. Aber hier sind beide immer da. Es ist, als würde die Sonne sich nicht mal vom Fleck rühren. Als könnte ich jederzeit die Hand ausstrecken und sie einfach packen." Ich hob die Hand an, griff ins Leere und ließ die Hand dann wieder sinken. Sie öffnete sich leicht und nichts außer der unsichtbaren Luft darin kullerte heraus. Ich starrte meine leere Handinnenfläche mit einem Frust an, der mir unbegreiflich war. Ich war enttäuscht, weil ich die Sonne nicht *wirklich* einfach greifen konnte! Wie albern!

„Du hörst dich an wie ein Kind des Südens, wenn du so über die Sonne sprichst." Ich sah wieder auf und Wertars angedeutetes Lächeln in Mundwinkeln und Augen ließ mich meinen Frust vergessen. Auch meine Mundwinkel zogen sich zu einem Lächeln nach oben. *Ein Kind des Südens...* ich wusste nicht, was exakt das bedeutete, aber in diesem Augenblick wollte ich genau das sein.

„Erzähl mir mehr vom Osten", bat Wertar. „Erzähl mir nicht die Legende, sondern sag mir, wie es für *dich* ist. Ich kenne eure Legende über die Luft und den Wind. Aber sag mir wie der Alltag eines Kindes des Ostens ist."

Ich lachte auf. Kurz, aber laut. „Ich gehörte nie zur Mehrheit", erklärte ich schnell, als ich Wertars fragenden Gesichtsausdruck sah. „Ja, zu einem großen Teil stimmte ich mit den anderen Kindern aus dem Dorf überein, aber ich hielt sie immer für... beschränkt. Die Liebe zur Luft ist wunderschön. Und ich liebe die Höhen. Ich liebe es, die Sonne von einem höheren Standpunkt aus zu beobachten. Dann ist es, als würde sie morgens unter mir aufsteigen und langsam über mich hinweg klettern. Viele Kinder reisten mit ihren Familien für ein paar Tage, im besten Fall ein paar Wochen, fort. Sie kamen wieder und erzählten von unerträglicher Hitze oder grässlicher Kälte. Das Meer hatten sie sowieso alle, wenn überhaupt, nur aus der Ferne gesehen. Sie sagten, sie freuen sich über den angenehm frischen Wind, der in den Bergen wieder ihre Haare zersaust, über die Steigungen und Steine – Das Flachland sei ‚ach so öde'. Ich war immer die Erste, die zu einem wiedergekehrten Freund rannte und seine Geschichten hören wollte. Aber ich wurde immer enttäuscht. Sie erwähnten die Eistundra im Norden und die Sandebenen im Süden, stellten aber alles als grausig dar. Ich wollte es selbst sehen. Ich wollte ihnen nicht glauben. Die Liebe zur

Luft überzeugte mich nicht. Sie gehörte zu mir, ja, aber sie konnte doch nicht…", ich rang nach Worten, „…*alles* sein."

Ich pausierte einen Moment und sah Wertar an. Er nickte nachdenklich, schien aber nichts sagen zu wollen.

„Ich liebe auch den Westen", fuhr ich dann ungefragt fort. „Der Wind dort ist so schön und frisch wie unserer. Die Sonne spiegelt sich in einer unglaublichen Harmonie und Farbenpracht im Meer, wie ich es in keinem Dorf meiner Heimat hätte erleben können. Schwimmen zu lernen war eine ganz neue Erfahrung für mich. Eine Erfahrung, die der Erfahrung des Fliegens mit Sicherheit das Wasser reichen kann." Ich grinste kurz. „Auch wenn das Fliegen natürlich immer meine liebste Beschäftigung bleiben wird."

Ein weiterer Moment des Schweigens verstrich, bis sich Wertar räusperte. „Das war…", hob er dann langsam die Stimme. „Wow." Er sah mich einen weiteren Moment schweigend an und in seinen Augen spiegelte sich ein ganz neues Licht. Dann zuckten seine Mundwinkel wieder leicht nach oben und er schüttelte irritiert den Kopf. „Tamia, ich bin selten sprachlos. Aber deine Einstellung zu den Völkern…ist bemerkenswert, und das in so jungen Jahren. Du hast recht. Du gehörst wirklich nicht zur Mehrheit. Du bist so jung und weißt schon genau, was du willst. Du bist wirklich sehr bewundernswert."

Ich senkte den Blick und umwickelte verlegen einen Finger mit meinen Haarsträhnen.

„Kommst du bald rein?", Wertar erhob sich und legte mir eine Hand auf die Schulter. „Ich für meinen Teil bin bettreif." Damit ging er und ließ mich allein hinter dem Haus zurück.

Die Sonne war inzwischen tief gesunken und der Himmel, wo mein Auge hinreichte, gerötet. Ich starrte weiterhin verwirrt auf meine Hände und die langen Haarsträhnen zwischen meinen Fingern.

Ich wusste eben nicht, was ich wollte. An mir war nichts bewundernswert. Ich ritt einer Sehnsucht hinterher, die ich selbst noch nicht einmal erkannt hatte. Ich wollte alles wissen, lernen und erleben. Aber was ich später damit machen würde… das war unklar. Meine langfristigen Ziele und Wünsche, meine… Zukunft blieb im Nebel.

In dieser Nacht schlief ich nicht gut. Bis vor nicht viel mehr als einer Woche war ich sehr glücklich gewesen. Ich hatte das Leben im Westen genossen und hatte keine Pflichten gehabt, außer ab und zu im Schmuckladen von meiner Gastfamilie auszuhelfen. Irgendwie hatte mich das ausgefüllt. Bis es mich dann letztlich wieder fortgezogen hatte. Und obwohl ich dieses Dorf in der Wüste mochte wie das an der Küste und ich mir vorstellen konnte, hier zu verweilen, blieb die Sehnsucht diesmal unbeantwortet. Das Fernweh kannte ich. Sonst ging ich ihm nach und dann wurde es besser. Diesmal war es anders. Ich hatte das Gefühl, ich *konnte* das Flimmern in meinem Magen gar nicht beruhigen. Es war schlicht nicht möglich

Ich war früh auf den Beinen. Als ich aus meinem lockeren, östlichen Kleid herausschlüpfen, welches ich momentan nur zum Schlafen trug, und stattdessen das lange, rote Gewand des Südens anziehen wollte, verharrte ich einen

Moment. Die Sonne schien bisher kaum auf uns herab. Ich wollte ich selbst bleiben, wenigstens für den Moment. Das Gewand, das ich gerade trug, gehörte zu mir. Es flatterte genauso leicht bei jeder Bewegung wie mein langes, helles Haar.

Ich schlich durch die Flure aus dem Haus. Es war noch niemand wach und ich hatte nicht die Absicht, das zu ändern. Dann lief ich leichtfüßig über die Straßen des Dorfes. Es war kein weiter Weg bis zu Sahris Scheune.

Ich schob die riesige Tür einen Spalt auf und schlüpfte hindurch. Sahri hob verschlafen und doch alarmbereit den Kopf – vermutlich aufgeschreckt durch das grelle, rote Licht der Sonne, das ich hineinließ.

„Ich bin's nur", flüsterte ich schnell. Sahri sah mich einen Moment mit schief gelegtem Kopf an, als wolle sie mir vorwerfen, dass ich sie so früh weckte. Dann ließ sie ihren Kopf resigniert wieder sinken und schloss die riesigen Augen.

Einen Augenblick blieb ich wie angewurzelt stehen, als müsse ich erst ein Codewort abwarten, bevor ich mich bewegen durfte. Dann lehnte ich mich frustriert gegen die Scheunentür und sank an sie gelehnt auf den Boden. Ich wusste nicht, was ich mir erhofft hatte, als ich hergekommen war, aber es blieb unerfüllt. Irgendwann schloss auch ich meine Augen und vergaß die Zeit.

Kapitel 11

Das nächste, was ich vernahm, waren aufgeregte Stimmen, welche meinen Namen riefen. Ich schlug meine Augen auf und realisierte, dass ich gegen die Scheunentür sitzend eingeschlafen war. Sahri brüllte den nahenden Stimmen entgegen und antwortete ihnen, dass ich bei ihr war. Gleich darauf wurde die Scheunentür nach außen aufgezogen, wodurch ich nach hinten umkippte. Ich lag also auf dem versandeten Rasen und sah nach oben in ein Gesicht mit gerunzelter Stirn. Wertar. „Oh, hi", nuschelte ich.

„Hallo", erwiderte Wertar gleichzeitig verwirrt und amüsiert. „Hab ich mir doch gedacht, dass du bei deiner Freundin bist, auch wenn ich nicht genau weiß, wieso du das Haus schon vor dem Frühstück verlassen hast. Das tut aber auch nichts zur Sache. Jemand hat heute Morgen seinen Onkel besucht und als ich ihm von dir erzählte, wollte er dich gerne sehen." Ein Schatten neben dem von Wertar kündigte die Ankunft einer weiteren Person an. Dann erschien neben seinem Kopf ein weiterer, welcher auf mich herabblickte. Das Gesicht war geprägt von Haut wie dunklem Honig und noch viel dunkleren Augen. Seine Haare waren verwuschelte, braune Stacheln.

„Tabo", grüßte ich ohne Anstalten zu machen, aufzustehen.

Der junge Mann schmunzelte leicht, daraufhin rappelte ich mich auf die Knie und strich ein paar Mal über meine langen, nun vor lauter Sand verklebten, Haare. Ich streckte Tabo unbeholfen die Hand entgegen. „Hi."

Tabo kniff unmerklich die Augen zusammen und schüttelte meine Hand. „Hi", antwortete er belustigt.

„Du, ähm, wow", ich zog die Hand zurück und wirbelte beide unbeholfen vor dem Jungen auf und ab. „...bist also wieder da."

Tabo amüsierte sich sichtlich immer mehr, während ich mir im Gegenzug immer mehr wie eine Lachnummer vorkam.

„Ja", sagte Tabo betont langsam. „Du bist ja ein richtig scharfer Beobachter. Und weißt du, was mir aufgefallen ist? Du bist auch noch hier! Du bist noch nicht weiter gezogen. Und du lebst bei meinem Onkel. Ich bin bereits bestens informiert." Tabo grinste breit und obwohl ich mich unverständlicherweise so lächerlich und peinlich benahm, lächelte ich auch. Er nahm mir meine Anspannung.

„Aber mal im Ernst", fuhr Tabo dann mit ruhiger Stimme fort. „Es ist schön, dich zu sehen. Vor allem so wohlbehalten und erholt." Dabei hielt er mir eine Hand entgegen. Ich sah Tabo einen Moment lang perplex ins Gesicht, seine Augen glühten voller aufrichtiger Freude, also ergriff ich seine Hand und ließ mich von ihm auf die Beine ziehen.

„Danke", sagte ich dann und strich mit beiden Händen Sand und Falten aus meinem Kleid.

„Das ist ein hübsches Kleid", bemerkte Tabo. „Ganz anders als unsere. Und auch anders als das blaue, das du letztes Mal getragen hast."

„Kommt." Ich hatte Wertars Anwesenheit fast vergessen, bis er wieder etwas sagte. „Setzen wir uns zusammen auf die Terrasse und frühstücken etwas."

Das empfand mein Magen als eine sehr gute Idee.

Zu dritt machten wir uns also auf den Weg zurück ins Dorf. Als wir ankamen, stand auf der Terrasse bereits ein gut gedeckter Tisch. Maia bemerkte uns als Erste und winkte uns lächelnd zu. Ihre Tochter saß mit übereinander geschlagenen Beinen neben ihr am Tisch und sah hinunter auf ihre verschränkten Arme. Vermutlich murrte sie vor sich hin, so wie sie es seit meiner Ankunft sowieso immer tat. Doch neben den beiden erblickte ich noch eine bekannte Person. Yudan, Tabos Vater und Wertars Bruder, sah uns ebenfalls erwartungsvoll entgegen.

„Guten Morgen, Tamia. Das hat ja nicht lange gedauert. Wertar wusste gleich, dass er dich bei Sahri finden würde!", begrüßte mich Maia überschwänglich. „Kommt, setzt euch, es steht alles bereit."

Auch Yudan neigte leicht den Kopf, als ich mich ihm gegenüber setzte. „Es ist schön, dich wieder zu sehen, Tamia", sagte er und seine Worte klangen zwar nicht überschwänglich, aber aufrichtig. „Es freut mich, dass du es wohlbehalten hergeschafft hast."

Tabo nahm ohne zu zögern den Platz neben mir ein und schnappte sich ein Brötchen aus dem Korb auf dem Tisch. „Also ich freue mich richtig", meinte er, während er sich ein Messer fischte und begann, das Brötchen aufzuschneiden. „Tamia ist mir einige Erklärungen schuldig!" Er sah mich aus den Augenwinkeln an und zwinkerte mir zu.

„Erklärungen?", fragte ich stutzig.

„Ja", Tabo höhlte sein Brötchen aus und steckte sich das weiche Innere in den Mund. Dann nahm er den Brotkorb und hielt ihn mir unter die Nase. „Hier, nimm. Hast du nicht so 'nen Kohldampf wie ich?"

„Da seht ihr ihn, euren frisch gebackenen Mann", Yudan schüttelte in einer verzweifelten Geste den Kopf. Wertar fing an zu lachen und entlockte seinem Bruder ein Schmunzeln.

Ich nahm mir auch ein Brötchen aus dem Korb und legte es auf meinem Teller ab. Tabo machte jedoch keine Anstalten, den Korb wieder aus meinem näheren Gesichtsumfeld zu entfernen, stattdessen sah er verwirrt zwischen seinem Vater und Onkel hin und her. „Hää?", machte er dann und legte den Kopf schief.

Auch ich musste leicht schmunzeln und schob nun mit der flachen Hand den Brotkorb von mir. „Danke, ich hab schon."

Tabo blickte kurz auf meinen Teller und stellte den Korb dann wieder zurück in die Mitte des Tisches, um sich stattdessen das Honigglas zu schnappen und mit seinem Messer darin herumzurühren.

Ich nahm mir ein paar Käsescheiben von einer Platte auf dem Tisch und biss in mein Brot.

„Tabo, erzähl mal von deinem Ritual", bat dann Walla. Ich horchte überrascht auf. Sie klang plötzlich ganz anders als sonst, obwohl ich sie ja sowieso kaum reden gehört hatte. Sie klang aufrichtig interessiert und sehr freundlich. Ich sah zu dem Mädchen hinüber und sie fixierte mich mit einem knappen Blick aus zusammengekniffenen Augen.

Ich verstand. Auf den Verlauf des traditionellen Rituals ihres Cousins war sie wirklich neugierig, aber ich war dabei immer noch ein Störfaktor.

„Oh also", begann Tabo zu sprechen, während er noch kaute, unterbrach sich kurz, um zu schlucken und fuhr dann voller Energie fort: „Wir mussten ziemlich weit laufen, aber wir hatten ja auch – trotz kleiner Unterbrechung", er zwinkerte mir kurz zu, „mehr als genug Zeit. Vater will schließlich immer viel früher als nötig aufbrechen! Am Anfang war es eigentlich noch viel zu sonnig, um zu wandern. Wir waren insgesamt sechs Stunden unterwegs, aber dank meiner fabulösen Fähigkeiten konnten wir eine süße kleine Oase für unser Nachtlager finden. Sie war herrlich! Da war ein richtiger Fluss umringt von Palmen und Büschen. Wir haben sogar Dromedare gesehen, die sich dort ausgeruht haben."

„Eigentlich bist du ja auch nur den Dromedaren nach", erwiderte Yudan.

Tabo stöhnte auf, während Walla lachte. „Fabulöse Fähigkeiten, hm?"

„Mein Vater hat mich gelehrt, dass man Oasen findet, indem man das Pflanzen– und Tierreich beobachtet. Das und nichts anderes habe ich getan", entgegnete Tabo und verschränkte die Arme vor seiner Brust.

„Und wer von euch hat den Weg zurück gefunden?", fragte Walla und zog provokant die Augenbrauen nach oben.

„Ich natürlich", antwortete Tabo sofort. „Sobald die Dämmerung einsetzte, war ich schon wieder auf den Beinen und habe den Weg Richtung Westen anhand des letzten

Sonnenstrahls erkannt. Und aus genau der anderen Richtung waren wir gekommen, das hatte ich mir natürlich gemerkt."

„Er hat seine Sache wirklich gut gemacht", meinte nun Yudan und nickte anerkennend. „Tabo mag oft albern sein, aber wenn es ums Pfadfinden in der Wüste geht, kann man sich auf ihn verlassen. Daher hat er sich seinen Status als Mann auch wirklich verdient."

Eine Weile kehrte Schweigen ein und wir alle frühstückten in Ruhe. Nachdem wir satt waren, brachten wir unser Geschirr in die Küche. Ich wollte einen der Eimer mit Wasser ins Waschbecken schütten, um abzuspülen, aber Maia legte ihre Hand auf den Eimergriff. „Ich mach das schon", beschloss sie lächelnd. Noch bevor ich sie fragen konnte, ob ich nicht doch irgendwie helfen konnte, hatte Tabo meine Hand ergriffen und zog mich ruckartig von seiner Tante weg. „Super! Danke, Maia!", rief er ihr noch zu. „Ich muss mir Tamia sowieso mal ausleihen."

Überstürzt stolperte ich dem Jungen hinterher, zurück ins Freie, wo er ruckartig stehenblieb und seine Hand ans Kinn legte. „Hmm", machte er.

„Hm?", wiederholte ich. „Du zerrst mich hier raus und sagst dann nur ‚hm'?"

Er machte eine wegwerfende Handbewegung. „Ich überlege nur, wo wir am besten hingehen." Plötzlich schnipste er direkt vor meinen Augen mit den Fingern, ich zuckte überrascht zusammen. „Ich hab's", flötete er, griff wieder nach meiner Hand und zog mich weiter.

Ich hatte keine Ahnung welchen Ort er ansteuerte. Ich lief ihm orientierungslos hinterher. Jedenfalls brannte mir die

Sonne im Rücken, also wusste ich, dass wir zum nördlichen Teil des Dorfes unterwegs waren.

„Tabo?", fragte ich irgendwann unterwegs.

„Ja?", erwiderte er ohne stehen zu bleiben.

„Was ist eigentlich mit deiner Mutter? Solltest du sie nicht auch begrüßen? Wieso hat sie nicht auch mit uns gefrühstückt?"

Tabos Schritt wurde ein wenig langsamer. „Sie ist tot", antwortete er dann.

„Oh."

Tabo drehte sich kurz zu mir um und schenkte mir ein Lächeln. Er schüttelte den Kopf über meinen geschockten Gesichtsausdruck. „Das ist nicht schlimm. Sie ist gestorben, als ich geboren wurde. Ich habe sie nie kennen gelernt. Wenn jemand eine Art Mutter für mich war, dann war das Maia. Ansonsten gab es immer nur mich und meinen Vater."

Wir liefen noch ein ganzes Stück weiter, Tabo stoppte erst hinter der letzten Häuserreihe und betrachtete breit lächelnd meine Reaktion.

Ich staunte nicht schlecht. Vor uns wuchs Gras. Richtig viel Gras. Kein so versandetes, stoppeliges wie auf dem Marktplatz des Dorfes. Unregelmäßig auf dieser grünen Fläche verteilt wuchsen Palmen und die Wüstenlilie, die ich von einem Bild wieder erkannte und aus der die wundervollen Heilsalben hergestellt wurden. Die Grasfläche war von Holzbalken umzäunt und darauf grasten große, sandfarbene Tiere mit einem Buckel auf dem Rücken. Dromedare. Ich war mal auf einem geritten, als ich damals mit meinen Eltern im Süden gewesen war.

„Ich bin in den letzten Tagen schon mal durchs Dorf gegangen, aber das hier… hatte ich noch nicht entdeckt",
sagte ich mit weit aufgerissenen Augen.

„Schön, nicht wahr? Ich mochte es immer, den Tieren
zuzusehen. Obwohl sie nicht viel mehr machen als kauen",
lachte Tabo kurz schief. Er lief ein Stück näher an den
Zaun heran und setzte sich direkt davor auf den Boden.

„Wenn sich ein Dorf in einer Oase bildet, blüht diese auf
der Nordseite immer besonders auf. Weil die Häuser dieser
Stelle Schatten bieten. Und dort kommen dann die Tiere
hin. Wenn sie zu alt werden, ernähren sie uns. Und die
jüngeren helfen uns, das Notwendigste unserer Habsee-
ligkeiten mitzunehmen, falls… na ja, falls wir umziehen
müssen", erklärte Tabo sachlich. Ich ließ mich neben ihm
auf dem weichen Gras nieder.

Er wandte sich mir zu und musterte mich aus verengten
Augen. Ich wurde nicht schlau aus ihm. Mal war er ganz
hibbelig und überdreht und dann plötzlich wieder total
ernst. „Also Tamia", sagte er mit undurchdringlicher Miene. „Jetzt bist du dran. Wer bist du?"

„Ich bin nur ein neugieriges Mädchen auf Reisen", erwiderte ich ohne zu zögern. Die Frage war schwer und meine
Antwort entwich mir wie eingeübt.

„Wo kommst du her?"

„Aus dem Osten. Vom Gebirge Donga."

„Dein Element? Wasser?"

„Luft."

„Woher war dann das blaue Kleid?"

„Aus meiner Zeit an der Küste im Westen. Bin erst kürzlich von dort wieder aufgebrochen."

„Oh, das heißt, du warst länger nicht zuhause?" Tabo sah mich forschend an.

„Nein. Ich war seit einem halben Jahr nicht mehr dort." Ich runzelte die Stirn. Ich konnte Tabos ungläubiges Gesicht verstehen. Das klang wirklich verrückt. Ein halbes Jahr fern der Heimat und noch immer kein Wunsch, dahin zurückzukehren. „Ich weiß auch nicht", ich warf hilflos die Arme in die Luft. „Ich weiß nicht, wohin ich im Moment soll." Noch nie war ich mir so verloren vorgekommen. Ich hatte sonst doch immer ein genaues Ziel vor Augen gehabt!

Tabo rückte ein Stück näher an mich heran, griff nach meiner Hand und drückte sie. Er tat das so selbstverständlich, als wären wir alte Freunde.

„Glaubst du nicht auch manchmal, dass…", murmelte ich nach einem kurzen Moment der Stille, „…mehr hinter den Legenden steckt als nur Geschichten?" Vor einer Weile hatte ich Lurai dieselbe Frage gestellt. Einem alten Mann, der über Monate hinweg mein Vertrauen erlangt hatte. Nun fragte ich ohne nachzudenken jemanden danach, den ich kaum kannte.

„Du meinst…" Tabo zog seine Hand zurück und stütze sein Kinn darauf, „…dass es wahr ist? Dass meine Vorfahren mit Feuer hantieren konnten, als wäre es ein Teil ihres Körpers?"

Ich nickte stumm.

Tabo sah mich einen furchtbar langen Augenblick ernst an. Meine grauen Augen weiteten sich mit jeder Sekunde mehr. Ich wartete auf den Moment, in dem er aufspringen und mich auslachen würde.

Doch alles, was passierte, war, dass Tabo den Kopf schief legte und wieder so nachdenklich seine Augen verengte.

„Kann sein", sagte er dann.

„K-kann sein?", wiederholte ich perplex und voller Sorge.

„Naja, ich meine...", Tabo fuhr sich mit der Hand durch seine verwuschelten Haare. „Wie sollten solche Geschichten entstehen, wenn nicht durch eine Wahrheit, die tief darin verborgen liegt?"

So hatte ich es noch nie betrachtet. Seine Worte lösten einen Funken Hoffnung in mir aus, der jetzt erschreckend hell aufleuchtete. *Eine Wahrheit, die tief darin verborgen liegt...*

„Hey, weißt du was?", plötzlich sprang Tabo auf. Der Funke erlosch wieder und ich sah ihn reglos an. „Wir werden es einfach probieren. Sehen wir uns morgen? Ich treffe dich bei der Hütte deines Drachen, okay?"

Bevor ich etwas antworten konnte, ergriff Tabo bereits wieder meine Hand, zog mich auf die Beine und schlug den Weg zurück zu Wertars Haus ein. Er lieferte mich dort ab, sagte fröhlich: „Bis morgen!", und verschwand.

Verdutzt blieb ich vor der Haustür stehen.

Kapitel 12

Nach dem Frühstück ging ich wie verabredet zu der Scheune, in der Sahri schlief und versorgt wurde.

Ich hatte am Frühstückstisch kaum geredet, sondern nur in Gedanken mit meinen Fingerspitzen über meinen zerfransten Rock gestrichen. Ich trug noch immer das östliche Kleid. Ursprünglich wollte ich wieder die hautbedeckende, rote Robe anziehen, aber irgendetwas daran hatte sich nicht richtig angefühlt.

Wertar hatte versucht, mir ein paar Sätze zu entlocken, wie ich das Dorf fand oder ob ich mich gut mit Tabo verstand, doch ich hatte alles mit ein paar ‚Hm's, ‚Ja's, und Schulterzucken abgetan. Walla hatte mein Schweigen voller Hingabe fröhlich wahrgenommen, aber mir hatte der Ansporn gefehlt, gegen ihren albernen Triumph vorzugehen.

Als ich die Scheune am Dorfrand erblickte, war noch kein Tabo zu sehen.

„Dann werde ich dich mal befreien, altes Mädchen", ich sprach meine Gedanken laut aus, in der Hoffnung mich selbst dadurch aufzuwecken. Quietschend öffnete sich die Scheunentür. Sobald die Tür nur einen Spalt weit auf stand, stürmte mir ein riesiges Untier entgegen, sprengte die Tür komplett auf und rannte mich fast über den Haufen. Ich wich schnell zurück und musste stark husten und meine Augen zukneifen wegen des ganzen aufgewirbelten Sandes in der Luft. „Sahri!", schimpfte ich und wedelte nutzlos mit der Hand vor meinem Gesicht herum.

Ich sah nichts und hörte auch kein Vibrieren oder ein Schnauben in der näheren Umgebung. Verflucht, wo war nur mein Drache hin?

Ich rieb mir die geschlossenen Augen und öffnete sie dann vorsichtig wieder. Die Luft war staubig, aber mehrere Meter entfernt erblickte ich unverkennbar die blaugraue, riesige Gestalt Sahris. Und neben ihr die eines Menschen. Ich erkannte Tabo. Er winkte. Sahri war scheinbar wie wild auf ihn losgestürmt. Komisch. Er war ihr doch noch fremder als mir.

„Was hast du denn mit der gemacht?", fragte ich laut, als die beiden Seite an Seite näher kamen. „Hast du ihr gestern noch einen heimlichen Besuch abgestattet und ihr euer bestes Dromedarfleisch angeboten?"

Tabo riss die Augen auf. „Ist sie etwa bestechlich?" Wir beide lachten. „Nein, nein", meinte Tabo dann. „Deine Freundin weiß wohl einfach, was ein charmanter, netter und noch als Draufgabe gutaussehender Kerl ist." Er zwinkerte mir zu und ich rollte mit den Augen. „Aha."

Sahri lief nun doch zu mir, ganz ruhig. Man merkte ihr überhaupt nicht an, dass sie gerade noch, wie von einer Hornisse gestochen, davon gesprungen war.

Ich tätschelte fast automatisch ihre Nüstern. „Also...", fing ich dann, nun wieder zögernd, an. „Wie hast du dir das überhaupt vorgestellt? Es ‚ausprobieren'?"

„Naja, in der Legende des Südens heißt es doch: ‚Die Flammen wirbelten um sie, umgaben sie' und so weiter. Also...", Tabo zog ein kleines Kästchen aus der Tasche seiner Hose, nahm zwei Steine heraus und schlug sie gegeneinander. „Wir werden jetzt ein Feuer machen und...", er verstellte seine Stimme, ließ sie tief und wissend klingen: „‚Kraft aus der Wärme schöpfen.'" Dann legte er die Handflächen aneinander und verbeugte sich. Als er wieder hochsah, war die gespielte Weisheit aus seinem Gesicht gewichen und durch ein keckes Grinsen ersetzt worden. Ich starrte ihn mit offenen Augen an und schüttelte den Kopf. „Spinnst du? Also ich werde meine Hand ganz sicher nicht ins Feuer legen."

„Ach komm schon, Tamiaaa..." Tabo hatte noch immer seine Handflächen gegeneinander gepresst und hielt sie mir entgegen. Er formte seine Lippen zu einem Schmollmund.

„Ich stehe nicht so auf Verbrennungen", erwiderte ich. „Mein Sonnenbrand ist qualvoll genug."

„Du sollst dich ja auch nicht verbrennen", antwortete Tabo und rollte mit den Augen, als hätte ich etwas Selbstverständliches angezweifelt.

„Aha", sagte ich ohne auch nur ein bisschen zu verstehen, was er jetzt vorhatte.

Tabo seufzte, lief an mir vorbei und sammelte flink und wortlos umliegende Steine ein. Schweigend und voller Verwirrung sah ich ihm zu, wie er daraus einen Kreis formte und dann gezupftes Gras und winzige Äste aus seinen Hosentaschen holte und in die Mitte des Kreises legte. Dann schlug er geschickt die mitgebrachten Steine gegeneinander bis die Funken das Gras entzündeten. Das Feuer würde sicher nicht lange brennen, aber es war da.

Tabo stellte sich breitbeinig davor, schloss seine Augen, stieß die Luft aus und hielt seine Hände darüber, als würde er sich wärmen wollen. Ich hatte keine Ahnung, wohin das nun führen sollte.

„Ähm, was... tust du da?", fragte ich schließlich, als ich bemerkte, dass Tabo nichts weiter mehr tun würde. „Meinst du nicht, es ist warm genug?"

Tabo öffnete zuerst nur eins seiner Augen, dann das zweite, dann blinzelte er und rollte schon wieder mit den Augen. „Ich versuche, mich auf die Flammen zu konzentrieren. Ich will die Wärme spüren und schauen, was passiert."

Das klang irgendwie gar nicht mal so dumm, wie ich es mir anfangs ausgemalt hatte.

„Komm, Tamia", Tabo winkte mich herbei. „Probier es aus. Schaden kann's ja nicht."

Ich trat bloß einen Schritt näher an das Feuer heran.

„Was ist los?", wollte Tabo wissen, als er mein Zögern bemerkte.

„Wieso machst du das?", fragte ich. „Ist das für dich ein Witz? Ein kleiner Spaß für zwischendurch?"

Tabo blickte zwischen mir und dem Feuer hin und her. Aus seiner Miene war jetzt jedes Schmunzeln gewichen. Seine Stirn hatte sich in Falten gelegt. Als er antwortete, sah er mich eindringlich an: „Ein Witz? Nein. Das war dir gestern wichtig, das habe ich doch gemerkt. Darüber würde ich keine Witze machen." Er zog einen Mundwinkel nach oben und warf einen weiteren kurzen Blick auf das Feuer und auf seine Hände, welche darüber verharrten. „Mir ist... nur nichts Besseres eingefallen." Er zuckte entschuldigend mit den Schultern.

Einen Moment lang war ich sprachlos. Er tat das, weil es mir wichtig war. Ich trat nun endgültig ans Feuer heran und hielt meine Hände neben die von Tabo über die kleinen Flammen. „Danke", murmelte ich leise. Tabo lächelte schief, dann schloss er wieder seine Augen. Ich tat es ihm nach.

Ich hatte jedes Zeitgefühl verloren, bis auch der letzte Funke des Feuers erlosch. Wie lange konnten die wenigen Zweige gebrannt haben? Zwanzig Minuten? Eine Stunde? Auf jeden Fall war trotz dieser zeitlosen Phase der Konzentration und des intensiven Denkens an die südliche Legende, an die Energie der Wärme und an Menschen, die von Flammen umwirbelt wurden, nichts aber auch gar nichts geschehen.

Frustriert seufzte ich und ließ die Arme sinken. Meine Hände waren ganz angespannt. Auch Tabo ließ seine Hände nun locker nach unten baumeln. „Hm." Das war alles. Mehr hörte ich ihn nicht sagen.

Ich wandte ihm meinen Kopf zu, öffnete den Mund, um etwas zu sagen und sagte dann doch nichts. Ich fuhr mir mit der rechten Hand über die Schläfen. Dann seufzte ich erneut. Mein Kopf fühlte sich an, als würde er mir jeden Augenblick vom Nacken brechen, schwer und unerträglich.

„Lass den Kopf nicht hängen", hörte ich Tabos Stimme. Er klang immer noch motiviert. Wie um alles in der Welt konnte er immer noch so motiviert klingen? „Wir probieren's noch einmal, okay? Komm, ich pflücke soviel Gras wie es nur geht und wir machen noch ein Feuer!"

Energisch warf ich die Hände in die Luft, erstarrte in der Bewegung und ließ sie wieder sinken. Meine Zähne rieben knirschend übereinander. „Lass es einfach, okay?" Jedes einzelne Wort stieß ich nur mühsam hervor. „Es bringt nichts." Ich deutete auf unsere improvisierte Feuerstelle, als würde das alles erklären. Lief auf und ab, als würde das irgendetwas bringen. Blieb wieder stehen, linke Hand in die Hüfte, rechte Hand auf die Schläfen. Schüttelte den Kopf. Lief wieder hin und her.

Das ergibt keinen Sinn, schoss es mir verzweifelt durch den Kopf. *Das ergibt doch alles keinen Sinn! Was ist los mit dir?! Beruhig dich, Tamia! Be-ru-hig dich gefälligst!*

Selbst Sahri legte den Kopf schief und musterte mich mit einer Mischung aus Sorge und Verwirrung. Schwer zu sagen, was in diesem Drachenblick überwog.

„Tamia, du solltest…"

„Was?!", unterbrach ich Tabo sofort energisch. „Was sollte ich? Weiter meine Hände still halten, meine Augen schließen und nachdenken, wie das früher gewesen sein soll?", mit jedem Satz schwang ich die Arme rechts und links neben mir stärker vor und zurück. „Das ist total bescheuert!"

Ich sah Tabo, der plötzlich viel kleiner wirkte, wutentbrannt an. Sein Mund war aufgeklappt und seine Augen waren riesige, glitzernde Kugeln.

„Tamia, du…"

„Nein", erwiderte ich und legte ein weiteres Mal meine Hände an die Schläfen. Wieso dröhnte alles in meinem Kopf nur so sehr? Und jetzt kam auch noch so ein ekelhafter Wind auf und zerrte an meinen Haaren. Und Tabo wurde immer kleiner.

Schuldbewusst blickte ich auf ihn herab. „Du, hör mal, ich…", sagte ich mit bemüht ruhiger Stimme. Diesmal war er es, der mich unterbrach: „Tamia", sagte er eindringlich. „Du solltest dich wirklich mal umschauen."

Ich verstand nicht, was er meinte, drehte mich aber trotzdem um. Das heißt, ich versuchte es. Aber meine Füße fanden keinen Boden. Erstaunt blickte ich nach unten. Tabo war nicht kleiner geworden. Er war wirklich weit unter mir. Langsam kam der Boden wieder näher und ich konnte erst die Zehenspitzen, dann den Fußballen absetzen. An Tabos Haaren zerrte auch kein Wind. Nur meine wehten darin. Doch auch der ebbte ab, als meine Füße wieder festen Boden fanden.

Einen Augenblick lang sagte keiner etwas. Ich sah nur mit aufgesperrtem Mund zu Tabo hoch. Diesmal grinste er nicht. Er nickte nur. Er nickte immer wieder, als würde er sagen wollen: *Ich hab's doch gewusst.*

Kapitel 13

„Wie hab ich das gemacht?!" Ungeduldig lief ich auf und ab und schwang meine Arme immer gleichzeitig nach vorne und zurück. Ich ballte die Hände zu Fäusten und löste sie wieder. Dann machte ich einen energischen Ausfallschritt nach vorne, streckte beide Arme aus und rief beschwörend: „Wind!"

Nichts.

Ich stöhnte laut auf und krallte beide Hände in meine Haare.

Tabo nutzte die Gelegenheit, trat auf mich zu und strich mir über den Rücken. „Ist nicht so schlimm. Es *hat* funktioniert. Wir haben es mit eigenen Augen gesehen! Die Legenden sind nicht nur Legenden, du hast deine erfüllt!"

Langsam löste ich die Verkrampfung meiner Hände wieder und ließ sie sinken. Frustriert kniff ich die Augen zusammen und seufzte. „Du hast ja recht", brachte ich mühsam hervor. „Aber das ist so ärgerlich. Es klappt endlich und dann nur aus einem dummen Zufall heraus. Das wird uns doch keiner glauben!"

„Wieso muss man uns denn glauben?"

„Na, weil…", ich verstummte, sah kurz in Tabos Gesicht mit den fragenden Augen und der gerunzelten Stirn und schüttelte dann den Kopf. „Nein", murmelte ich. „Nein, man muss es uns nicht glauben. Ich habe, was ich wollte."

Und trotzdem bin ich nicht glücklich. Verdammt noch mal, wieso macht es mich denn nicht glücklich?

Tabo lächelte. Scheinbar entging ihm mein Unwohlsein…
Gut so, ging ihn ja auch nichts an.

„Ich glaube, ich bin jetzt bereit, nach Hause zurückzukehren", fuhr ich leise fort.

Sofort verschwand sein Lächeln. „Was, jetzt schon? Wieso? Du bist doch gerade erst hergekommen. Bleib noch etwas bei mi – uns."

„Tabo, ich… ich habe keine Verbindung zum Feuer aufgebaut, sondern zur Luft", erklärte ich. Es klang logisch, aber meinen Worten fehlte jede Inbrunst. „Ich muss nach Hause. Ich will dem nachgehen. Ich will… Ich will *eins mit dem Wind werden.* Verstehst du? Das sind die genauen Worte in unserer Legende. Und der Wind ist nun einmal ein Teil der Berge, nicht der Wüste."

Tabo betrachtete mich vollkommen verständnislos. „Was erhoffst du dir nur davon?"

„Tabo, das ist ein Bauchgefühl. Dasselbe Gefühl, das mich hier her gebracht hat. Ich *muss* dem nachgehen." Na also. Jetzt sprach ich wieder so eindringlich, wie ich es von mir selbst gewohnt war.

„Du musst gar nichts", die Antwort klang trotzig. „Und vor allem nicht sofort. Bleib ein wenig hier. Ich kann dir noch so viel von meinem Leben zeigen!"

„Was soll das?", erwiderte ich mit zusammengekniffenen Augenbrauen. „Wieso lässt du mich nicht einfach weiterleben wie bisher?"

Tabo stöhnte kurz auf. Das war ein Fehler, wie er selbst bemerkte. Sofort hob er besänftigend die Arme und wand sich heraus: „Ich will nur gerne, dass du hier bleibst, das ist alles."

Aber dafür war es zu spät. Viel zu spät. Langsam hatte sich die Wut schon richtig an mir festgenagelt. „Du hast kein Recht, meine jahrelangen Gewohnheiten auf den Kopf zu stellen!", platzte es aus mir heraus. Ich drehte mich schwungvoll nach Sahri um. „Sahri." Bei der Nennung ihres Namens hob sie sofort erwartungsvoll den Kopf und blinzelte mich an. „Wir fliegen morgen." Ohne auf eine Reaktion, weder auf die des Jungen noch auf die des Drachen, zu warten, wandte ich den beiden den Rücken zu, warf die Haare dabei über die Schulter und stapfte zurück zu Wertars Haus.

„Und? Hattest du einen schönen Vormittag?", empfing mich Wertar lächelnd, als ich zur Haustür hereinkam.
Ich atmete tief durch. „Sicher", antwortete ich dann und versuchte möglichst überzeugend zu klingen. Scheinbar scheiterte dieser Versuch gnadenlos, denn als ich an Wertar vorbei ins Gästezimmer flüchten wollte, stellte er sich mir sofort in den Weg. „Moment! Komm, setz dich einen Augenblick zu mir", sagte er, zeigte mir mit einer Handgeste, ich solle ihm folgen und setzte sich auf das Sofa im Wohnzimmer. Widerstrebend lief ich meinem Gastgeber hinterher und setzte mich neben ihn, den Blick stur geradeaus gerichtet.
„Glaub nicht, ich wüsste nicht, wie man mit Jugendlichen umgeht", fing Wertar an. „Ich habe immerhin eine achtzehnjährige Tochter. Also. Was ist das mit dir und Tabo? Willst du darüber reden?"
Meine Stirn legte sich sofort in Falten. Wie bitte? „Es gibt kein Ich und Tabo", antwortete ich wahrheitsgemäß.

„Aber du vertraust ihm, oder nicht?"

Wider Erwarten trat eine winzige Menge Feuchtigkeit in meine Augen. „Das... das habe ich", murmelte ich. „Auch wenn ich nicht verstanden habe, wieso."

„Was ist passiert?"

„Er lässt mich nicht meine eigenen Entscheidungen treffen." Jetzt sah ich doch auf. Es tat gut, mit jemandem zu reden. Den frischen Frust einfach raus zu lassen.

Wertar sah mich fragend und gleichzeitig voller Sorge an. Sein Interesse war ehrlich. Er wollte mir helfen.

„Ich möchte zurück nach Hause", fuhr ich fort. „Und er..."

„...möchte das nicht", beendete Wertar den Satz, jetzt sah sein Gesicht wissend aus. Als hätte dieser Satz alles erklärt. Ich nickte schweigend.

„Ich glaube, das, was ihr da hattet, war der Beginn einer wundervollen Freundschaft. Und du willst es abbrechen, verstehst du? Das ist ihm zu früh."

„Aber ich...", ich kniff die Augen zusammen, versuchte zu verstehen, was Wertar damit meinte. „Ich habe mich noch nie so an einen Menschen gebunden. Weder im Osten noch im Westen. Nur an Sahri. Was hätte ich denn von einer Freundschaft mit Tabo?"

Selbst Ruka hatte sich an mich gebunden. Auch sie war traurig über meine Abreise gewesen. Ich hatte das auf ihre Art geschoben, ihrem Fernweh nachzugehen. Nie hätte ich gedacht, dass man derartige Gefühle zu anderen Menschen aufbauen könnte. Sahri war ein Teil von mir. Geradezu ein Relikt meiner Persönlichkeit. Aber ein anderer Mensch? Das war doch albern! Was könnte das einem schon geben?

Dennoch... wenn mir nichts an einer Freundschaft mit Tabo lag... Wie sollte ich dann die unbändige Wut erklären, die ich vorhin noch empfunden hatte, und erst die Enttäuschung, die danach gefolgt war?

Wertar hatte seinen Kopf schief gelegt und mich analysierend gemustert. „Vielleicht wird es Zeit, das zu ändern", sagte er schließlich, tätschelte kurz ermutigend meinen Arm und verließ das Wohnzimmer. Kaum war er gegangen, flossen auch schon die Tränen.

Kapitel 14

Ich hatte noch nie einen Entschluss geändert. Und das würde ich auch dieses Mal nicht tun. Aber ich war auch noch nie so hin und her gerissen gewesen. Diese Art von Bindung war völlig neu für mich.

Für die Reise zog ich doch wieder die rote, lange Hose und das dazugehörige Shirt an. Jetzt musste ich mir nicht mehr vorgaukeln, zuhause zu sein, indem ich das östliche Kleid Tag und Nacht trug. Wenn alles gut lief, würde ich noch heute Abend wirklich wieder daheim sein. Zum ersten Mal hatte ich das Gefühl, ich empfand so etwas wie Heimweh. Aber eigentlich war es dasselbe Fernweh wie immer. Die ständige Lust, nach den Legenden, der ich schon seit Jahren folgte. Nur, dass diese mich diesmal zurück rief. Zurück zum Ursprung, zurück zum Wind.

Gedankenverloren legte ich das östliche Kleid, ein Brot, das ich mir eben am Frühstückstisch belegt hatte und die wenigen Dinge, die sich außerhalb meiner Tasche befanden in diese zurück. Ich wollte in den Osten. Das wollte ich wirklich. Aber gleichzeitig fühlte es sich so schwer an.

Irgendwie verschwamm das Zimmer vor meinen Augen. Die Wand mit dem Fenster vor mir, das Bett, die kleine Kommode daneben, der Spiegel an der Wand rechts davon... alles schien eins zu werden. Nur ein riesiger, holzbrauner Fleck...

„Bist du fertig?" Die abgenervte Stimme des Mädchens drang aus weiter Ferne zu mir durch.

Ich nickte leicht, hob mit der einen Hand meine Tasche an und wischte mir mit der anderen über die Augen. In einem grellen Moment kehrte die Klarheit der Wirklichkeit zurück. *Es ist doch nicht tragisch,* sagte ich mir selbst. *Du warst noch nie an einen Ort gebunden. Also hör auf, so zu tun, als wäre dieser Ort etwas anderes.*

Aber dieser Ort war etwas anderes. Eigentlich nicht der Ort selbst, sondern diese eine Person, die darin lebte. Und die mir, verdammt noch mal, nicht erlaubt hatte, auch nur ein Auge zuzutun.

Ich werde gehen, insistierte ich. *Irgendwann müsste ich sowieso gehen und jetzt habe ich es entschieden. Die einzige Freundschaft, die Sinn macht, ist die zu einem Flugtier. Die zu einem ständigen Begleiter.*

Walla war vor mir hergelaufen und lümmelte sich nun tief in das Sofa im Wohnzimmer.

Dass sie sich nicht von mir verabschieden würde, war sowieso von Anfang an klar gewesen. Maia und Wertar begleiteten mich zur Haustür.

„Also dann", sagte ich und verzog die Lippen zu einem halbherzigen Lächeln. „Vielen Dank, dass ihr mich ein paar Tage aufgenommen habt. Ihr ward wirklich sehr gastfreundlich." Maia lächelte mich mit ihrer üblichen Güte an. „Es war schön, dich als Gast zu haben, Tamia", meinte sie. „Komm doch auf einer späteren Reise wieder vorbei, ja?" Ich nickte leicht. Dazu würde es vermutlich nicht kommen, aber das musste ich jetzt wirklich nicht ausdiskutieren.

Wertar streckte die Hand nach meiner Tasche aus und als ich ihn einen Moment verwirrt ansah, meinte er schnell:

„Ich komme natürlich noch mit und bringe dich zu Sahri. Lass mich die Tasche tragen." Widerwillig ließ ich mir die kleine Reisetasche abnehmen und lief vor in Richtung Scheune.

„Hast du noch einmal mit Tabo gesprochen?", fragte Wertar unvermittelt.

„Wann hätte ich das tun sollen?", erwiderte ich ohne ihn auch nur anzusehen.

„Der Tag gestern war noch lang genug. Es war kaum Mittag, als du wieder kamst."

„Okay", entgegnete ich und meine Stimme war voller Kälte. „Und *wieso* hätte ich das tun sollen?"

Ohne Wertar in die Augen zu sehen, denn ich wagte nicht, ihm mein Gesicht zuzuwenden, hatte ich das Gefühl, sein Blick würde mehr als tausend Worte verraten. Seine Sorge bahnte sich seinen Weg durch meinen Kopf und schien mein Hirn bald zu zerbeißen. „Wieso lässt du die Gefühle nicht einfach zu?" Das passte. Seine Worte verliehen dem Ganzen noch den letzten Schliff.

Das Pochen in meiner Brust flammte auf wie nie zuvor. „Welche Gefühle?", fragte ich und der klägliche Versuch, weiterhin kalt zu klingen, endete in einem Krächzen.

Wertar seufzte und ich wusste nicht, ob seine unausgesprochenen Worte nicht noch etwas grausamer waren als die ausgesprochenen.

Wir konnten die Scheune bereits nah vor uns sehen. Wertar beschleunigte seinen Schritt und zog die Tür weit auf. Sahri streckte erst einmal vorsichtig ihren Kopf heraus. Als sie mich erblickte, verließ sie die Scheune und kam fröhlich auf mich zu. Unmittelbar vor mir blieb sie

116

stehen und die riesigen Muskeln über ihren Augen verengten sich. Sie musterte mich skeptisch.

„Was?", murmelte ich gleichermaßen genervt wie traurig.

„Lass uns einfach fliegen, okay? Du hast lange genug nur rumgelegen. Deine Wunden sind schon lange verheilt."

Voller für mich unübersehbaren Unbehagens ließ Sahri sich lang auf den Bauch fallen und gestattete mir, auf ihren Rücken zu klettern.

„Tamia", Wertars Stimme klang bittend. Dieser Mann war wie eine Personifikation der elenden Stimme in meinem Hinterkopf, die unverständliche und alberne Dinge von mir forderte, die allem widersprachen, was *ich selber* wollte.

Ich wandte meinen Blick nach unten, dem Mann zu. „Wertar, ich…", ich schüttelte hilflos den Kopf und strich mir mit der linken Hand jegliche lose Haarsträhnen hinters Ohr. „Ich kann einfach nicht."

„Aber ich kann."

Ich hob energisch den Kopf und drehte ihn so hektisch um, dass mein Nacken höllisch von der Bewegung brannte, aber ich ignorierte es.

„Tabo." Meine Stimme klang brüchig. Lächerlich brüchig, als hätte mir bis vorhin jemand die Kehle zugedrückt und mir erst jetzt wieder gestattet, zu atmen.

Die Haare des Jungen waren verstrubbelter denn je, über seiner Schulter trug er eine unnötig große Tasche und seine Lippen verzogen sich zu etwas, was vermutlich ein Lächeln sein sollte.

Mit einem Mal sprang Sahri vor, so schwungvoll und unvermittelt, dass mein Oberkörper kurz nach hinten schoss. Sie blieb vor Tabo stehen und streckte ihm ihren

Kopf entgegen, forderte ein, zwischen den Augen gestreichelt zu werden.

„Hallo Sahri." Leicht schmunzelnd kam Tabo ihrer Aufforderung nach. Er sah zu mir nach oben, voller Unsicherheit im Gesicht. „Ich wollte…", sagte er dann.

„Dich verabschieden?", unterbrach ich ihn.

Er schüttelte den Kopf. Überrascht und ein wenig entmutigt ließ ich die Schultern hängen. „N-nicht?", fragte ich langsam.

„Ja, ich meine… Nein. Also, ich möchte mich eher ungern von dir verabschieden", Tabo strich sich kurz durch das verwuschelte Haar und sah einen Augenblick zur Seite, dann wieder zu mir. „Ich verstehe, dass du gehen willst."

„Das heißt?"

„Ich möchte mit dir gehen."

Das Gefühl, das sich in diesem Augenblick von meinem Magen ausgehend in Windeseile in meinem gesamten Körper ausbreitete, war widerlich. Es kribbelte und krabbelte und schrie laut „Ja, ja, ja!" Es war ebenso unkontrollierbar wie irrational.

„Naja…" Meine Antwort wurde von einem breiten Lächeln begleitet, welches außerhalb meines Bewusstseins entstanden war. „…Sahri scheint dich ja zu mögen, also…"

„Gut", Tabo grinste ebenfalls.

Sahri ließ sich erneut lang auf den Boden fallen und ich hielt Tabo die Hand entgegen, er ergriff sie und setzte sich schnell hinter mich auf Sahris Rücken.

Wertar, dessen Anwesenheit ich mal wieder vergessen hatte, schien von Grund auf zufrieden zu sein. „Dann wird das

sicherlich kein Abschied für immer, Tamia", verabschiedete er sich mit einem Augenzwinkern. „Schließlich musst
du mir meinen Neffen zurückbringen."

Während des Fluges war es aufgrund des Windes schwer,
sich zu unterhalten. Ganz am Anfang, als Sahri sich gerade
in die Lüfte erhoben hatte, hatte Tabo laut gejuchzt und
sich noch an der schuppigen Haut meiner Freundin festge-
krallt. Aber er hatte schnell gemerkt, dass er auch ohne
sich krampfhaft festzuhalten einen sicheren Sitz hatte.
Irgendwann hatte er seine Hände sogar frei benutzt. Ich
hatte bemerkt, wie er vorsichtig alle meine Haare nach
hinten gezogen und an meiner Seite mit einem kleinen
Stück Stoff seines Tuches zusammen gebunden hatte.
Sicherlich hatte ihn nur genervt, dass meine Haare ihm die
ganze Zeit ins Gesicht geweht waren. Dennoch hatte seine
Berührung etwas Angenehmes… etwas Behutsames.
„Lass uns eine Weile Rast machen", schrie ich nun gegen
den Wind an und deutete nach unten. Neben einem Feldweg wand sich ein Fluss. Sahri würde sich dort abkühlen
und Fische fangen können. Ich streckte meinen Oberkörper
lang nach vorne und rief meinem Drachen ins Ohr:
„Komm, wir landen dort unten. Du hast dir eine Pause
verdient!"
Sogleich stieg Sahri hinab und setzte sicher ihre vier Tatzen an der Flussböschung ab. Ich schwang mein rechtes
Bein über Sahris Körper und rutschte an ihrer linken Seite
herunter. Tabo beobachtete mich dabei genau und machte
es mir dann kurz entschlossen nach. Sobald er neben mir
stand, raste Sahri los die Böschung hinunter ins Wasser.

„Die Felder sind alle so grün!" Tabo platze beinahe vor lauter Eindrücken, die er unterwegs nicht hatte loswerden können.

Wir waren schon einige Stunden geflogen und ich war fest davon überzeugt, dass wir heute noch in meinem Heimatdorf ankommen würden. Auch wenn die Sonne bis dahin sicher schon untergegangen sein würde.

„Die Berge sehen schon so nah aus", Tabo hatte sich Richtung Osten gedreht. Vor uns ragte eine ewige Kette brauner und grüner Berge in den Himmel auf. An vielen Stellen waren die Spitzen nicht erkennbar, die Berge durchbrachen sogar die Wolken.

„Ja, nicht wahr?", meinte ich und stellte mich neben ihn. „Im Westen hat man sie gar nicht gesehen und jetzt sind sie schon so groß. Aber lass dich nicht täuschen. Sahri wird uns noch ein paar Stunden bis dorthin tragen müssen."

Tabo nickte langsam, sah dann zu mir. Die Stimmung sprang mit einem Mal um. „Tamia, wegen gestern…", begann er zögernd. Ich senkte den Blick. Irgendwann hatte es einer von uns ansprechen müssen. „Es tut mir leid. Ich hätte deine Entscheidung nicht in Frage stellen dürfen. Dazu hatte ich kein Recht. Es steht mir nicht zu, zu bestimmen, wo du dich aufhältst. Das… na ja, das wollte ich nur noch mal gesagt haben."

„Gut", murmelte ich und zog tief die Luft ein. „Ich hätte vermutlich auch nicht einfach wegrennen dürfen… Oder hätte noch mal mit dir reden sollen", ich friemelte einen Augenblick an meinem seitlichen Pferdeschwanz und an den roten Bändern, die sich darum wanden, herum. An

Tabos Halstuch erkannte man deutlich die Stelle, von der er sie abgerissen hatte. Schließlich spukte ich die banalen Gefühle einfach aus, welche mir auf der Zunge brannten: „Ich bin froh, dass du stattdessen zu mir gekommen bist!" Die Worte kamen schnell und gehetzt heraus und zauberten Tabo ein Lachen ins Gesicht.

„Ach ja?", fragte er keck.

Ich sah zu ihm auf und spürte, wie Blut in meine Wangen schoss, dennoch musste ich lächeln. „Ja. Ja, das bin ich wirklich."

Ich ließ mich im Schneidersitz auf dem weichen Gras nieder, holte mein Brötchen aus der Tasche und biss herzhaft hinein. Auch Tabo hatte eine kleine Tasche mit einem Snack für Zwischendurch dabei.

Als wir aufgegessen hatten, sah er mich wieder aus nachdenklich zusammengekniffenen Augen an. Ein Blick, den ich von ihm genauso gut wie von seinem Onkel kannte.

„Was?", wollte ich wissen.

Sofort schüttelte Tabo den Kopf. „Ach, gar nichts." Er wandte den Blick ab und rupfte ein paar Grashalme aus. „Ich dachte nur gerade... Mir geht nicht mehr aus dem Kopf, was du gestern getan hast. Du bist gesprungen, Tamia. In Zeitlupe. Du hast geschwebt. Meinst du... das klappt noch mal?"

„Naja, das will ich doch schwer hoffen", antwortete ich. „Genau deshalb will ich ja zurück nach Hause."

„Schon klar, aber...", Tabo wiegte den Kopf hin und her. „Meinst du, es geht *jetzt* wieder, wir sind doch jetzt schon näher am Osten. Vielleicht haben wir die Region des Ostens sogar schon betreten, oder meinst du, das hier gehört noch zum Süden?"

Oder nirgendwo hin... schoss es mir durch den Kopf. *Wir sind zwischen zwei Regionen, dort, wo es keine Legende und keine Vergangenheit gibt.* Unvermittelt lief mir ein Schaudern über den Rücken. Ich schüttelte bestimmt den Kopf und versuchte, mir nichts anmerken zu lassen. „Ich weiß es nicht", sagte ich also schnell. „Ich denke eigentlich, dass wir die Grenze zur östlichen Region erst in einer Stunde überfliegen. Dann wird die Gegend auch hügeliger, erdiger und rauer."

„Okay", Tabo schien wirklich nicht bemerkt zu haben, dass mich gerade noch ein kalter Schauer geschüttelt hatte. „Und willst du es einfach mal probieren?"

Er sprach davon, eine Verbindung zum Wind aufzubauen. Jetzt, hier, an dieser Flussböschung, wo gar kein Wind wehte.

„Nein." Ich stand auf und wischte mir lose Grashalme von den Beinen. „Wir sollten weiter fliegen, wenn wir heute schon auf dem Berg und nicht knapp davor übernachten möchten."

Entweder war Tabo darüber nicht enttäuscht oder er versteckte es verdammt gut, denn er stand ebenfalls auf, zuckte nur mit den Schultern und sagte erneut: „Okay."

Ich lief ein Stück auf den Fluss zu und sah Sahri im flachen Wasser mit geschlossenen Augen die Sonnenstrahlen genießen. „Kommst du?", fragte ich lachend und die graublaue Riesin riss ihre Augen auf. Sie stand auf, schüttelte sich und stapfte den kleinen Hang hinauf um zu uns auf die Grasfläche zu kommen. Sofort legte sie sich bereitwillig vor uns hin und ließ uns aufsteigen.

Kapitel 15

Wir erreichten die Spitze der Berge sogar eher, als ich gedacht hatte. Allerdings hatten wir unterwegs ja auch nur diese eine, kleine Pause eingelegt. Sahri war fix und fertig, aber sie hatte es geschafft.

Jetzt standen wir am Rande des Berges und schauten die steile Klippe hinunter. In weiter Ferne wurde der grüne Untergrund sandfarben. „Man kann bis zur Wüste sehen." Tabo bekam seinen weit offen stehenden Mund gar nicht mehr zu. Plötzlich hob er eine Hand und klopfte damit gegen sein Ohr. „Geht das irgendwann wieder weg?", fragte er mit grimmiger Miene.

Ich wusste genau, was er meinte. In dieser Höhe war die Luft ganz anders. Unsere Ohren wirkten wie mit Watte voll gestopft, weil sie sich nicht so schnell auf den Höhenwechsel einstellen konnten. Dasselbe Gefühl hatte ich gehabt, als ich zum ersten Mal den Berg verlassen hatte. Und auch, wenn ich im Meer mit Ruka zu tief getaucht war.

„Ja, sicher", antwortete ich. „Kann auch sein, dass dir nachher etwas schwindelig wird, wegen der dünnen Luft hier. Aber das ist alles Gewöhnungssache."

Tabo wanderte am Rande des Berges entlang und sah Richtung Westen. Er zeigte in die Luft. „Ist da das Meer?", fragte er. Ich nickte und stellte mich zu ihm. „Ja, aber man kann es von hier aus nicht sehen. Nur die Sonne." Ein Gefühl von Frieden breitete sich in mir aus. Die Sonne war nur noch eine kleine Sichel am Rande unseres Blickfeldes.

Sie war fast vollständig untergegangen und verhüllte den graublauen Himmel mit Streifen orangenen Lichts.

Eine Weile sahen wir beide der Sonne zu, bevor sie vollständig verschwand. „Wie weit ist es noch bis zu deinem Dorf?", fragte Tabo schließlich.

„Nicht weit." Ich drehte mich zu der kluftigen Berglandschaft hinter uns um. „Man kann auf den Bergen nicht besonders weit sehen. Sie sind halt kein Flachland wie eure Wüste. Das macht es so interessant. Hinter jeder kleinen Bergspitze könnte ein Dorf liegen, das du vorher nicht sehen konntest. Wir müssen jetzt auch nur noch durch ein paar Kluften und in ein paar Minuten sind wir da."

„Wieso sitzen wir nicht einfach wieder auf Sahri auf?"

„Sie musste uns von der Wüste bis hierher tragen und dann noch in diese luftigen Höhen. Gönn ihr eine Pause. Sie wird neben uns laufen. Ihre Tatzen sind unten rau, sie ist perfekt an die Berge angepasst", Sahri stupste mich an der Schulter an, wie zur Bestätigung. „Schließlich sind wir hier zuhause", schloss ich und strich über ihre Nüstern.

Ich lief vor und schlängelte mich an dem ersten spitzen Felsen vorbei. Tabo tat sich sichtlich schwerer als ich. Auf dem unebenen Untergrund verlor er immer wieder das Gleichgewicht. Sahri blieb dicht neben ihm und so konnte er sich an ihr abstützen. Wir mussten mal ein Stück bergab und dann wieder bergauf kraxeln. Es war faszinierend zu sehen, wie Sahri ihre Klauen nutzte, um sich an Felsen festzuhalten und hochzuziehen. Drachen waren für die Berge geboren, das zeigte sie uns gerade wieder.

Ich stieg die letzte Steigung auf eine kleine Hangspitze hinauf und hielt mich mit Händen und Füßen an hervorstehenden Steinen fest. Als ich oben ankam, stellte ich mich zufrieden aufrecht hin. Es ging auf der anderen Seite direkt wieder bergab und unter mir konnte man es sehen: Das Dorf Konghi.

Schwer atmend kam Tabo neben mir an. Sahri direkt hinter ihm. Vermutlich hatte sie ihn vor sich her geschoben. Ich grinste zu ihm hinunter. „Ich dachte wirklich, deine Kondition wäre etwas besser. Bist du nicht letztens noch stundenlang durch die Wüste gewandert?"

„Eben", stieß Tabo schwer zwischen zwei Atemzügen aus. „In der Wüste. Ebener, schöner, weicher Untergrund. Kein Auf-und-Ab-Gehetze."

Ich lachte und zeigte nach unten. „Siehst du die Steinhütten? Das ist mein Dorf. Meine Eltern wohnen gleich da vorne, das Haus mit den grauen Steinen und rötlichen Dachziegeln."

Tabo versuchte angestrengt, meinem Finger zu folgen. „Die sehen alle gleich aus", sagte er dann, immer noch leicht hechelnd. „Graue Steinhäuser überall. Und Rot sehe ich überhaupt nicht. Nicht in dieser Dunkelheit."

Es stimmte. Die Farben verschwammen alle immer mehr zu dunklen Grautönen, der Himmel war tiefdunkelblau. Aber ein voller Mond stand über uns, er schenkte uns immerhin genug Licht, damit wir nicht über lose Felsen stolperten.

„Dann lass uns gehen", meinte ich. „Jetzt geht es auch nur noch bergab."

Schon drehte ich mich mit dem Gesicht zu Tabo, kniete mich wieder hin und begann vorsichtig mit meinen Füßen nach herausragenden Felsen oder kleinen Spalten zu suchen, um sicher wieder hinabklettern zu können. Tabos Füße folgten direkt über meinen Händen. Das war gut so. Er hatte keine Erfahrung im Klettern. Im Notfall würde ich mit der Hand seinen Fuß abstützen können.

Doch der Notfall trat nicht ein. Wir mussten nur etwas mehr als zwei Meter klettern, dann war der Berg nicht mehr so steil. Wir konnten uns umdrehen und den Rest des Weges bergab ins Dorf laufen.

Es war ein komisches Gefühl nach einem halben Jahr wieder durch die bekannten Straßen zu laufen. Vor allem, weil es Nacht und die Straßen daher menschenleer waren. Zu wissen, dass ich gleich an unsere Haustür pochen und meine schlafenden Eltern wecken würde, welche sicher kein bisschen damit rechneten, mich zu sehen, fühlte sich einfach merkwürdig und surreal an.

Tabo lief schweigend neben mir her. Der leichte Wind und der dunkle Himmel verliehen diesem Spaziergang durch die unbelebten Gassen etwas Mystisches. Fast hatte ich das Gefühl, es wäre uns nicht gestattet, den Mund zu öffnen, weil wir damit etwas Höheres, etwas für uns Ungreifbares verletzen und vertreiben würden. Selbst Sahri schien besonders bemüht, die Stille nicht zu unterbrechen.

Als wir ankamen, blieb ich einen Moment zögernd vor der runden Holztür inmitten des steinernen Rahmens stehen.

„Was ist los?", hauchte Tabo und rieb sich mit den Händen überkreuz über seine Oberarme. „Klopf bitte an, ich will rein, der Wind ist furchtbar kalt."

Ich lachte leise. Ja, der Wind ging glatt durch unsere leichte Kleidung aus Leinen hindurch. Und da die Sonne nicht

127

schien, um uns zu wärmen, war er wirklich etwas frisch. Also gut. Ich hob meine Hand und klopfte an.

Wir warteten eine Minute lauschend, dann klopfte ich erneut. Entschlossener diesmal. Auf der anderen Seite der Tür polterte es. „Ja, ja, komme ja schon", murrte eine verschlafene Stimme, die ich nur zu gut kannte. Dann wurde ein Schlüssel gedreht und die Tür ging auf.

Das Gesicht meines Vaters war im ersten Moment verschlafen und verärgert, aber innerhalb einer Sekunde hellte es sich auf. Die Überraschung in seinen Augen vertrieb die tiefen Ringe darunter. „Tamia?", fragte mein Vater ungläubig. Schon hatte er seine Arme um mich geschlungen.

Er löste sich wieder von mir, hielt aber meine Hände weiter in seinen und sah mich von oben bis unten an. „Wow, ich... ich weiß gar nicht, wo ich anfangen soll!", stotterte er überwältigt.

„Vielleicht könntest du uns erst mal hereinbitten", lachte ich und sah zu meinem Begleiter, welcher seine Handflächen gegeneinander rieb, um sich zu wärmen. „Tabo friert."

„Natürlich, natürlich", sagte mein Vater sofort. „Kommt herein. Ist immerhin auch dein Zuhause, Tamia."

Ich nickte, wandte mich noch kurz zu Sahri um und strich ihr über die Nüstern. „Vielen Dank, alte Freundin. Du kannst jetzt wieder zu deinen Freunden gehen." Sofort schlug sie kräftig mit ihren Flügeln und flog über unser Haus hinweg zu einer etwas höheren Bergspitze. Dort befanden sich die Ställe der Drachen.

„Neela, komm runter!", rief mein Vater die Treppe neben der Haustür hinauf und deutete uns an, durchzugehen. Ich lief vor Tabo her den kurzen Weg durch den Flur. Die gesamte untere Etage unseres Hauses war nur ein einziger, riesiger Raum. An der einen Seite befand sich eine Ecke zum Kochen mit Regalen voller Lebensmitteln. Und in der Mitte hatten wir eine Sofaecke. Auf eines der Sofas ließ ich mich nun nieder. Tabo setzte sich dicht neben mich.

„Ihr habt ein schönes Haus", meinte er und lächelte leicht. Mir entging die Anstrengung dieser Geste nicht. „Keine Sorge", sagte ich. „Du bist hier gut aufgehoben."

Tabo schüttelte den Kopf, senkte aber verräterisch den Blick, als er mit mir sprach: „Ich mache mir keine Sorgen."

Ich nahm das so hin. Es war nichts Schlimmes dabei, ein wenig Lampenfieber zu haben, wenn man in einer neuen Familie landete. Gerade, wenn es die erste Reise war, die man unternahm.

Mein Vater kam ins Wohnzimmer, dicht gefolgt von meiner mürrisch dreinblickenden Mutter. Doch ähnlich wie bei meinem Vater zuvor, verzogen sich auch die Wolken aus ihrem Gesicht, sobald sie mich sah. Ich sprang auf und lief in ihre Arme.

„Tamia", hauchte sie voller Unglauben in mein Ohr. „Du bist wieder da. Oh, Tamia, mein Mädchen!" Auch sie hielt mich ein Stück von sich entfernt, um mich von oben bis unten zu mustern, als könnte sie nicht fassen, dass ich tatsächlich vor ihr stand. Sie strahlte von einem Ohr bis zum anderen. „Vor ein paar Tagen war doch erst dieser Vogel bei uns... wir dachten, du..."

„...bleibst länger weg", fiel ihr mein Vater ins Wort. „In deinem Brief sagtest du, du würdest noch mal in den

Süden und in den Norden wollen. Das kannst du unmöglich so schnell getan haben. Oder…", jetzt beäugte er mich ein wenig kritisch, „…ist das hier nur ein Zwischenstopp, der sich angeboten hat?"

Ich schüttelte schnell den Kopf. „Können wir uns erstmal setzen?", bat ich.

Sowohl mein Vater, als auch meine Mutter nickten. Meine Mutter drückte ein letztes Mal meine Hand, bevor sie mich vorgehen und mich neben Tabo setzen ließ. Auf ihr Gesicht trat augenblicklich ein fragender Ausdruck. Scheinbar hatte sie erst jetzt bemerkt, dass ich nicht der einzige Besucher zu dieser späten Stunde war. Dennoch ließ sie sich wortlos neben meinem Vater auf dem anderen Sofa nieder.

„Mama, Papa", fing ich an. „Das ist Tabo. Er kommt aus einem Dorf tief im Süden und wollte mich hierher begleiten." Tabo streckte sofort seine Hand aus. „Schön, Sie kennen zu lernen." Nacheinander schüttelten meine Eltern seine Hand.

„Gleichfalls", erwiderte mein Vater, nicht ohne Tabo prüfend zu mustern.

„Sahri mochte ihn unglaublich gerne", versuchte ich die Stimmung aufzulockern. „Das hättet ihr sehen sollen! Ich weiß wirklich nicht, wie er das innerhalb der paar Tage geschafft hat."

Meine Mutter schmunzelte, ganz leicht und ganz kurz nur. „Wie war denn deine Reise, Tamia?", fragte sie dann. „Du musst uns doch so viel zu erzählen haben!"

Das hatte ich wirklich. Stundenlang schilderte ich von meinem Alltagsleben bei Rukas Familie mit der Aushilfe in ihrem Schmuckladen, davon, wie Ruka mir das Schwimmen und Tauchen beigebracht hatte und von meiner Begegnung mit Tabo in der Wüste. An dieser Stelle zog meine Mutter entsetzt die Luft ein. Die Teile, die ich in meinen Erzählungen nicht erwähnte, waren das merkwürdige Dorf zwischen dem Westen und dem Süden und mein Erlebnis vom Vortag. Dafür war es zu früh, viel zu früh. Oder zu spät... wie man's nahm. Es war immerhin inzwischen mitten in der Nacht.

„Und wieso bist du jetzt hierher gekommen und nicht weiter in den Norden gereist, wie es dein Plan war?", fragte meine Mutter schließlich.

Ich zuckte mit den Schultern. „Keine Ahnung", log ich. „Nur mein Bauchgefühl, ihr kennt das ja..." Mir entging nicht der irritierte Seitenblick, den Tabo mir zuwarf, aber ich ignorierte ihn.

„Ich würde jetzt gerne in mein Zimmer gehen", sagte ich schließlich. „Ich muss noch mein Bett beziehen und ich bin wirklich müde. Und für Tabo können wir doch ein Bett in dem leeren Zimmer aufstellen, nicht wahr?"

Das leere Zimmer war ein Raum, welcher nur durch mein Zimmer zu betreten war. Es wäre gut für ein kleines Geschwisterchen gewesen, das aber nie gekommen war. Früher hatte ich darin gespielt, um mein eigenes Zimmer nicht zu verwüsten. Dann gab es die Überlegung, es zu einem Badezimmer umzufunktionieren, doch auch dazu ist es nie gekommen. Es war also höchstens ein Raum für alte Spielsachen und Spinnen.

Mein Vater sah zwar wenig begeistert aus, aber meine Mutter gab ihre Zustimmung. „Natürlich. Das ist sicher am Sinnvollsten. Ich helfe dir."

Praktischerweise standen die alten, klappernden Gästebetten bereits in dem für Tabo vorgesehen Zimmer, denn hier brachten wir eigentlich alles rein, was sonst nur im Weg rum stand. Als wir eines davon aufklappten, kam uns eine Wolke Staub entgegen.

„Entschuldige bitte", hustete meine Mutter. „Bevor Tamias Großeltern in unser Dorf gezogen sind, haben sie bei ihren Besuchen auf den Gästebetten übernachtet. Aber sie haben ihr eigenes Bergdorf schon lange verlassen, daher wurden die Betten nicht mehr gebraucht... in einem dementsprechenden Zustand befinden sie sich auch. Ich hole euch sofort frische Bezüge!" Damit huschte sie aus dem Raum.

„Nett habt ihr es hier", meinte Tabo und sah sich in der Kammer um.

„Ich weiß, das ‚Gästezimmer' ist nicht ganz in Schuss", entschuldigte ich mich und betrachtete die Spinnweben in den Ecken des Raums. „Aber es ist wie in eurer Gegend. Wir sind soweit am Rande unseres Gebietes... da kommen Reisende normalerweise nicht hin."

Tabo schüttelte bloß den Kopf und lächelte mich an. „Das ist ja nicht schlimm. Ich kriege ein Dach über den Kopf und ein Bett. Was will man mehr?"

Meine Mutter kam wieder und händigte jedem von uns Bettlaken, Decke und Kissen aus, dann wünschte sie uns eine Gute Nacht und ging wieder. Ich folgte ihr bis in mein Zimmer und schloss die Tür zwischen mir und Tabo, um mich anschließend seufzend dagegen zu lehnen.

Mein Bett stand neben dem Fenster, wo minimal das Licht des Mondes hindurch schien. Eine kleine Nachtkonsole schloss an dessen Fußende an. Direkt gegenüber von dem Fenster stand mein kleiner, hölzerner Kleiderschrank und daneben befand sich ein Regal, das überquoll von Büchern über andere Welten. Die Wände hingen voll mit Bildern, welche ich gemalt hatte, als ich die Wüste und die Eistundra vor ein paar Jahren mit meinen Eltern betreten hatte.

Alles war noch ganz genau so, wie ich es verlassen hatte. Und offenbar hatten meine Eltern das Staubwischen nur im leeren Zimmer vernachlässigt, und nicht in meinem.

Kapitel 16

Ich erwachte durch ein lautes Poltern. Ich öffnete die Augen und erkannte im durch die Vorhänge gedämpften Tageslicht den am Boden hockenden Tabo. Neben ihm meine umgekippte Tasche. Er sah auf und merkte, dass meine Augen geöffnet waren. „Mist, tut mir leid", sagte er sofort. „Ich wollte nur eben ganz leise ins Bad huschen und bin über deine Tasche gestolpert." Er lächelte beschämt. „War dann nicht so leise, wie ich es mir vorgestellt hatte." Er sammelte die heraus gepurzelten Kleidungsstücke wieder auf. Plötzlich rutschte ihm ein blauer Rock aus der Hand und darunter kam ein Buch zum Vorschein. Verblüfft betrachtete Tabo den Einband. Mit einem Mal war ich richtig wach. Ich sprang auf, riss ihm das Buch aus der Hand und drückte es gegen meine Brust. Tabo starrte mich ratlos an. Er erhob sich langsam und ohne den Blick von mir zu wenden. Dann zeigte er auf das Buch. „Was ist das?"

Ich seufzte und ließ die Hände sinken. „Das hat mir ein Freund aus dem Westen geschenkt. Es ist ein sehr altes Legendenbuch."

Tabo setzte sich behutsam neben mich auf die Bettkante und beäugte mein Buch. „Fünf Völker?", fragte er dann.

Wieder seufzte ich. „Wolltest du nicht ins Bad?"

Tabo zog die Nase kraus. „Ja, stimmt. Ich bin gleich wieder da." Damit huschte er zur Tür und verließ mein Zimmer.

Schnell und trotzdem mit aller Vorsicht blätterte ich durch das Buch, sobald die Tür ins Schloss gefallen war.

Nach der Legende des Phönix', bei der ich das letzte Mal stehen geblieben war, folgten Geschichten von Tabos Volk. Bei Gelegenheit würde ich die ganzen kleinen Geschichten mal lesen. Dann folgten Geschichten aus dem Westen, die Legende über das Leben mit dem Meer und weitere kürzere, mir unbekannte Geschichten, die ich irgendwann einmal lesen würde. Das nächste Hauptkapitel hieß *Das nördliche Volk*. Darunter befand sich ein Dreieck mit der Spitze nach unten und einem Strich durch die Mitte und darunter ein grob skizzierter Erdhügel. Und erneut: Unglaublich interessante Geschichten, vor allem, da ich die Legende des Nordens kaum noch in Erinnerung hatte. Die musste ich jedoch aufschieben, da sie nicht das traf, wonach ich gerade die Augen aufhielt.

Und endlich. Ich schlug die nächste Seite nach lauter nördlichen Legenden auf und fand ein Bild von zwei übereinander liegenden Dreiecken und eines von einem Kreis mit durchgezogenen Linien, ähnlich einem Rad. Darüber stand in der üblichen großen Schrift: Das Volk der Mitte.

Ich blätterte schnell weiter auf die nächste Seite. *Die Legenden gibt es hier nicht,* schoss mir Jisas Stimme durch den Kopf. Von wegen! Und **wie** es in der Mitte Legenden gab! Es stand hier vor mir, schwarz auf weiß!

Der Ursprung eines jeden Geistes lautete die Überschrift der ersten Geschichte. Das klang verwirrend und vielversprechend zugleich.

Die jeweils ersten Überschriften der anderen Kapitel hatten „Das Leben mit der Luft", „Das Leben mit dem Feuer",

„Das Leben mit dem Wasser" und „Das Leben mit der Erde" gelautet. Etwas Ähnliches hatte ich auch hier erwartet. Andererseits... wenn es so einfach gewesen wäre, wäre die Legende der Mitte ja sicher nicht verloren gegangen. So wie die Wahrheit über den Vogel der zwei Elemente. Die Mitte als Ursprung zu bezeichnen, das... passte. Das kam mir auf eine merkwürdig fremde Art und Weise richtig vor.

Was unterscheidet die Völker überhaupt voneinander? Der Lebensraum und das darin liegende Element. Die Verwendung der Energie als solches und als Folge daraus, die Art, wie die Energie fließt. Frei und ungebändigt im Osten, temperamentvoll und schwer zu kontrollieren im Süden, fließend, leicht und ruhig im Westen und gebündelt und impulsiv im Norden. Doch die Energie ist ...

„Na, irgendwas Interessantes gefunden?"
Erschrocken sah ich auf und knallte in einer schnellen Bewegung das Buch zu.
Tabo stand in der Tür und schüttelte den Kopf über mich. „Du versinkst ja förmlich in deinem Buch."
Ich verzog die Lippen zu einer Art Lächeln und senkte kopfschüttelnd den Blick. „Nein, nichts Aufregendes", meine Finger strichen gedankenverloren über den ledernen Einband. „Nur eine alte Geschichte."
Tabo setzte sich wieder neben mich aufs Bett. „Wirst du mich irgendwann auch darin lesen lassen?"

Ich sah auf, weiterhin verhaltend lächelnd. „Irgendwann. Bestimmt."

Tabo grinste mich lediglich noch einmal groß an, stand dann wieder auf und ging zurück in sein Zimmer.

Sofort blätterte ich wieder wie wild in meinem Buch und suchte die Seite weit hinten, auf welcher ich gerade gelesen hatte.

Doch die Energie selbst ist überall dieselbe. Die Menschen können in jedem Volk nur deshalb auf diese wunderschönen, unterschiedlichsten Arten mit ihrem Lebensraum verschmelzen, weil die Energie es ihnen ermöglicht. Weil ihr Innenleben, ihr Geist es ihnen ermöglicht. Und genau daran erinnern uns die Bewohner der Mitte. Ob sie auch mit einem Teil ihres Lebensraums verschmelzen, unterscheidet sich von Dorf zu Dorf, von Mensch zu Mensch. Doch sie alle kennen das Geheimnis der Mitte. Nicht nur von der Mitte unserer Welt, sondern von der Mitte unseres Körpers, von dem, was uns und die Elemente miteinander verbindet. Das Volk der Mitte ist das wertvollste und vielfältigste von allen. Es ist das Volk der reinsten Energie. Das Volk des Geistes.

Manchmal blieben kleine Wörtchen aus, weil die Seiten so vergilbt waren. So etwas wie ein „Ihr" oder „Die", zum Glück nur Wörter, welche ich leicht in Gedanken ergänzen konnte.

Ich verstand längst nicht alles, was da stand, aber mir lief ein Schaudern über den Rücken. *Das Volk des Geistes.*

Dieses Volk erschien mir nicht so einfach gestrickt zu sein wie die anderen. Es war nicht an seinen Lebensraum gebunden, sondern an etwas, das höher stand und tiefer ging. Wenn alles wahr war... wenn der Einklang mit dem Lebensraum wirklich stattgefunden hatte, und so musste es sein, schließlich... war mir etwas gelungen, was sich kaum anders erklären ließ, dann... hing alles zusammen. Das Verschwinden dieses Volkes... des Volkes des Geistes und das Verschwinden des Lebens mit dem jeweiligen Lebensraums waren fest miteinander verbunden.

Wieder wurde meine Ruhe gestört, denn Tabo trat aus seinem Zimmer. Er hatte sich umgezogen. Er trug ein weißes, lockeres Hemd, darüber eine braune, sichtbar zu große Weste mit darauf gestickten, grünen Ranken und eine dicke, ebenfalls zu große, aufgeplusterte, braune Hose. Tabo streckte die Arme vor. „Na?", fragte er amüsiert.

Ich prustete leicht und doch aufrichtig vor Lachen.

„Hat mir dein Vater gestern noch gegeben", warf Tabo schnell ein und befühlte den Stoff seiner locker sitzenden Hose. „Der Stoff ist besser gegen den Wind der Berge gerüstet als mein ,dünnes Schlabberzeug'. Die Worte deines Vaters, nicht meine", er zuckte mit den Schultern.

„Sieht toll aus", meinte ich grinsend. „Du siehst fast aus wie ein richtiges Kind des Ostens."

„Kind?" Tabo kreuzte gespielt beleidigt seine Arme vor der Brust und setzte einen Schmollmund auf. „Denk dran, dass ich mein Ritual absolviert habe!"

„Richtig. Ähm, würde es dir was ausmachen, die Tür noch mal kurz zuzuziehen? Ich sollte mich auch mal eben umziehen."

„Na klar, bis gleich", sofort verschwand Tabo wieder in sein Zimmer und zog die Tür hinter sich zu. Ich legte mein Buch behutsam unter mein Kopfkissen, sprang vom Bett auf und lief zum Kleiderschrank. Auch darin hatte sich nichts verändert. Er war klein, aber angefüllt mit lockeren Kleidern, Shirts, Plusterhosen und Stulpen für Arme und Beine. Ich nahm mir eine recht eng anliegende, elfenbeinfarbene Hose heraus, ein Kleid in demselben Farbton und dunkelgraue Armstulpen. So waren nur meine Schultern nicht von Stoff bedeckt und meine Kleidung hatte fast dieselbe Farbe wie meine Haare. Gedankenverloren fuhr ich mit den Fingern dadurch. Dann lief ich zum Nachttisch am Fußende meines Bettes und nahm das rote Stück Stoff, welches ich am Abend zuvor dort abgelegt hatte. Ich hob meine Haarbürste auf, die bei Tabos Ungeschick heute Morgen aus meiner Tasche gefallen war und bürstete meine Haare auf eine Seite. Hier knotete ich das rote Band um sie herum. Ein langer Pferdeschwanz lag mir über der rechten Schulter und endete erst auf der Höhe meines Bauchnabels. Ich betrachtete mich im Spiegel, der die Tür meines Kleiderschranks zierte und lächelte. Das Stoffband wieder im Haar zu tragen, löste ein merkwürdiges Gefühl in mir aus, das irgendwo tief drin angsteinflößend auf mich wirkte. Doch hauptsächlich gefiel es mir.

Es klopfte an der Tür. „Kann ich?", hörte ich Tabos Stimme.

„Ja, komm rein."

Die Tür schwang quietschend auf und Tabo belächelte meine Gewandung. „Hey!", sagte er, als er das Band in meinen Haaren entdeckte. „Das sieht cool aus! Ein richtig auffälliger Farbfleck!"

„Lass uns frühstücken gehen", schlug ich vor, ohne darauf einzugehen. Ohne auf das kleine Rattern in meinem Brustbereich einzugehen, dass sich bei seinen Worten sofort eingestellt hatte.

Tabo nickte bloß und gemeinsam liefen wir die Treppe hinunter in den großen Raum der unteren Etage. Wir waren vor meinen Eltern wach. Es war auch noch sehr früh, gerade, wenn man bedachte, wie spät wir gestern Abend ins Bett gekommen waren. Ich ging an eines der Regale in der Küche, holte vier Teller heraus und reichte sie Tabo. Zwischen dem Küchenteil und der Sofaecke befand sich ein Esstisch. „Kannst sie auf den Tisch da stellen", sagte ich und deutete darauf. „Wir bereiten das Frühstück vor und dann wecke ich meine Eltern. Sie werden sich freuen."

Während Tabo Teller und Besteck auf dem Tisch verteilte, durchsuchte ich die Schubladen nach Brot. Wie erwartet wurde ich fündig. Meine Mutter hatte eigentlich immer selbstgebackenes Brot im Haus. „Das wird dir schmecken!", meinte ich und hielt die Tüte mit dem Brot hoch, bevor ich sie auf dem Tisch ablegte. „Meine Mutter ist eine Meisterbäckerin!"

Wir holten noch verschiedene Marmeladen, Frischkäse und Quark aus den Schränken. Dann lief ich wieder die Treppe hoch und klopfte an die Zimmertür meiner Eltern. Meine Mutter war immerhin schon wach, umgezogen und lag nur noch auf dem Bett, um zu lesen. „Wir haben den Tisch gedeckt", erzählte ich fröhlich. „Kommt ihr frühstücken?"

Meine Mutter lächelte mich kurz über den Rand ihres Buches hinweg an und nickte. Also ging ich wieder die Treppe hinunter, setzte mich an den Tisch und klopfte auf den Stuhl neben mir, damit Tabo sich darauf setzte.

Nur Minuten später betraten meine Eltern das Wohnzimmer, mein Vater noch leicht verschlafen. Sie setzten sich zu uns an den Tisch. Ich reichte den Brotkorb herum und jeder nahm sich eine Schreibe heraus und beschmierte oder belegte sie sich.

„Gehst du heute arbeiten?", fragte ich irgendwann meinen Vater, um die Stille zu durchbrechen.

Er nickte. „Ja, und es trifft sich sehr gut, dass du mich geweckt hast. Ich sollte gleich nach dem Frühstück aufbrechen, sonst bin ich zu spät dran."

Tabo räusperte sich, schien unsicher, ob er sich am Gespräch beteiligen sollte, fragte dann doch: „Was arbeiten Sie?"

Auf das Gesicht meines Vaters trat eine Art Schmunzeln. „Du darfst ruhig Du zu mir sagen", erwiderte er dann. „Ich bin Stallwirt, oben, bei den Drachenställen. Die Drachen möchten nämlich auch gleich gefüttert werden."

„Ah", machte Tabo. Ich musterte ihn skeptisch. In seine Augen war ein Funkeln getreten, dem ich keinen Grund zuordnen konnte.

„Und du, junger Mann?", meldete sich meine Mutter zu Wort. „Was hast du gemacht, bevor meine Tochter dich hierher geschleppt hat?"

„Hierher geschleppt?", empörte ich mich, bevor Tabo antworten konnte. „Er hat sich angehängt!"

Meine Mutter sah mich beschwichtigend an. „War doch nur ein Scherz, Tamia."

„Ich hatte noch keine Arbeit", beantwortete Tabo nun die Frage. „Ich hatte gerade meine Grundausbildung beendet. Im Süden ist es Priorität, zu lernen, wie man in der Wüste überlebt. Aber tatsächlich...", jetzt sah er meinen Vater wieder mit diesem Funkeln an, „...hatte ich etwas Ähnliches vor wie du. Im Süden sind es zwar keine Drachen, sondern Dromedare, aber ich wollte immer gerne beim Versorgen unserer Herde helfen."

Mein Vater nickte staunend. „Nicht schlecht", sagte er anerkennend. „Wie alt bist du denn überhaupt?"

„Achtzehn, also gerade achtzehn geworden. In dem Alter absolvieren alle Männer ihre Abschlussprüfung."

„Das Ritual", ergänzte ich mit aufgesetzt geheimnisvoller Stimme, was mir ein Augenrollen seitens Tabo einbrachte.

„Was sagt man da?", fragte meine Mutter grinsend. „Herzlichen Glückwunsch... nachträglich?"

Tabo zuckte unsicher mit den Schultern. Ich konnte das nachempfinden. Am Anfang, als ich mich bei einer fremden Familie eingelebt hatte, hatte ich auch nicht immer gewusst, wie ich richtig auf manche Aussagen reagieren sollte, selbst wenn es nur Geplänkel und keine tiefgreifende Konversation war.

Ich empfand das Frühstück als nett. Meine Eltern schienen Tabo gegenüber aufgeschlossen, dafür war ich ihnen sehr dankbar.

„So", sagte mein Vater schließlich, brachte sein Geschirr in die Küche und ließ es in der Spüle stehen. „Ich muss los."

„Und was habt ihr heute vor?", fragte meine Mutter, während ich ihr beim Geschirrspülen half und Tabo die Marmeladen zurück in die Schränke räumte. „Zeigst du Tabo das Dorf?"

„Das klingt nach einer guten Idee", meinte ich und das war sogar nur halb gelogen.

Die Führung bekam Tabo wirklich. Sie endete auf einem Steilpass Richtung Ställe, wo Tabo hechelnd neben mir ankam und sich quer auf die Felsen legte. „Man", stieß er aus. „Ich bin für das Leben in einem Bergdorf nicht geschaffen."

„Ich liebe es, wie man von hier alles überblicken kann", erwiderte ich grinsend.

Tabo hob im Liegen seinen Kopf und ließ ihn dann schnell wieder sinken. „Ja", meinte er und schloss angestrengt die Augen. „Sehr schön."

Ich grinste weiterhin, setzte mich neben ihn an die Felskante und blickte hinunter ins hügelige Dorf.

Irgendwann drehte Tabo mir sein Gesicht zu und blinzelte auf eine Art, die mir keine Deutung ermöglichte. „Sagst du mir, wieso wir hier sind?", fragte er. „Gehört der Ausblick zur Führung durchs Dorf dazu?"

Ich schüttelte den Kopf. „Nein, also... nicht wirklich. Das Schöne an dieser Stelle ist, dass man das ganze Dorf überblicken kann, aber die Leute im Dorf einen nicht sehen

143

können. Die Felskanten unter uns versperren den Blick auf diesen Platz."

Tabo stützte sich auf die Ellenbogen, um seinen Oberkörper leicht anzuheben. „Heißt das, du... wolltest zu einem geschützten Ort?", in seiner Stimme schwangen hohe Erwartungen mit.

Seufzend stellte ich mich wieder hin. „Hör zu, ich weiß nicht, was da genau im Süden passiert ist, aber... ich muss es herausfinden."

„Gut." Auch Tabo kam wieder auf die Beine. Er blieb einen Moment still, sah mir nur in die Augen, schien meinen Blick festzuhalten, denn, obwohl ich es nicht bewusst wollte, blieb dieser bei ihm hängen. Ich wandte mich nicht von ihm ab. „Genau dafür sind wir ja hier", sagte er endlich. „Also. Was genau hast du letztes Mal gemacht?"

„Ich weiß nicht", schnaubte ich und wickelte meinen Zopf um mein Handgelenk, um irgendetwas mit meinen ungeduldigen Händen zu tun. „Ich... war wütend."

„Und damit hast du etwas ausgelöst!", ergänzte Tabo strahlend. Dann legte er die Hand ans Kinn und verengte nachdenklich die Augen. „Soll ich dich wütend machen?", schlug er dann vor.

„Was? Nein!" Ich trat energisch einen Schritt zurück.

„Schon gut, schon gut." Tabo hob besänftigend die Arme. „War nur ein schlechter Witz."

„Dann hör endlich auf, dumme Witze zu machen!" Gleich nachdem ich es ausgesprochen hatte, stockte ich. Das war unbeabsichtigt scharf gewesen.

Ich sah ängstlich, beinahe panisch zu Tabo. Er schnalzte mit der Zunge und nickte langsam. „Vielleicht ist das etwas, was du nur für dich machen solltest", sagte er betont ruhig.

„Tabo…", mehr brachte ich nicht heraus. Mehr konnte ich nicht zu meiner Verteidigung anbringen? Wirklich?

„Nein, schon gut. Tamia, ich kenne dich noch nicht lange, ja? Aber ich habe wirklich keine große Lust, immer den Sündenbock zu spielen. Das hier macht dich emotional fertig, das verstehe ich. Aber dann solltest du es lieber mit dir selbst klären. Wir sehen uns heute Abend." Er hob die Hand zu einem halbherzigen Winken. Aus seinem Gesicht schien mir wirklich kein bisschen Wut entgegen. Eher so etwas wie… Frust.

Und diesmal sagte ich nichts mehr. Ich sah stumm zu, wie Tabo einen Fuß nach dem anderen nach unten streckte, sich mit den Händen an der steilen Felskante festhielt, sich weiter nach unten hangelte und… ich wollte eine Warnung rufen, aber es passierte zu schnell.

Er griff nach einem abstehenden Felsbrocken, dieser bröckelte aus der Wand und Tabo rutschte ab. Er schrie erschrocken auf.

Ich streckte in einem albernen Reflex die Hand aus, obwohl ich wusste, dass er zu weit entfernt war. Rief seinen Namen, obwohl ich wusste, dass er nichts mehr ändern konnte, dass *ich* nichts mehr ändern konnte. Er würde sterben und es war meine Schuld! Weil ich ihn hier herauf gebracht hatte, in ein Gebiet, in dem er keine Übung hatte! Weil ich dafür gesorgt hatte, dass er wieder hinabsteigen wollte!

Ich spürte ein Zausen im Haar, einen Zug an meinem Kleid und dann plötzlich die Wärme eines anderen Körpers an meiner Hand. Widerwillig öffnete ich die Augen, fragte mich, wann ich sie geschlossen hatte und erblickte Tabos Hände in meinen und ihn einen Meter von der Steinwand entfernt nach unten hängend.

„Tamia, du...", sagte er mühsam.

Ich nickte und schluchzte. Ich drehte mich vorsichtig um, drückte Tabos Hände fester. Ich war auf der Höhe des Vorsprunges, auf dem ich gerade noch gestanden hatte, aber der Vorsprung lag einen Meter hinter mir. Ich sah nach unten und fühlte mich, als würde ich mich im freien Fall befinden. Aber ich fiel nicht. Tabos Gewicht zog an meinen Armen, würde ich ihn loslassen, würde er fallen, ganz sicher. Aber *ich* würde hier oben bleiben. Ich würde weiterhin auf dem Wind reiten. Langsam, nur ganz langsam sanken wir ab. Bis der nächste Vorsprung kam. Bis Tabos Füße Halt fanden. Genau in diesem Augenblick löste sich der Wind um mich herum. Erschrocken schrie ich auf, fiel und fand mich in Tabos Armen wieder. Er hielt mich und klammerte sich selbst an einem herausragenden Felsen neben uns fest. „Willst du uns jetzt doch noch umbringen?", fragte er zart flüsternd. Der Versuch, jetzt lustig zu sein, scheiterte gnadenlos.

Warme, feuchte Tränen kämpften sich über meine Wange. Ich verbarg den Kopf an Tabos Schulter.

Falsch, das war alles so falsch.

Ich hätte nicht dazu in der Lage sein sollen, ihn zu retten. Ich hätte nicht dazu in der Lage sein sollen, so langsam abzusinken. Ich sollte nicht hier stehen und einen anderen Menschen umarmen. Ich sollte nicht weinen. Nicht deswegen. Nicht aus Angst um sein Leben. Nicht aus Angst vor... mir.

Und die Tränen flossen weiter. Flossen aus lauter Verzweiflung darüber, dass es falsch war, zu weinen.

„Wieso bist du Idiot abgerutscht?", quetschte ich zwischen zusammengebissenen Zähnen hervor und trommelte mit den Fäusten gegen Tabos Brust.

Behutsam umgriff er meine Handgelenke mit der freien Hand. „Nicht", flüsterte er.

Meine Zähne schlugen klappernd aufeinander, immer und immer wieder.

„Ich hab vor lauter Gefühlen nicht richtig aufgepasst", beantwortete Tabo schließlich zögernd meine Frage.

Gefühle. Wie ich das hasste! Wie einfach das bei ihm klang! Seine Sicht war von Gefühlen vernebelt gewesen und er gab es zu, als wäre nichts dabei!

„Meinst du, du... kannst das wiederholen?", fragte er, als ich nichts mehr erwiderte.

Ich hob den Kopf, warf einen kurzen Blick in Tabos dunkle Augen und rückte dann einen Schritt von ihm ab. So viel wie der Vorsprung es mir erlaubte. Dann hob ich unbeholfen die Arme und streckte sie nach vorne. Zog sie zurück und wiederholte das Ganze, trat diesmal mit einem Fuß dabei vor. Schließlich schüttelte ich den Kopf. „Ich weiß nicht, wie", nuschelte ich mit belegter Stimme.

Tabo zuckte bloß mit den Schultern. „Nicht schlimm", meinte er. „Du... hast mir immerhin damit das Leben gerettet."

„Aber ich habe es nicht kontrolliert. Es ist einfach passiert."

„Das ist nicht wichtig."

Unruhig warf ich den Kopf zur Seite, öffnete den Mund zu einer Erwiderung, schloss ihn wieder, ohne ein Wort gesagt zu haben.

Er hatte recht und ich wusste das. Gerade war etwas Magisches passiert und da interessierte es doch niemanden, ob es bewusst passiert war oder nicht. Aber ich war keinen Deut glücklicher. Es war wieder passiert und ich war der Legende trotzdem keinen Schritt näher gekommen.

Kapitel 17

Reine Einheit mit dir selbst, so hieß das nächste Unter-
kapitel im Kapitel Das Volk der Mitte.
Jedes Volk kennt unbewusst die Voraussetzungen für den
Einsatz seiner ganz eigenen Natur.

Ich hatte Tabo voreilig aus meinem Zimmer verbannt und
mich ins Bett gelegt. Und jetzt war es mitten in der Nacht
und ich bekam noch immer kein Auge zu. Aber was hätte
ich schon anders machen sollen?

Doch bewusst wird sie einem erst bei einer Erkundung der
Mitte.

Wieso prickelte das Innere meines Magens jetzt so ekel-
haft? Ob ich krank werden würde?

Eine Erkundung der Mitte im geographischen Sinne bringt
eine Erkundung der eigenen Mitte...
Hier wurden ein paar Wörter von einem Fleck bedeckt.

Und so wie die Völker jedes einzeln und doch in völliger
Harmonie miteinander leben, so herrscht auch im Inneren
jedes Menschen ein harmonischer Einklang.

Ich richtete mich auf, streckte mich, gähnte, verließ widerwillig mein Bett sowie mein Zimmer, um ins Bad zu gehen.

Als ich wieder kam, hatte sich nichts verändert. Ich war immer noch ratlos und mein Magen aufgebracht.

Ich legte mich zurück ins Bett, zog die Decke bis unters Kinn und hielt das Buch knapp über mein Gesicht.

Ohne diesen Einklang herrscht Chaos. Und Chaos in einem Menschen bewirkt auch Chaos auf seinen verlänge...

Wieder fehlten dem Text ein paar Buchstaben.

... rper. Chaos ist unkontrolliert und wild.

Meine Arme wurden langsam schwer, also rollte ich mich auf die Seite, um das Buch nicht mehr hochhalten zu müssen.

Und Chaos herrscht viel schneller als man denkt.

Oft fragen sich Bewohner aller Völker, wieso ihr Umfeld nicht mehr so reagiert, wie sie es ihr Leben lang gewohnt waren. Im Osten zerrt der Wind plötzlich wie wild an der Kleidung und im Süden verbrennt man sich, obwohl das Feuer sonst einfach durch die Menschen hindurch geflossen ist. Genau diese Erlebnisse werden zum Anlass einer Reise in die Mitte genommen. Und auf einmal wird den Bewohnern bewusst, dass die Basis ihrer ganzen Lebensart immer der Einklang mit sich selbst war. Dann stellt sich heraus, dass Betroffene neuerdings unglücklich verliebt sind, etwas vor ihren Freunden geheim halten oder kürzlich eine geliebte Person verloren haben. Bewohner der Mitte helfen dabei, die Gründe zu erkennen und gegenzusteuern.

Die letzten zwei Zeilen der Seite fehlten, weil ein Stück ausgerissen war. Vermutlich handelte es sich dabei aber sowieso nur um ein paar abrundende Worte. Die wichtigsten Informationen waren sicher schon genannt worden.
Es half mir trotzdem nicht weiter.
Seufzend und unachtsam ließ ich das Buch los, sodass es von der Bettkante fiel. Am liebsten hätte ich es einfach ignoriert, mich auf die andere Seite gerollt und erneut versucht, einzuschlafen. Aber dieses Buch war das Wertvollste, was ich besaß, ich musste nachsehen, ob ich es beschädigt hatte. Also lehnte ich mich aus dem Bett und hob es hoch. Eine andere Seite war aufgeschlagen und hatte nun ein Eselsohr, aber mehr war nicht geschehen. Zum Glück.
Schwindende Vergangenheit, stand in geschwungener Schrift in der oberen Ecke der Seite. Ich kniff die Augen zusammen und hielt mir das Buch näher vor mein Gesicht. Das war eine andere Schrift, als die, in der das Buch gedruckt war. Das da war eine kaum lesbare Handschrift und darunter stand noch mehr. Klein, gekrakelt und an den Seitenrand gequetscht.

Das Volk des Geistes gibt es nicht mehr. Nicht mehr in dieser Form. Und mit diesem Volk schwand auch das Leben mit der Umgebung. Wir erinnern uns noch daran, allerdings glauben wir nicht daran.

Wir glauben nur an das, was wir sehen. Sicherlich haben die Bewohner der Mitte auch deshalb aufgehört, ihr Wissen zu verbreiten und den Randvölkern dieses Leben zu ermöglichen. Ihre Funktion im hier beschriebenen harmonischen Einklang war nicht so sichtbar wie die der Randvölker. Sie waren wie der Einklang unserer Organe. Sie waren das Wichtigste... aber auch das Versteckteste. Und was versteckt ist, geht den Menschen verloren.

Es wirkte so, als hätte jemand in Eile aufgeschrieben, was er sich zusammengereimt hatte. Und dann, weiter unten auf der Seite, noch ein Satz, ordentlicher und ruhiger diesmal:

Weil wir blind sind.

Ob Lurais Großvater diese Sätze geschrieben hatte? Bestimmt. Immerhin war er meines Wissens nach der erste und bisher einzige Besitzer des Buches gewesen, der sich wirklich dafür interessiert hatte. *Wir dürfen das fünfte Volk nicht vergessen,* das waren die Worte, die er seinem Sohn weitergegeben hatte, nicht wahr? Nur im tiefsten Unterbewusstsein registrierte ich, wie ich mich im Bett aufrichtete, im Schneidersitz hinsetzte, das Buch in meinen Schoß bettete und den Rücken durchstreckte.
Ob er mit dem Wasser gelebt hatte?
Nein, bestimmt nicht... das hätte Lurai sicher gewusst.
Aber wie hatte er dann wirklich an die Legenden glauben können? Wie hatte er an etwas glauben können, was er nicht erleben, nicht kontrollieren konnte?

Ich strich über die Seite und fühlte mich, als würde mich jemand beobachten.

Weil wir blind sind.

„Ich bin nicht blind", sagte ich stumpf.

Aus der Stille kam keine Antwort.

„Ich bin *nicht* blind!", insistierte ich mit Nachdruck.

Die Tür schwang auf und ich lehnte mich erschrocken ein Stück zurück, hob die Hände aus einem Schutzreflex an. Aus der Tür zum ‚leeren Zimmer' trat ein junger Mann mit zerzottelten, stacheligen Haaren, welcher sich gähnend die Augen rieb.

„Tamia?", fragte Tabo verschlafen. „Was schreist du denn so?"

Ich ließ die Hände sinken und mein Rücken sackte in sich zusammen. „Oh", nuschelte ich, ohne ihn anzusehen, weil ich genau wusste, dass ich errötet war. „Ich wollte nicht schreien."

Tabo rieb sich noch einmal die Augen, dann ließ er die Hände sinken und sah mich durchdringend an. Sehr müde, irritiert, irgendwie… besorgt.

Ich entfloh seinem Blick, sah erst zum Schrank zu meiner Linken, dann aus dem Fenster zu meiner Rechten. War das da draußen wirklich die Dämmerung? Hatte ich die ganze Nacht wach gelegen?

„Tamia." Tabo sagte meinen Namen völlig sachlich, als er sich zu mir auf die Bettkante setzte. Für einen Augenblick hatte ich seine Anwesenheit vollkommen vergessen. Das war ein schöner Augenblick gewesen. Ich brauchte keinen Menschen, der sich um mich sorgte.

„Ich weiß, ich kann es schlecht einschätzen, da ich dich kaum kenne, aber...", er stutzte kurz, schien Luft zu holen, für das, was er jetzt sagen würde: „Bist du immer so? So aufgewühlt, unsortiert und durch den Wind?"

Durch den Wind. Ich lachte auf. Leise und kehlig. Was für eine treffende Bezeichnung.

„Tamia?" Erst als er wieder meinen Namen sagte, merkte ich, dass ich nichts geantwortet hatte. Ich hatte bloß einmal unaufrichtig gelacht und sonst nur dagesessen und ins Leere gestarrt. Auf ihn musste es so wirken, als würde ich meinen Verstand verlieren.

Ob ich das tat? Ob ich wohl im Begriff war, meinen Verstand zu verlieren? Ich wusste es nicht. Vielleicht fühlte sich das ja genauso an.

Und wieder spürte ich erst, was geschah, als er darauf reagierte. Eine schüchterne, unsichere Berührung an der Schulter ließ mich zusammenzucken und ich bemerkte, dass mein Körper bebte. Und ich hörte Schluchzer wie aus einer anderen Welt, unerkennbar und unerreichbar.

„W-weine ich?", fragte ich mit einer Stimme, die sich vollends zerbrochen anfühlte.

Unwirklich und unendlich verwirrt nickte Tabo.

Ich nickte auch. Nickte und sah die Welt wie durch einen Nebel, wie durch einen Vorhang aus Frustration... entstanden aus unsinniger Zuneigung.

„Es ist das Buch, nicht wahr?", fragte Tabo. Ein verschwommener, hautfarbener Strang hob sich und deutete auf den braunen, verschwommenen Quader in meinem Schoß. „Du hast mir nicht die ganze Wahrheit darüber erzählt. Es ist ein Legendenbuch, aber worüber genau?"

Die Stimme legte eine Pause ein, bevor sie mehr Wörter dick und dunstig in mein Ohr trieb: „Das, was darin steht, geht dir unnatürlich nah. Bitte zeig es mir." Wieder eine Pause, dann flehend und drückend: „Bitte lass mich dir helfen."

„Sahri", hörte ich eine andere, eine neue, fremde Stimme. Meine eigene. Dumpf und krächzend wie aus Blei. „Ich muss... zu... Sahri."

Im selben Augenblick löste sich auf einem höher gelegenen Berggipfel ein aufgebrachter Schatten aus seinem Schlaf. Jemand ließ seine ruhenden Gefährten zurück und brach aus einem tierischen Instinkt heraus auf. Aber das wusste ich in dem Moment noch nicht.

Ich lief unsicher und stolpernd wie eine Dreijährige die Treppe hinunter, dicht gefolgt von Tabo, der die Hände hinter mir ausstreckte, wie das dazugehörige Elternteil, das sein Kind im Notfall auffangen wollte. Ich zog die Haustür auf und wurde von einem Schluchzer geschüttelt, sobald sie hinter mir im Schloss lag. Mein erster Instinkt war in Richtung Osten zu blicken, dorthin, wo die ewige Bergkette kein Ende nehmen wollte. Ich hatte mich nicht getäuscht, die Sonne ging wirklich schon auf. Sie kletterte langsam und grell orange die Berge hinauf, bisher war nicht mehr als eine strahlende Sichel von ihr zu sehen.

„Die Ställe", näselte ich. „Da... oben."

„Das wird nicht mehr nötig sein." Unruhig sah ich zu Tabo. Was faselte er denn da? Er erwiderte meinen Blick nicht, sondern sah gen Himmel in Richtung Norden. Ich folgte seinem Blick und kniff kurz darauf die Augen zusammen, als könne ich ihnen nicht trauen. Als ich sie wieder öffnete, erschien die Gestalt am Himmel mir bereits ein gutes Stück größer. Sie kam näher. Und dann stieß Sahri ein Brüllen hervor, das das ganze Dorf vorzeitig wecken musste. Sie hatte mich gehört. Ich brauchte meine beste Freundin, also kam sie her.

Ich warf mich an Sahris Brust und weinte ohne Ende. Ich umschlang ihren Hals und sie drückte mich mit ihrer riesigen Schnauze näher an sich. Es tat so gut, sie bei mir zu haben. Sie war ins Dorf geflogen. Einfach so, ohne ersichtlichen Grund. Nur weil sie es gespürt hatte. Das war Freundschaft. Das war eine Beziehung wie sie nur zu einem Tier möglich war.

„Ich… habe… meine Gefühle… doch… im Griff." Immer wieder wurde ich von Schluchzern geschüttelt, meine Worte waren nasal und kaum zu verstehen.

„Was?", fragte Tabo.

Grimmig drehte ich mich um und löste die Umklammerung um den Hals meiner Freundin. Sie hatte noch nie etwas hinterfragt, was ich gesagt hatte.

„Misch dich nicht ein!", motzte ich, schniefte und wischte mir mit dem bloßen Arm über die Nase. „Ich spreche gerade mit einer Freundin!"

„Oh, okay", erwiderte Tabo sarkastisch, aber in seinen Augen lag nicht derselbe Ärger wie in seiner Stimme. Was nur erneut bewies, dass ein Mensch mir gegenüber nie so aufrichtig sein konnte wie mein Drache. Ihm lag etwas auf der Zunge, ich spürte es, aber sah auch, wie er es runter schluckte. Stattdessen warf er nur einen Blick in meine Augen, der sicherlich aussagekräftiger war, als alles, was er sonst hätte sagen können. Dann drehte er sich um und ging zurück ins Haus.

Ich blieb bei Sahri und war schnell getröstet. Ich hatte vergessen, weshalb ich unter diesem Gefühlsausbruch gelitten hatte. Ich hatte vergessen, woher die Verzweiflung und die Trauer in mir überhaupt gerührt hatten, aber jetzt gab es da etwas Neues, dass mich nicht mehr losließ.

Tabos Augen. Menschenaugen. Aber es war der Blick eines Drachen gewesen.

Kapitel 18

„Du warst aber früh draußen", begrüßte mich meine Mutter unbekümmert, als ich wieder zur Tür hereintrat.

„Ich habe mir mit Sahri den Sonnenaufgang angesehen." Das war keine Lüge, auch wenn es natürlich nicht die ganze Wahrheit war.

Meine Mutter lächelte. „Das ist ganz meine alte Tamia." Ich lächelte zögernd zurück. „Hast du… Tabo schon gesehen?", fragte ich dann möglichst gleichgültig.

„Oh ja!" Mit Begeisterung im Gesicht hielt mir meine Mutter vier Teller entgegen, welche ich auf dem Tisch verteilen sollte. „Ich habe heute früh frisches Brot gebacken und er hat mir geholfen. Kam von einem Morgenspaziergang wieder, meinte er. Schien beim Backen immer fröhlicher zu werden." Sie zuckte kurz mit den Schultern. „Wahrscheinlich war er anfangs einfach nur schüchtern." Jetzt sah sie mich voll aufrichtiger Freude an. „Wirklich ein netter Junge! Er muss dir ein guter Freund sein." Ich nickte, schüttelte den Kopf, nickte wieder. Schluckte schwer.

„Tamia?", fragte meine Mutter und stellte unvorsichtig und dadurch mit einem lauten Rums zwei Marmeladengläser auf dem Tisch ab. Sie kam einen Schritt auf mich zu und betrachtete mich besorgt. „Ist auch alles in Ordnung?" Ich schüttelte den Kopf, sah aber gleichzeitig voller Mut auf, lächelte sogar leicht und diesmal nicht nur mit dem Mund, sondern auch im Herzen.

„Danke, Mama", sagte ich aufrichtig. „Du hast mir wirklich sehr geholfen. Ich muss jetzt dringend mit Tabo sprechen."

Der Blick meiner Mutter war aufmunternd, sie lächelte sanft wie nur eine Mutter es konnte und nickte mir zu.

Sofort hetzte ich los, die Treppe hinauf, durch mein Zimmer und riss die Tür zum ‚leeren Zimmer' auf. Tabo saß vorn übergebeugt auf seinem Bett, fuhr sich gerade mit einer Hand durch die Haare und sah auf, als ich hereinplatzte.

„Ich weiß es jetzt!", japste ich außer Atem.

Tabo hob eine Augenbraue und richtete sich leicht auf. „Du weißt was?"

Ich atmete erleichtert durch. Er redete noch mit mir. Ich an seiner Stelle hätte das vermutlich nicht mehr getan, nicht nachdem ich...

Ich schüttelte den Kopf, um meine Gedanken vom Kreisen abzuhalten und setzte mich neben Tabo. Das Gästebett gab dabei ein missbilligendes, knarrendes Geräusch von sich.

„Das war schwer für mich", fing ich an. Meine Stimme klang fest und ich sprach wie von selbst. „Ich, weißt du, ich hatte nie eine Freundschaft. Außer zu Sahri natürlich. Und ich habe auch nie wert auf eine andere gelegt, daher..." Ich fuhr mir durchs verknotete, offene Haar, zog alles wieder auf eine Seite, als wolle ich es zu einem Zopf zusammen binden. Als Tabo keine Anstalten machte, etwas einzuwerfen, fuhr ich fort: „Daher war das für mich nicht leicht zu erkennen. Oder gar zu akzeptieren. Der Punkt ist aber der, dass eine Freundschaft zu einem anderen Menschen nicht albern ist und auch nicht unverständlich. Ein Mensch kann…" Mein Blick flackerte kurz nach unten, dann zurück in Tabos Augen. „…dich genauso ansehen wie ein Drache."

Einen kurzen, quälenden Augenblick lang kehrte Stille ein. Dann breitete Tabo seine Arme aus und zog mich an sich. „Ach, Tamia", sagte er neben meinem Ohr. „Das hast du alles schon heute vorm Frühstück gelernt, ja?"

Aus meiner Kehle stieg ein Lachen auf, ein wahres, erlösendes Lachen. Ich schloss meine Augen und genoss die Umarmung. Genoss die Nähe und das wohlige Gefühl. „Naja", murmelte ich gegen Tabos Schulter, „das war wohl eher ein langer, schleichender Prozess."

Er löste sich wieder von mir und sah mich forschend an. „Also wirst du jetzt aufhören, mich anzugiften?", hakte er mit seiner üblichen, frechen Art nach.

„Das lag nie an dir", antwortete ich entschuldigend. „Ich war nicht im Reinen mit meinen…", Ein unwillkürliches Strahlen trat auf mein Gesicht.

„Mit was?" Tabo legte die Stirn in Falten.

Ich sprang auf. „Wenn ich recht habe…", sagte ich mit einer Begeisterung, die für Tabo noch nicht greifbar war. „…müsste es jetzt funktionieren!"

Auch Tabo richtete sich auf. „Hä? Was müsste funktionieren?"

„Na, *es!*" Ich sprach es ungeduldig aus, als wäre doch ganz klar, wovon die Rede war.

Jetzt verstand Tabo. Das Leuchten auf meinem Gesicht befiel auch Seines. „Ah", machte er. „Wirklich? Na, dann… Lass uns die Theorie gleich testen."

Das gemeinsame Frühstück mit meiner Mutter war beides, nervtötend und wundervoll. Nervtötend, weil es hinauszögerte, was ich so dringend herausfinden musste und wundervoll, weil es so leicht war. Meine Mutter mochte Tabo, ich mochte Tabo und Tabo mochte uns. Das frisch gebackene Brot der beiden schmeckte köstlich und die reine Ordnung meines Innenlebens, die ich bis vor wenigen Wochen als selbstverständlich angenommen hatte, fühlte sich jetzt wie der größte Segen an. Unsere Unterhaltungen waren unbedeutend und ungezwungen, Worte und Sätze fielen uns allen von den Lippen und wurden sogleich wieder vergessen. Genau so sollte ein Frühstück sein. Alltäglich und sorglos.

Nachdem wir unsere Teller abgespült und zurück in die Schränke geräumt hatten, schängelten Tabo und ich uns auch schon wieder blitzschnell nach draußen. Sahri lag im Schatten unseres Hauses und erwartete uns. Wären ihre Schuppen bräunlich, wie die einiger ihrer Artgenossen und nicht so blau gewesen, hätte man sie für einen Felsen halten können.

Ich lief zu ihr und stieg ohne weitere Umschweife auf ihren Rücken. Sahri stieß ein fröhliches Schnauben aus, als sie Tabo sah und streckte ihm ihre Schnauze entgegen. „Sie hat dich wirklich gern", kommentierte ich. „Ich hätte ihr eher vertrauen sollen. Sie hat immer recht."

Tabo tätschelte kurz Sahris Nüstern, stellte dann einen Fuß auf ihre Vorderpfote und schwang sich hinter mich auf ihren Rücken. „Wo fliegen wir hin?"

Ich zuckte die Schultern. „Mal sehen. Sie wird uns an einen geschützten Ort bringen." Noch bevor ich meinen

Satz beendet hatte, hatte Sahri Anlauf genommen und sich mit einem mächtigen Flügelschlag von der steinigen Erde entfernt. Wir gewannen immer mehr an Höhe und amüsiert stellte ich fest, dass Tabo sich immer wieder die Ohren knetete. Der Druck darauf nahm zu, auch ich spürte es, wusste aber sichtlich besser damit umzugehen. Ich drehte mich um, hielt mir demonstrativ die Nase zu und atmete kräftig aus. „So", sagte ich dann. „Schon viel besser."

Mit zweifelndem Gesichtsausdruck machte Tabo es mir nach, guckte erst überrascht, dann erleichtert und hielt schließlich den Daumen hoch. Ich lachte.

Sahri brachte uns auf einen Nachbarhügel der Ställe. Als Tabo von ihr abstieg, musste sie viel mithelfen, damit er nicht von ihr runter rutschte und sofort zu Boden fiel, denn er konnte seinen Blick nicht vom Himmel lösen. Ich glaubte, er bekam nicht mal richtig mit, dass er schon abgestiegen war, als er bis zum letzten Rand unseres Landeplatzes lief.

Schnell rutschte auch ich von Sahris Rücken. „Tabo, Vorsicht!", warnte ich.

„Wow", sagte er ehrfurchtsvoll.

Schnellen Schrittes begab ich mich an seine Seite und hielt ihn am Arm fest. Ich hatte Angst, er würde einen Schritt zu weit gehen und die Klippe hinabstürzen.

Bei der Berührung drehte er mir sein Gesicht zu und strahlte mich an. Ich sah zwischen ihm und dem Himmel hin und her. „Ja, mich hat der Anblick anfangs auch gefesselt", lächelte ich.

Auf einer Bergspitze, ungefähr zweihundert Meter weiter südlich, konnte man deutlich das riesige aus Steinen und

Holz erbaute Gebäude erkennen, in dem das Dorf Konghi und die umliegenden Dörfer ihre Drachen unterbrachten. Es waren zweiundzwanzig. Zumindest waren es so viele gewesen, als ich das Dorf verlassen hatte. Zweiundzwanzig Drachen also, die über den Stallungen am Himmel kreisten wie ein Schwarm gigantischer Fledermäuse.

Hinter uns erklang ein warnendes Gurgeln und kurz darauf stob Sahri über uns hinweg. Wir mussten uns schnell ducken, um nicht von ihren Tatzen die Klippe hinunter gestoßen zu werden. Je mehr sie sich entfernte, desto mehr wurde sie zu einem Schatten, der sich seinesgleichen am Himmel anschloss.

Sanft zog ich an Tabos Arm, den ich noch immer umschlossen hielt. „Komm. Wir sind schließlich aus einem Grund hier oben."

„Richtig." Mit einem Ruck riss Tabo seinen Blick von den kreisenden Drachen am Himmel los und entfernte sich wieder zwei Schritte von der Klippe. „Okay, was… genau hast du jetzt vor?"

Ich zuckte die Schultern. „Dasselbe wie immer, würde ich sagen."

„Rumfuchteln und schauen, was passiert?"

Ich lächelte leicht. „Ich dachte, ich probiere es lieber wieder mit der Konzentrationsschiene."

Tabo nickte. „Hätte ich auch vorgeschlagen."

Ich zog tief die Luft ein, sah noch einmal Tabo an, welcher ermutigend nickte, bevor ich die Augen schloss und mich auf den Wind um mich herum konzentrierte. Es war ein merkwürdiges und fremdes Gefühl, den Wind, der meinen Körper umfloss, so wahrzunehmen. So bewusst. Mir war, als müsse ich ihn sehen können, wenn ich die Augen öffnete, aber ich wusste ja genau, dass er unsichtbar war und mein Gefühl mich trog. Also hielt ich die Augen weiter geschlossen. Ich hatte Angst, ich könne den Moment zerstören, wenn ich sie jetzt öffnen würde.

Ich spürte, wie mein Kleid an mir zog. Es fühlte sich jetzt viel intensiver an. Als wollte es mich mit sich reißen, bis ich zur Klippe taumelte und hinunterfiel.

Nach ein paar Minuten beschloss ich, mir die Armstulpen abzustreifen. Ich spürte, wie sie mir sanft und still aus der Hand genommen wurden, nickte bloß zum Dank und hielt weiterhin meine Augen geschlossen. In der ersten Sekunde wurde mir klar, dass meine Entscheidung, meine Arme und Hände zu befreien, richtig gewesen war. Die Luft kribbelte daran, besonders an meinen Fingern. An manchen Stellen kratzte es, an anderen kitzelte es. Es war unbeschreiblich. Ich vernahm ein leises Kichern und kurz darauf ein Räuspern aus der Richtung, wo ich Tabo vermutete.

Die Luft um mich herum war so real greifbar. *Greifbar.* Kurz entschlossen hob ich meine Arme, drehte meine Handinnenflächen zu mir und schloss meine Hände um die Luft. Das Ziehen an meinem Kleid ließ nach, das Kribbeln und Kratzen an meiner freien Haut verebbte. Nur ein dumpfes Pulsieren in meinen Fäusten blieb.

Ich öffnete die Augen und blinzelte ein paar Mal.

„Ich glaube, seit ich hier bin, war es noch nie windstill", sagte Tabo zögerlich, als er meinen Blick bemerkte. „Ich meine, mal weht es mehr, mal weniger, aber das hier ist...", zögerte er kurz und sah mich forschend an, „...gruselig."

Statt einer Antwort öffnete ich meine rechte Hand und beschrieb mit ihr einen Bogen hinter meinen Rücken. Mit einer Zeitversetzung von einer Sekunde schoss ein gebündelter Strahl kühlen Windes rechts an mir vorbei, dicht an meinem Rücken entlang und versiegte irgendwo links neben mir. Zitternd schloss ich meine Hand wieder und spürte das warme Pulsieren darin. „Ich dachte, ich hätte mir das bloß eingebildet", murmelte ich und starrte auf meine geschlossenen Hände.

„Du...", Tabo schloss den Mund nach nur einem Wort wieder, leckte kurz an seinem Finger und hielt diesen dann hoch. „Kein bisschen Wind!", rief er freudestrahlend aus. „Das...", er verengte die Augen. „Das ist doch diesmal Absicht, oder?"

Ich nickte und hielt meine zu Fäusten geschlossenen Hände nach vorne. „Ich halte den Wind der näheren Umgebung einfach fest", erklärte ich. „Ich kann ihn spüren. Er ist wie ein kleiner, eigener Herzschlag."

„Du hältst den Wind fest", wiederholte Tabo und schüttelte ungläubig und staunend den Kopf, „als wäre er ein Marienkäfer."

Ich lockerte meine Fäuste kurz vor meinem Gesicht wieder, nur ein Stück, und ließ zu, dass leichter Wind aufkam und an meinen Haaren zerrte. Dann machte ich einen plötzlichen Schritt nach vorne und öffnete meine Hände vollständig, die Handflächen nach vorne ausgestreckt. Zischend flog der Wind an mir vorbei, riss meine langen Haare mit sich über meine Schultern nach vorne und

165

überfiel Tabo. Er war so unvorbereitet auf diese plötzliche Böe, dass er zwei Schritte zurücktaumeln musste, um sein Gleichgewicht wieder zu finden. Seine igelartigen Haare wirkten jetzt wie glatt nach hinten gekämmt. Sofort fuhr er sich mit einer Hand über den Kopf und brachte sie wieder in die alte Form zurück.

Ich starrte auf meine Hände und konnte irgendwie nicht begreifen, was gerade passiert war. Wie leicht und kontrolliert das plötzlich war.

„Das", sprach Tabo meine Gedanken aus, „ist der absolute Wahnsinn."

„Das", ergänzte ich, „ist genau das, was unserer Welt verloren gegangen ist", meine Hände pulsierten noch immer – warm und wohltuend. „Das ist genau das, was ich die ganze Zeit gesucht habe. Das muss ich meinen Eltern zeigen!"

Kapitel 19

Sahri, die schon lange mit ihren Gefährten verschwunden war, war uns beim Abstieg keine Hilfe.

Aber dank meiner neuen Fähigkeiten war dieser trotzdem ein Leichtes. Ich merkte schnell, dass die Luft um mich herum nicht nur meinen Bewegungen folgte, sondern ich mich auch ihr anpassen konnte. Ich musste nur zulassen, dass mein Herzschlag den selben Rhythmus annahm, wie das Pulsieren in meinen Händen – welches jetzt anscheinend nie wieder fort gehen würde – und ich wurde so leicht wie die Luft. So sprang ich von Vorsprung zu Vorsprung. Ich behielt mein Gewicht, wenn ich tiefer sinken wollte und wurde zur Luft, kurz bevor ich auf dem Boden aufschlug. Ich landete jedes Mal so still und sanft wie die Feder eines Vogels, die von weit oben zu Boden sank.

Tabo hatte es etwas schwerer als ich. Aber auch ihm konnte ich helfen. Er konnte es sich erlauben, etwas unvorsichtiger zu klettern, als normalerweise, da ich, sobald er drohte abzurutschen, einen Windstrahl gen Himmel schickte, der ihm wieder Halt gab, als würde er auf festem Boden stehen. Das brachte die Kleidung meines Vaters, welche er trug, zwar gnadenlos durcheinander und seine Haare standen, als wir unten ankamen, noch stacheliger nach oben als sonst. Aber das interessierte keinen von uns.

Als mein Vater abends von den Ställen zurückkam, sprang meine Mutter ihm schon in der Haustür entgegen. Sie hatte uns für verrückt erklärt, bis sie es mit eigenen Augen gese-

167

hen hatte. Und jetzt erzählte sie es selbst weiter, viel aufgedrehter, verwirrter und unsortierter als wir es ihr erzählt hatten. Ich stand auf der Treppe an die Wand gelehnt, sodass meine Eltern mich nicht sehen konnten und grinste in mich hinein.

Mein Vater reagierte mürrisch. Er bat meine Mutter, ihn doch erst einmal ins Haus zu lassen, er sei müde von der Arbeit. Er beschwerte sich, sie rede wirres Zeug. Sie war so aufgeregt! Ich hätte ihr auch kein Wort geglaubt.

„Jetzt bleib doch stehen!", schimpfte meine Mutter und machte einen Schritt zur Seite, um meinem Vater den Weg zu versperren, der sich gerade an ihr vorbeischlängeln wollte.

Endlich rief sie nach mir. „Tamia! Tamia, komm mal runter!"

Mein Vater schloss die Augen. Ich hörte beinahe seine innere Stimme bis zehn zählen. Sein Fuß klapperte ungeduldig auf und ab.

Ich trat mit Unschuldsmiene zwei Treppenstufen weiter nach unten. „Ja, Mama, was ist los?", fragte ich lieb blinzelnd.

„Könntest du es ihm zeigen?" Meine Mutter deutete ungeduldig auf meinen Vater.

„Sicher", meinte ich, hüpfte die Treppe hinunter und drückte mich an meinem Vater vorbei nach draußen. „Komm mit, Papa", sagte ich dabei fröhlich.

Seufzend drehte sich mein Vater um und folgte mir nach draußen.

Ich konzentrierte mich auf das Pulsieren in meinen Händen. Den ganzen Tag lang hatte ich es gespürt, hatte auf meinem Bett gelegen und gedankenverloren kleine Luft-strudel in meinen Handflächen erzeugt, während Tabo auf einem Stuhl neben mir gesessen und in meinem Buch gelesen hatte.

Aber kaum verließ ich das Haus, wurde das Pulsieren stär-ker. Hier hatte die Luft ein Eigenleben. Der Wind zerrte an mir und verlangte meine Führung.

Ruckartig ballte ich die Hände zu Fäusten und es wurde still. Mein Vater blinzelte ein paar Mal, runzelte die Stirn, sah sich fragend nach meiner Mutter um. Sie grinste trium-phierend.

Ich ging einige Schritte auf meinen Vater zu und streckte ihm meine Handflächen entgegen. Sofort schoss ein Wind-strom an mir vorbei und ließ ihn zurückstolpern, genau wie Tabo am Morgen zurückgestolpert war.

Ich ließ meine Hände sinken und der Wind ging wieder seinen eigenen Weg. Dann konzentrierte ich mich auf meinen Herzschlag. Er *wollte* im selben Takt schlagen wie die Luft, ich musste es ihm nur erlauben. „Jetzt pass mal auf", kündigte ich breit grinsend an. Dann ging ich in die Knie und sprang. Ich sprang weit in die Luft, höher als das Dach unseres Hauses und sank dann langsam wieder ab. Wäre der Wind kein so guter Freund von mir, hätte er mich mit sich gerissen, wie ein Blatt, das im Herbst vom Baum fiel. Doch ich landete wieder genau dort, wo ich in die Luft gesprungen war. Einen Meter entfernt von einem Mann, der gerade gesehen hatte, wozu sein Volk ursprüng-lich in der Lage gewesen war.

Teil 2:

Dunkles Erwachen

- 6 Wochen später

Kapitel 20

In Konghi kehrte langsam wieder Normalität ein. Für Wochen waren meine Trainingsversuche eine Art öffentliche Show gewesen. Und ich – das seltsame Mädchen, das das Dorf verlassen hatte – wurde von allen, die mir begegneten, überschwänglich freundlich begrüßt und bei jeder Gelegenheit ausgefragt. Die Aufmerksamkeit war genau das Richtige gewesen. Ich hatte eine alte Zeit zurückgebracht und nur durch die nötige Aufmerksamkeit konnte die Energie sich wieder in unserer Welt ausbreiten. Viele Bewohner der Berge waren in das Dorf Konghi geströmt, um mit eigenen Augen zu sehen, was Verwandte aus meinem Dorf ihnen berichtet hatten. Sie störten mein Training und gaben mir nie die Ruhe, Neues dazuzulernen, aber das war es wert, denn sie reisten weiter in ihre typischen Urlaubsgebiete im Norden und im Süden und erzählten dort, was sie gesehen hatten. So verbreitete sich die Kunde über unsere wahre Vergangenheit, das vergessene Volk der Mitte und die in uns schlummernden Fähigkeiten. Über den Aufruhr im Land hörte ich nur Meldungen, aber die Aufmerksamkeit, die mir in Konghi entgegen geprasselt war, hatte nach sechs Wochen endlich nachgelassen.

Wieder einmal klopfte es an der Tür. „Ich geh schon!", rief ich durchs Haus und zog die Haustür auf. Mir gegenüber stand der übliche Besucher: Ein Glatzkopf mit Post in der Hand. Das fehlende Haar machte er mit einer roten Gesichtsfärbung wieder wett. Eigentlich hieß er Wächter

Gerthold und war Züchter von Brieftauben, sowie der Empfänger jeglicher Tauben, die in unser Dorf kamen. Er leitete sämtliche in Konghi anströmende Post weiter. Für mich war er nur der Taubenmann, das war viel leichter zu merken.

„Wächter Gerthold", sagte ich mit freundlich aufgesetztem Lächeln. „Wieder eine Meldung?" In den ersten Tagen waren die Meldungen für mich noch etwas Aufregendes gewesen. Ich war sonst immer das Mädchen gewesen, das „anders" war, aber jetzt war ich plötzlich der Kopf einer weltweiten Bewegung. Leute aus aller Welt schickten Briefe zu *mir* und schilderten ihre Erfahrungen.

Ich hatte allerdings schnell bemerkt, dass ich in den Menschen nur Wunschdenken auslöste, deshalb langweilten mich die Meldungen inzwischen. Bewohner des Westens berichteten zum Beispiel, sie hätten Wellen beim Schwimmen erzeugt. Darüber konnte ich nur mit den Augen rollen.

Der Taubenmann trat ein, nickte eifrig und fächelte sich mit den Briefen in seiner Hand Luft zu. „Briefe aus dem Süden." Ich hatte mir angewöhnt, den Taubenmann meine Briefe lesen zu lassen. Er war jedes Mal ganz aufgeregt und mir wurde die Arbeit des ersten Lesens abgenommen. Wenn ich Glück hatte, musste ich gar nicht mehr selbst lesen und er lieferte mir die Zusammenfassung.

Jetzt aber zog ich eine Augenbraue hoch. „Mehrere?"

Wieder dieses eifrige Nicken mit dem hochroten Kopf.

„Dann kommen Sie rein", meinte ich. „Setzen wir uns ins Wohnzimmer." Der Taubenmann lief nickend an mir vorbei. Er wusste bereits genau, wo sich unsere Sofas befanden. Ich setzte mich auf das Sofa ihm gegenüber, neben meine Mutter, die gerade noch gelesen, jetzt aber ihr Buch zugeklappt und dem Taubenmann die Hand gereicht hatte.

„Wächter Gerthold, schön Sie zu sehen", begrüßte sie ihn freundlich. „Was gibt es Neues?"

„Drei Meldungen aus dem Süden", erklärte der Taubenmann. Ich hatte das Gefühl er wurde noch etwas roter als er sowieso schon war.

„Gleich drei?", hakte auch meine Mutter nach.

Sein Kopf wippte regelmäßig auf und ab, als wäre er von einem Laufwerk betrieben.

Ich seufzte. „Und was steht drin? Wieder Leute, die mit Steinen magische Funken erschaffen können?"

Der Taubenmann zögerte kurz. „Nein, das…", er räusperte sich. „…das ist ja das Interessante daran. Die Leute sprechen ihre Sorge aus. Sie haben etwas gesehen…"

Meine Mutter und ich wechselten einen Blick. Wieso musste dieser Kerl es auch immer so spannend machen? Aber diese Briefe waren wohl anders als sonst. Das merkte man ihm auch an.

„Die Briefe sind unabhängig voneinander geschrieben, zumindest gehen wir davon aus. Ansonsten müssten es ein paar Freunde sein, die sich einen üblen und gut geplanten Streich erlaubt haben. Sie beschreiben alle dasselbe."

„Dann haben mehrere verschiedene Leute jemanden gesehen, der den Energiestrom gemeistert hat? In der Art des Feuers, nehme ich an", schlussfolgerte ich.

Wieder nickte Wächter Gerthold. Das war wohl seine Lieblingsbeschäftigung.

„Das sind doch gute Neuigkeiten!", sagte ich und sprang vom Sofa auf. „Wie kann ich den Feuertypen kontaktieren?" Ich legte den Kopf schief, als ich darüber nachdachte, welchen Inhalt die Briefe enthalten hatten. „Wieso *Sorge?*", fügte ich also noch an.

Der Taubenmann hielt mir die Papiere in seiner Hand entgegen. „Am besten du liest es selbst", sagte er dabei und kaute auf seiner Unterlippe herum. „Ich bin ja nur der Überbringer. Die Leute denken, der Mann sei gefährlich."

Wieder hob ich eine Augenbraue. Sonst betrachtete er sich nie als ‚Überbringer'. „Okay", meinte ich dennoch bloß und nahm die Papiere entgegen. „Danke."

„Ich bringe Sie noch zur Tür", schaltete sich meine Mutter ein, stand auf und verließ mit dem Taubenmann das Wohnzimmer.

Ich ließ mich wieder aufs Sofa fallen und überflog den ersten Brief.

Das Feuer ist wie eine Verlängerung seines Arms. Er wirbelt damit herum, als wäre es nichts und läuft durch die Straßen unseres Dorfes. Ich habe ihn hier vorher noch nie gesehen und weiß nicht, was er hier will. Er wirkt, als wäre das alles nur ein Spiel für ihn. Aber er spielt mit Feuer! Und am Ende sind wir vielleicht die Leidtragenden!, schrieb hier eine besorgte Mutter. Mir lief ein kalter Schauer über den Rücken.

„Und?", hörte ich hinter mir eine Stimme. Ich drehte mich um. Es war meine Mutter, die zurück ins Wohnzimmer gekommen war. Wortlos hielt ich ihr den ersten Brief entgegen und las selbst den nächsten.

Ein Fremder ist in unser Dorf gekommen, der sich aus jedem Lagerfeuer seinen persönlichen Spaß macht. Das Feuer zischt an uns vorbei um zu ihm zu gelangen und er tanzt einfach damit herum, als wäre es nichts. Unsere Kinder könnten dabei verletzt werden!, schrieb ein Lehrer.

Sowohl er als auch die Mutter im ersten Brief hatten den Mann als hoch gewachsen und schwarzhaarig mit ein paar einzelnen, grauen Strähnen beschrieben.

Ich sah auf in das besorgte Gesicht meiner Mutter. „Das muss ich wohl überprüfen", murmelte ich leise. Meine Mutter nickte ernst.

Seufzend reichte ich ihr auch den zweiten Brief und las den dritten, der allerdings schon ganz anders anfing, als die anderen beiden.

Hallo Tamia,

ich hoffe, dir und Tabo geht es gut. Da hast du unseren Jungen ja in eine Geschichte mit rein gezogen!

Der Brief war von Wertar! Doch leider stellte ich fest, dass er trotzdem keine besseren Nachrichten enthielt.

Ein junger Schüler ist mit seinem Vater auf seinen Unterrichtstouren durch die Wüste in unser Dorf gekommen und sie haben merkwürdige Gerüchte mitgebracht. Ein irrer Mann mittleren Alters soll im Süden Angst und Schrecken verbreiten mit seinen ‚Feuerkräften'. Ich weiß, wir sollten uns eigentlich freuen, dass deine Bewegung anscheinend noch jemanden gefunden hat, der seine ursprüngliche Verbindung gefunden hat, aber die Geschichten, die unsere Besucher erzählt haben, klangen wirklich schaurig. Ich will mich nicht nur auf das Wort anderer verlassen, aber bitte sei vorsichtig, Tamia, ja? Du bist der Angelpunkt von allem, was gerade passiert und wenn da wirklich ein Mann mit Verbindung zum Feuer ist, der nichts Gutes im Sinne hat... Ich denke, du verstehst mich schon. Grüß mir bitte Tabo, natürlich auch von Yudan, Maia und Walla. Und bring ihn bald wieder her und wenn es nur auf einen Abstecher ist!

Bis dahin,

Wertar

„Der ist von Wertar", erzählte ich. „Er hat auch schon von diesem Feuertypen gehört. Außerdem hofft er, dass er mich und Tabo bald wieder sieht. Den Wunsch werde ich ihm wohl erfüllen", ich sah auf. „Ich muss in den Süden, nicht wahr?"

Meine Mutter griff nach meiner Hand und drückte sie. „Der Mann scheint nicht zu verstehen, was du immer als ‚harmonisches Gleichgewicht' bezeichnest. Jemand muss es ihm beibringen und du…"

„Ich bin der Kopf", unterbrach ich sie. „Ich weiß."

Meine Mutter lächelte zart und verständnisvoll. „Nun, dann… vergiss es nicht."

Ich fixierte meinen Blick auf einen Punkt an der Wand. „Heute noch?", fragte ich dann.

Aus den Augenwinkeln sah ich, wie meine Mutter den Kopf schüttelte. „Tabo und dein Vater werden erst vom Berg kommen, wenn wir die Sonne nicht mehr sehen können. Du solltest Wächter Gerthold hinterher gehen und ihn bitten eine Taube vorauszuschicken. Sie ist ohnehin schneller als ein Drache, der zwei Menschen tragen muss. Morgen bei Sonnenaufgang könnt ihr beiden dann aufbrechen."

Ich nickte langsam, riss meinen Blick von der Wand los und stand auf. „Gut."

Ich bereitete beim Taubenmann zwei Nachrichten vor. Eine seiner Tauben würde Wertar einen persönlichen Brief überbringen und eine zweite würde kleine Zettelchen in mehreren Wüstendörfern fallen lassen, welche ankündigten, dass ich unterwegs war. Auf den Flugblättern wurde ich allerdings nicht als Tamia, sondern als Windengel bezeichnet. Der Name war übertrieben, wo ich doch nur tat, was uns allen innewohnte, aber der Taubenmann hatte mir versichert, mein Geburtsname würde viel weniger Mut in den Leuten wecken, als der Name, den die Leute sich für mich ausgedacht und weitergetratscht hatten. Naja, immerhin klang Windengel doch ganz nett, fand ich.

Ich schlenderte langsam und in Gedanken durchs Dorf zurück nach Hause. Weit über mir kreisten noch ein paar vereinzelte Schatten der am Himmel fliegenden Drachen. Die meisten hatten sich allerdings schon zurückgezogen, genossen die Wärme des Stalls und das Essen, welches mein Vater und Tabo ihnen gerade servierten. Tabo war inzwischen ein richtig guter Kletterer geworden, weil er meinen Vater in den vergangenen Wochen so oft auf den Berg zu den Ställen begleitet hatte. An seinen Händen hatte sich sogar eine richtige Hornhaut gebildet.

Als ich wieder zuhause war, holte ich sofort meine Tasche aus meinem Kleiderschrank und fing an, sie wieder zu packen. Das rote Gewand des Südens war ganz wichtig, ich wollte mir nicht wieder die Haut verbrennen. Ich würde es morgen früh direkt anziehen. Ein östliches Kleid für die Nächte, Haarbürste, Zahnbürste und natürlich mein Buch. Das würde reichen. Wir hatten diese Reise schon einmal an einem Tag gemeistert. Es war eine Strapaze für Sahri gewesen, aber sie hatte jetzt ein paar Wochen Pause gehabt. Morgen um diese Zeit würden wir wieder im Süden sein, in Tabos Heimat.

Die Tür zu meinem Zimmer öffnete sich langsam und quietschend. Ganz leise waren Schritte zu hören. Ich schlug die zwei Steine gegeneinander, die ich bereits die ganze Zeit in der Hand gehalten hatte und entzündete damit die dicke Kerze auf meinem Nachttisch.

„Oh verflixt", sagte Tabo, als die Flamme aufloderte. „Ich wollte dich nicht wecken, tut mir leid, bin gerade erst vom Berg gekommen und wollte ins Bett."

Ich lächelte sanft. „Ich war schon wach."

„Oh", Tabo richtete sich aus seiner gebückten Schleichhaltung auf. Sein Blick fiel auf etwas, was neben meinem Bett stand. „Was macht die Tasche da?", fragte er dann.

„Ja, genau darum geht's". erklärte ich. „Das mag jetzt sehr plötzlich für dich sein, aber es geht nicht anders. Ich weiß es ja auch erst seit ein paar Stunden. Wir müssen morgen bei Sonnenaufgang aufbrechen. Wir müssen zurück in den Süden."

„Oh", machte Tabo wieder und setzte sich auf die Kante meines Bettes. „Nicht, dass ich mich nicht freuen würde, zurück nach Hause zu kommen, aber... das ist wirklich *sehr* plötzlich." Er merkte mir wohl an, dass ich nervös war, denn sein Blick war voller Sorge, als er fragte: „Was ist denn los?"

Ich erzählte ihm von den Briefen und dem Mann, der scheinbar zwar mit seiner Umgebung verbunden war, diese Verbindung aber vollkommen falsch anging.

Tabo ließ mich erzählen und nickte nur ab und zu. „Gut", sagte er gedehnt, als ich fertig war. „Dann liegt es wohl wirklich an uns, uns davon ein eigenes Bild zu machen. Oder eher an *dir*", er stand auf und zwinkerte mir zu. „Windengel."

„Du hättest dir auch einen Namen verdient", beeilte ich mich zu sagen.

Tabo schüttelte bloß den Kopf. „Schon in Ordnung. Ich hab schließlich noch nichts gemeistert. *Noch* nicht."

„Ich wäre ein ganz mieser Engel ohne dich."

Tabo grinste breit und knuffte mich in die Seite. „Ich weiß, ich…", er gähnte mitten im Satz, „…bin schon echt toll."

„Ja, vor allem charmant."

Tabo zwinkerte mir noch mal zu, dann ging er weiter in sein Zimmer. „Ich packe dann auch noch schnell", verabschiedete er sich. „Gute Nacht, Windengel."

„Gute Nacht, Feuerigel."

179

Kapitel 21

Tabo weckte mich sogar noch vor dem Aufgang der Sonne. Jemand, der früher aufstand als ich, dafür verdiente er meinen Respekt.

Jetzt saßen wir beide in unseren roten Roben mit meinen Eltern am Tisch und frühstückten in Ruhe. Wer so früh auf den Beinen war, sollte vor einer langen Reise wenigstens noch ausgiebig essen.

Das Frühstück verlief still. Ich wusste meine Eltern machten sich Sorgen, weil ich genau dorthin aufbrechen würde, wo es gerade gefährlich war. Aber sie wussten auch, dass es in meiner Verantwortung lag, genau dorthin zu reisen. Meine Mutter war, seit die ganze Bewegung losgetreten war, mein größter Fan und Unterstützer gewesen.

Erst nachdem wir alle unser Geschirr weggeräumt hatten, sah mein Vater mit einem Lächeln auf dem Gesicht zwischen mir und Tabo hin und her.

„Ähm… was ist los?", fragte ich verwirrt.

Das Grinsen meines Vaters wurde nur noch breiter. „Kommt mit", sagte er dann geheimniskrämerisch. „Ich habe noch eine kleine Überraschung für euch!"

Ich sah fragend zu Tabo, welcher bloß mit den Schultern zuckte, seine Tasche schulterte und meinem Vater nach draußen folgte. Auch ich hob meine Tasche hoch und lief hinterher. Als ich zur Haustür heraustrat, stand Sahri schon vor unserem Haus. Aber sie war nicht allein. Ein wunderhübscher, roter Drache mit einem schneeweißen Bauch lag neben ihr. Er war etwas kleiner als sie und hatte keine vier sondern bloß drei Hörner. Zwei lange, die nach hinten bis über seinen halben Hals ragten und ein kleines mitten auf seiner Nase.

„Rubin?", sagte Tabo mit Verwirrung in der Stimme.

Ich kannte den Drachen vor mir nicht, aber er erinnerte mich an einen gewaltigen, dunkelroten Drachen, den ich kannte... An Paisha – den Drachen meines Vaters.

„Rubin mag dich", meinte mein Vater an Tabo gewandt. „Generell scheinst du etwas an dir zu haben, das Drachen einfach von Natur aus mögen. Aber ich habe Rubin noch niemandem versprochen, also..."

„Moment", fuhr ich dazwischen und zeigte auf den fremden Drachen vor mir. „Das ist *dein* Drache? Heißt das...", mir dämmerte es.

Mein Vater nickte. „Rubin ist Paishas Sohn."

„Wann...?"

„Sie hat ihn, kurz nachdem du gegangen bist, bekommen."

„Und keiner sagt mir was?", fragte ich empört.

Mein Vater konnte sich sein Lachen nicht verkneifen. „Du hast nicht gefragt."

Ich rollte mit den Augen. „Er ist noch nicht ausgewachsen, oder?", wollte ich dann wissen.

Mein Vater betrachtete den Drachen, wiegte den Kopf hin und her und zuckte dann die Schultern. „Schwer zu sagen. Auf jeden Fall ausgewachsen genug, um Tabo zu tragen."

Sowohl Tabo als auch ich mussten vollkommen sprachlos die beiden Tiere angestarrt haben, denn mein Vater lachte auf. „Jetzt guckt doch nicht so! Tabo hat ein Händchen für Drachen und wenn Sahri etwas Last genommen wird, seid ihr schneller."

Wie zur Bestätigung jaulte Rubin auf. Seine Stimme klang wie die eines Menschenjungen, der mitten im Stimmbruch war.

Sahri ließ sich lang auf den Boden fallen und Rubin machte es ihr nach. Drachen, die in unseren Ställen zur Welt kamen, lernten von Geburt an wie es war, mit einem Menschen zusammenzuarbeiten, wie man ihm beim Aufsteigen half und sicher mit ihm auf dem Rücken flog.

„Danke", sagte Tabo aufrichtig. Mein Vater nickte ihm freundlich zu und Tabo schwang sich auf den Rücken des roten Drachen.

Ich drehte mich noch einmal zu meiner Mutter um, die mich ermutigend ansah, nach meinen Händen griff und sie drückte. „Bitte mach keinen Unsinn, ja? Sieh dir an, was da los ist und komm heile zurück. Und wenn dieser Mann wirklich gefährlich ist..."

„Ich hab ja das hier", meinte ich und erzeugte einen kleinen Strudel wirbelnder Luft um meinen Zeigefinger. „Wenn es stimmt, was in den Briefen steht, ist der Mann mächtig. Aber das bin ich auch." Das waren die Worte, die ich immer wieder in meinem Kopf wiederholte. Es stimmte. Aber ich musste mich immer wieder selbst daran erinnern. Ich war mächtig.

„Wir sind stolz auf dich, Tamia", sagte mein Vater und auch er drückte kurz meine Hand. „Vergiss das nicht."

„Versprochen", lächelte ich zaghaft und ging dann zu Sahri, um mich auf ihren Rücken zu schwingen.

„Bis bald!", rief ich meinen Eltern noch zu und schon erhoben sich Rubin und Sahri in die Lüfte und trugen uns bald den steilen Hang der Berge hinunter Richtung Flach-

182

land. Diesmal hatten wir einen Vorteil. Wir flogen vor der Sonne her, nicht direkt auf sie zu. Dort, wo wir hinwollten, fing der Tag später an. Letztes Mal war der Tag an unserem Ziel schon fortgeschrittener gewesen.

„Wohin genau fliegen wir überhaupt?", rief Tabo mir zu.

„Weißt du, ursprünglich wollte ich dir mitteilen, dass du dich noch einen Tag gedulden müssen wirst und wir nicht gleich zu deiner Familie durchstarten. So wie die Meldungen aussahen, läuft dieser Mann näher an der Grenze zur Mitte herum. Ich muss die Dörfer abklappern, mit den Bewohnern reden und inständig hoffen, dass ich den Mann treffe. Aber jetzt, da wir zwei Drachen haben…"

Der Wind peitschte mir ins Gesicht. Ich nahm die Hände hoch und erzeugte einen Wall aus Luft, durch den ich hindurch sehen konnte, der aber den enormen Flugwind zu meinen Seiten ablenkte.

„Du meinst, wir sollten uns trennen?", schrie Tabo mir zu, der sich selbst leider nicht so gut gegen den Wind schützen konnte wie ich.

„Ich halte das für schlau", meinte ich. „Du kannst zurück nach Hause fliegen und ich kläre meine Aufgaben. Ich komme nach, wenn alles erledigt ist."

Tabo lächelte mich an und nickte. „Gut." Er ließ es sich nicht bewusst anmerken, aber ich wusste, er hatte den Tag, an dem er zurück in sein Wüstendorf kam, sowieso herbeigesehnt. Er war vorher noch nie auf Reisen gewesen und kannte die Trennung von seiner Familie daher nicht. Sechs Wochen waren eine lange Zeit.

Die Reise verlief gut und ohne besondere Vorfälle. Wir legten zwischendurch zwei Pausen ein, wie immer auf weiten Feldern nahe eines Flusslaufs. Während Tabo und ich im Gras lagen und unsere geschmierten Brötchen aßen, schien es so, als würde Sahri den jungen Rubin im Fische fangen unterrichten. Und während sie es genoss, einfach nur in der Sonne liegen und sich ausruhen zu können, sprang Rubin um sie herum, als hätte er den ganzen Tag nur im Stall gestanden. Ich lachte darüber. „Der trägt dich bis in dein Dorf und noch am selben Tag zurück nach Konghi!"

Auch Tabo musste grinsen. „Er ist halt jung und voller überflüssiger Energie." Er sah Rubin voller Zuneigung an. „Es ist gut, dass er diese Reise mitmachen kann. In dem Stall da oben geht er nur ein", meinte er dann.

„Er ist jetzt dein Drache", hauchte ich Tabo zu. „Ein tolles Gefühl, nicht wahr?"

Tabo nickte bloß und sah dabei aus, als könne er es noch immer nicht fassen.

Wir flogen dieses Mal sehr entspannt und legten deutlich mehr Pausen ein, als vor einigen Wochen, als Sahri all ihre Ausdauer ausschöpfen musste, um uns nach Konghi zu bringen.

„Ich fange in diesem Dorf an", erklärte ich bei unserer dritten Rast. Knapp zweihundert Meter weiter führte der schmale Landweg in ein Dorf. „Das sind die Randdörfer des Südens. Die, in denen ein Lagerfeuer nicht zu warm ist. Das heißt also auch die, in denen auf jedem Dorfplatz eine potenzielle Gefahrenquelle lauert."

„Was genau hast du jetzt vor?", wollte Tabo wissen. „Willst du dich durch jedes südliche Dorf hangeln?"

184

Ich zuckte die Schultern. „Zuerst durch die Randdörfer. Dieses ist das erste. Und dann reise ich immer weiter Richtung Westen. Wenn ich bis dahin noch nichts Genaueres über den Feuertypen weiß... dann muss ich wohl noch in die Dörfer die weiter südlich liegen. Und wenn ich noch nichts über den Feuertypen weiß, bis ich bei dir bin, dann...", erneut ein Schulterzucken, „...würde ich den Fall für abgeschlossen erklären."

„Irgendetwas sagt mir, dass es dazu nicht kommen wird", meinte Tabo.

„Aber schön wär's."

„Wenn er einfach wieder weg wäre? Super schön, wäre das", stimmte Tabo mir zu. „Gut, ich fliege dann weiter. Rubin und ich haben ja noch ein Stück vor uns. Bitte, pass auf dich auf." Tabo sah mich eindringlich an.

Ich machte einen Schritt auf ihn zu und schlang ohne zu zögern meine Arme um seinen Hals. „Mach dir keine Sorgen", flüsterte ich in sein Ohr. Tabo erwiderte die Umarmung. Ich hörte ihn seufzen, dann löste er sich wieder von mir. „Ich darf mir so viele Sorgen um dich machen, wie ich will. Ich bin dein bester Freund."

Ich grinste breit. „Jetzt flieg endlich los."

„Jaja." Tabo kletterte wieder auf den Rücken seines roten Drachen, welcher ohne abzuwarten loslief, mit seinen Flügeln schlug und Tabo in die Höhe trug. Sahri sah den beiden hinterher, als wollte sie gleich die Jagd aufnehmen.

„Komm mit, Sahri", sagte ich und folgte dem Weg in Richtung des Dorfes. Sahri senkte ihren Blick und lief hinter mir her. Sie schnaubte leise, ich drehte meinen Oberkörper ihr zu und lächelte verständnisvoll. „Wir treffen sie ja wieder, Sahri", erklärte ich. „In ein paar Tagen sind wir schon wieder bei ihnen."

Sahri schniefte und wandte den Blick ab.

„Ich weiß, dass ‚ein paar Tage' sehr optimistisch kalkuliert sind", stimmte ich ihr zu. „Aber jetzt glaub mir doch einfach mal. Das wird total schnell gehen."

Sahri drehte ihren Kopf wieder in meine Richtung und musterte mich aus riesigen, schwarzen Schlitzaugen.

Ich seufzte. „Wir finden den Mann, reden mit ihm und er wird der erste, der zurück zu seinem Ursprung gefunden hat, nach mir. Und der erste des Südens. Und dann wird er Feuershows abhalten, wie ich Luftshows abgehalten habe. Alles wird gut, verstehst du?" Ich verzog den Mund zu etwas, dass ein Lächeln sein sollte.

Wir hatten den Eingang des Dorfes erreicht und Sahri blieb einfach stehen.

„Hör zu, ich weiß, dass das nur eine von vielen Möglichkeiten ist." Aufgebracht fuhr ich zu ihr herum. „Könntest du jetzt bitte aufhören, alles schwarz zu malen und mitkommen?"

Sahris Augen öffneten sich weit, sie blinzelte mich zweimal mit gigantischen Unschuldsaugen an. Dann setzte sie sich wieder in Bewegung und durchschritt als erste das Tor in das südliche Dorf.

Wie jedes Mal folgten wir der Straße bis wir auf den Marktplatz kamen, auf welchem auch eine Stelle für ein Lagerfeuer war, das allerdings gerade nicht brannte. Auf den Bänken um die Stelle herum saßen bloß zwei Mädchen, die sich angeregt unterhielten. Eine mit untypisch kurzen, hellbraunen Haaren und eine mit pechschwarzem,

186

glänzendem Haar, welches zu einem Pferdeschwanz zusammengebunden war. „Komm mit", murmelte ich Sahri zu und lief, eine Hand immer fest gegen Sahris Brust gedrückt, zu der Feuerstelle.

Auf dem Platz tummelten sich Leute, die an den Ständen ihre Einkäufe erledigten. Meine Anwesenheit schien aber keinen Einfluss auf das übliche Treiben im Dorf zu haben. Es war ein Dorf sehr nah am Osten. Hier war man zum Glück mehr an Reisende wie mich gewohnt, als zum Beispiel im Cunmin Shado, wo Tabo lebte.

An der Feuerstelle angekommen, setzte ich mich auf die Bank, die den beiden Mädchen genau gegenüber lag. Sie sahen von ihrem Gespräch auf und das Mädchen mit den hellen Haaren lächelte freundlich. „Hallo." Sie hatte dunkle Sommersprossen auf einer sonnengebräunten Haut. Ich schätzte, sie war ungefähr so alt wie ich. Oder so alt wie Tabo, schwer zu sagen.

„Hallo", erwiderte ich unsicher, die Hand immer noch auf Sahris Brust gepresst, als könnte und müsste ich sie vor irgendeiner Gefahr beschützen.

Das Mädchen sah mit leuchtenden Augen zwischen mir und meinem Drachen hin und her. „Du bist nicht von hier, nicht wahr?", sagte sie dann. „Also aus diesem Dorf sowieso nicht, aber auch nicht aus dem Süden. Deine Haut und deine Haare sprechen für den Osten, genauso wie dein Reisebegleiter. Nur deine Kleidung spricht dagegen."

„Wenn sie aus dem Osten kommt, bist du diejenige, die das erkennen sollte, Kahli", bemerkte ihre Freundin.

Langsam entfernte ich meine Hand von Sahris rauen Schuppen, welche sich sofort danach hinlegte und den Kopf auf ihre Pfoten stützte.

„Ich... bin nicht das erste Mal im Süden", erwiderte ich zögernd.

„Deshalb also unser Gewand", Kahli nickte wissend. „Ich bin Kahli", stellte sie sich dann vor. „Und das ist meine Freundin Rota. Meine Mutter kam auch aus dem Osten", sie deutete auf ihre Haare. „Deshalb auch die hellen Haare und die Sommersprossen."

„Typisch Osten eben", neckte ihre Freundin.

„Ich bin Tamia", sagte ich. „Und ich bin diesmal leider nicht zum Urlaub im Süden, sondern weil ich..."
Ich verstummte, als ich bemerkte, wie sich der Blick Rotas verändert hatte, als ich meinen Namen gesagt hatte. Ihre dunklen Augen waren geweitet, ihr Mund geöffnet. Ihre Hand klammerte sich um Kahlis Arm, welche ebenfalls erstaunt blinzelte.

Ich seufzte. „Scheinbar kennt ihr meinen Namen. Eure Vermutung ist richtig, ich bin..."

„...der Windengel", fiel mir Rota ins Wort.

188

Kapitel 22

„Ich dachte, das wären alles nur Geschichten", meinte Kahli. „Keine aus böser Absicht, aber der Wind da oben ist ziemlich stark. Wenn man ein wenig darin herumtanzt, kann es schon mal so aussehen, als ob…"

„Als ob man ihn kontrollieren würde?", hakte ich nach.

„Ja, ein Wind der in dieselbe Richtung weht, in die dein Finger gerade deutet ist sicherlich eine Sache, aber…"

Ich hob die Hand, nahm das Pulsieren darin bewusst war und erzeugte wieder den kleinen Strudel in meiner Hand. Es fühlte sich an wie eine Massage und sah aus wie ein Minitornado.

„Oh", machte Kahli.

Rota hingegen strahlte wie ein Honigkuchenpferd. „Ich wusste es!", rief sie und sprang auf. „Ich hab dir die ganze Zeit gesagt, dass es stimmt!" Ihre Stimme schraubte sich nach oben und quietschte in meinen Ohren. „Und jetzt ist sie hier! Der Windengel ist in unserem Dorf!"

„Nicht so laut", zischte ich ärgerlich. „Muss ja nicht gleich jeder wissen."

Perplex setzte Rota sich wieder hin. Mit schuldbewusster Miene wiederholte sie flüsternd und immer noch aufgeregt: „Der Windengel ist in unserem Dorf! Kahli, Ich fass es nicht!"

Kahli schüttelte verwirrt den Kopf. Ihr Blick ging noch immer zu meiner Hand, in welcher das Pulsieren schon lange wieder zu seinem alltäglichen Klopfen abgeklungen war.

„Also, ich bin aus einem Grund hier", begann ich.

„Du hast dich angemeldet", unterbrach mich Rota erneut. „Du hast Flugblätter im Süden verteilen lassen. Wir wussten, dass du kommst. Kahli hat es natürlich nicht geglaubt", Rota rollte kurz mit den Augen und fuhr dann unbeirrt fort. „Du kommst wegen des Mannes in Flammen."

„Mann in Flammen", wiederholte ich. „So nennt ihr ihn hier, ja?"

„Sicher", nickte Rota. „Wieso? Wie heißt er für dich?"

„Ich hab ihn immer den Feuertypen genannt", antwortete ich schulterzuckend. „Aber Mann in Flammen gefällt mir viel besser. Also", fuhr ich schnell fort, bevor Rota wieder etwas sagen und vom Thema ablenken konnte. „Was wisst ihr über ihn?"

Rota riss die Augen auf, als hätte sie mit allem, außer dieser Frage gerechnet. „Was wir über den Mann in Flammen wissen? Gar nichts!" Sie klang beinahe empört.

Ich sah, wie Kahli ihr beruhigend mit der Hand übers Bein strich. „Ich glaube nicht, dass der Windengel dir irgendetwas vorwerfen wollte", sagte sie beruhigend. „Sie versucht lediglich herauszufinden, wer oder... wo er gerade ist."

Ich nickte schnell. „Genau so ist es. Also. Habt ihr ihn mal gesehen?"

Beide Mädchen schüttelten den Kopf. „Er war nicht hier", erzählte Kahli, welche scheinbar aus ihrer Starre wieder erwacht war. „Aber er war ganz in der Nähe. Nur ein Dorf weiter. Jemand von dort war hier, um uns zu warnen. Wir sollten lieber kein Feuer mehr machen, an dem sich je-

mand verletzen könnte. Nicht, solange jemand es missbrauchen könnte…"

„Ich hatte schreckliche Angst", warf Rota ein. „Bis deine
Nachricht hier eintraf. Ich glaube, das gilt für viele, weißt
du. Der Mann in Flammen ängstigt uns und du gibst uns
Hoffnung."

Aber ich kann auch nicht überall gleichzeitig sein, dachte
ich verbittert. „Sicher", sagte ich stattdessen und setzte
mein bestes Lächeln auf. „Dafür bin ich da." Ich stand auf
und nickte den beiden Mädchen zu. „Vielen Dank für eure
Auskunft. Ich werde jetzt weiterreisen. Bis ins nächste
Dorf schaffe ich es heute noch."

„Geh noch nicht!" Rota war wieder auf die Beine gesprungen. „Was, wenn der Mann hier auftaucht?"

„Ihr macht weiterhin kein Feuer", antwortete ich und hob
beschwichtigend die Arme. „Dann hat er vorerst keinen
Zündstoff." *Denn die Sonne ist die einzigartige Quelle des
Feuers,* schoss es mir dabei durch den Kopf. Schnell
schluckte ich meine Befürchtungen herunter. Es brachte
nichts, sich darüber den Kopf zu zerbrechen. So sehr ich es
auch wollte, ich konnte der Sonne nicht verbieten, zu
scheinen.

„Ich bin mir sicher, das ist alles ein Missverständnis. Ich
werde den Mann in Flammen finden, das verspreche ich.
Ich bin mir sicher, er ist keine so große Bedrohung, wie ihr
annehmt."

Rota setzte sich langsam wieder hin. Sowohl sie, als auch
Kahli nickten zögernd. Ich zog noch einmal die Lippen zu
einem Lächeln hoch, dann setzte ich mich auf Sahris Rücken und ritt auf ihr die Straße hinunter aus dem Dorf, wo

sie sogleich Anlauf nahm und sich wieder von der Luft tragen ließ.

„Und ich bin mir sicher, ich bin keine so große Heldin, wie ihr annehmt…", murmelte ich und sah verdrossen der Sonne südwestlich von mir entgegen. „Das kann ja heiter werden."

Am Eingang des nächsten Dorfes sagte ich Sahri, sie solle sich einen Schlafplatz in der Nähe suchen und mich am nächsten Tag wieder hier erwarten, wie wir es sonst auf Durchreisen immer getan hatten. Ich zog meine Tasche von ihrem Rücken, die zwischen ihren Schuppen erstaunlich gut von selbst hielt, und kramte darin nach meinem roten Tuch, welches zu meinem Gewand gehörte. Dann wickelte ich meine Haare darin ein.

Ich ging unbehelligt bis zum Dorfplatz und auch hier, obwohl es schon dämmrig wurde, brannte kein Feuer. Um die Feuerstelle herum saß eine Gruppe Jugendlicher, begleitet von einem korpulenten Mann. Das sah ganz nach einer abendlichen Erzählstunde aus.

„Entschuldigt bitte", sagte ich im Näherkommen. Sofort unterbrach der Mann seine Erzählungen und hob den Blick. Seine Haare wurden von einem hellen Hut bedeckt. Vermutlich weil kaum mehr Haare übrig waren, dachte ich. Und sein Gesicht war von einzelnen Barthaaren übersäht. Seine Augen waren so dunkel wie Tabos, aber längst nicht so schön. Sie wirkten müde und eingefallen.

„Wir kennen dich nicht", bemerkte der Mann. *Ganz richtig,* dachte ich für mich und rollte mit den Augen.

„Aber du trägst unsere Gewänder. Aus welchem Dorf kommst du?"

„Es ist weit entfernt", antwortete ich ohne zu lügen. „Ich bin hier, weil ich…", ich legte mir meine Worte zurecht, „…mehr über den Mann in Flammen erfahren will."

Die müden Augen des Alten verengten sich, doch er deutete mir mit der Hand an, dass ich mich zu der Gruppe auf eine Bank setzen sollte. Ich kam seiner Aufforderung nach. „Woher weißt du davon?", fragte er und mir entging nicht der misstrauische Unterton in seiner Stimme.

„Die Gerüchte sind in aller Munde", entgegnete ich. „Es ist immer wieder erstaunlich, wie schnell sich Neuigkeiten verbreiten."

„Sicher, sicher", der Mann nickte wissend und beugte sich dann näher zu mir, musterte mich forschend. „Aber woher weißt du, dass er hier war?"

„Das habe ich doch nie gesagt."

Der Mann zuckte zurück, als er bemerkte, dass ich recht hatte. Doch er beugte sich schnell wieder vor. „Und weshalb interessiert dich der Mann in Flammen?"

„Ich will ihn finden."

Der Mann zog eine Augenbraue hoch, lehnte sich wieder zurück, wechselte ein paar Blicke mit den Jugendlichen, die um ihn herum saßen.

„Ich traue ihr nicht", wisperte ihm ein Junge zu, jedoch laut genug, damit ich ihn deutlich verstehen konnte. „Der Mann in Flammen war auch nur ein Reisender aus einem anderen südlichen Dorf. Vielleicht will sie sich ihm anschließen und noch mehr Angst und Schrecken verbreiten."

Ich schloss einen Moment die Augen, versuchte meine Umgebung auszublenden. Ich hätte mich selbst ohrfeigen können! So eine dumme Antwort! Ach, ich war an die Sache sowieso so dumm herangegangen! Es musste eine bessere Möglichkeit geben, als nur überall als Engel gerufen und gefeiert zu werden, aber diese war es sicher nicht.

Der Mann richtete sich zu seiner vollen Größe auf und komischerweise fiel die Masse Fett, welche auf seiner Brust gelegen hatte, nicht nach unten ab.

Er war muskulös. Und ich verängstigt. Augenblicklich und unbewusst lehnte ich mich ein Stück auf der Bank zurück.

„Wir trauen dir nicht", wiederholte der Mann die Worte des Jungen mit lauter und dröhnender Stimme. „Bitte verlass unser Dorf." Er machte noch einen Schritt auf mich zu. Wie aus dem Nichts stand ich auf den Beinen.

Ich starrte dem Mann entgegen. Perplex hatte er sich ein Stück nach hinten fallen lassen, seine drohende Haltung war in sich zusammengefallen. Er war wohl mindestens so erstaunt wie ich. Die Luft hatte mich von meinem Sitzplatz gehoben und mich nach hinten gewirbelt. Außerhalb der Reichweite der Gefahr, die auf mich zumarschiert war.

Der Blick des Mannes wanderte an mir rauf und runter.

Okay, dachte ich. *Jetzt oder nie!*

Ich riss mir das rote Tuch vom Kopf und meine hellen Haare flatterten im Wind. „Ich bin der Windengel", verkündete ich mit einer Überzeugung, die allem widersprach, wofür ich stehen wollte. „Und ich komme zum Schutz aller Völker."

Ein Moment der Stille verstrich. „Der...Windengel." Die Stimme des Jungen war nur ein Hauch, atemlos und erstarrt.

Dann, plötzlich, lachte der Mann auf. Er lachte mit dieser dröhnenden, tiefen Stimme, die mir eine Gänsehaut verpasste. Niemand reagierte darauf. Die Jugendlichen um ihn herum sahen ihn genauso an, wie ich ihn ansah: Verwirrt und nicht bereit, etwas zu sagen.

„Windengel." Der Mann fuhr sich mit seinen wulstigen Fingern über die Augen, als müsse er sich Tränen wegwischen. „Wieso nicht gleich so?"

„Tut mir leid." Ich räusperte mich und nutzte die Zeit um mich wieder aufrechter hinzustellen. Wieder einmal dachte ich, dass ich keinen sehr guten Engel abgab, mit meinen eingefallenen Augen und dem ratlosen Gesichtsausdruck. „Ich stehe nicht gerade auf diese Art von Auftritten."

Der Mann musterte mich mit seinen düsteren Augen. Dann deutete er auf die Bank und setzte sich selbst wieder hin. „Bitte", sagte er dabei.

Ich ging langsam näher und setzte mich schließlich wieder auf die Bank, wobei ich versuchte, meinen Kopf nach oben gereckt zu halten. Ob mich das wirklich würdevoller erscheinen ließ, konnte ich nicht sagen, aber ich hoffte es.

„Windengel", begann der Mann. „Der Mann in Flammen hat unserem Dorf...", er räusperte sich, „...einen Besuch abgestattet, das ist wahr. Ein Lehrer hat dir stellvertretend eine Nachricht zukommen lassen und beschrieben, was passiert ist."

„Richtig. Deshalb bin ich hier. Ich suche diesen Mann. Ich muss ihm beibringen, welche Verantwortung seine Macht mit sich bringt."

Der Mann schien zu versuchen, nur eine Augenbraue zu heben, Eine ging nämlich etwas höher als die andere und seine Stirn legte sich in angestrengte Falten. Minutenlang schien er mich nur so anzusehen und ich fragte mich, ob er dabei wohl wirklich über meine Aussage nachdachte oder sich nur darauf konzentrierte, dass seine Augenbrauen unterschiedlich hoch standen. „Und dann?", fragte er schließlich.

„Ich habe eine neue Zeit eingeläutet", antwortete ich. „Eine alte Zeit, um genau zu sein, welche nur neu auflebt... Und er wird der nächste nach mir sein. Der nächste, der herausgefunden hat, wozu wir alle in der Lage sind." Langsam begannen die Worte, nur so zu sprudeln. „Er wird mir zur Seite stehen. Wir werden der Welt gemeinsam helfen. Die Harmonie war das wichtigste Gut dieser alten Zeit und sobald er das gelernt hat, wird er es auch anderen beibringen können."

„Haben wir nicht in Harmonie gelebt, bevor du diese Bewegung losgebrochen hast?"

Die Jugendlichen um den Mann herum schienen alle gleichzeitig die Luft einzuziehen.

Die Frage war provokant, aber Lobgesänge auf mich verunsicherten mich deutlich mehr, da meine Antwort darauf mir unglaublich leicht fiel: „Nein", ich erhob mich von der Bank. „Nein, wir haben nicht in Harmonie gelebt. Die Bewohner der Mitte sind von allen vergessen worden. Wir sind über sie hinweggegangen. Sie mochten uns nicht mehr

– zu Recht. Sie haben uns damals *alles* gegeben und jetzt tun wir so, als hätte es sie nie gegeben. Das ist keine Harmonie. Die Leute, die ganz tief im Süden, Norden oder wo auch immer wohnen, haben meist keine Ahnung von den Legenden der anderen. Sie reagieren empfindlich auf Reisende. Wir leben vielleicht *nebeneinander*, aber nicht mehr *miteinander*."

Einen Augenblick kehrte Stille ein. Der Mann sah mich nicht mal mehr an. Er hatte seinen Blick gesenkt und es war für mich unmöglich, in seinem Gesicht zu deuten, was er dachte.

Dann stand leise und beinahe unbemerkt einer der Jungen um ihn herum auf und begann in die Hände zu klatschen. Ein zweiter Jugendlicher fiel ein, ein dritter und schließlich die gesamte Gruppe, die um mich herum stand.

Mein Auftrag war es, die Bewohner aller Völker über unsere Vergangenheit und unsere aktuelle Situation zu informieren. Und in diesem kurzen aufbrausenden Moment war ich genau das gewesen, was ich mir vom Windengel wünschte.

Kapitel 23

Mein Zimmer in der Herberge war eines der größten im gesamten Gebäude. Ich hatte ein warmes Abendessen bekommen und würde mich morgen an einem Frühstücksbuffet bedienen können und das alles kostete mich nicht eine Münze. Ich lag mit dem Rücken auf dem Bett, auf dem noch zwei weitere Platz gehabt hätten, starrte die kunstvoll bemalte Decke an und drehte eine Münze zwischen meinen Fingern. Eine Münze, welche ich vermutlich nie wieder ausgeben musste, wenn ich ab jetzt alles hinterher geschmissen bekam.

„Nein, bitte, es ist *uns* eine Freude!", hatte die kleine, gedrungene Herbergsfrau gesagt. „Den Windengel beherbergen zu dürfen ist Bezahlung genug!"

Stöhnend drehte ich mich auf die Seite.

„Bitte lass es uns wissen, wenn du etwas brauchst", hatte sich ein Mädchen eifrig an mich gewandt, ein Mädchen mit einem Stofftier unter dem Arm und einem roten, löchrigem Leinenkleid. „Geld, Brot... wir wollen dir helfen!"

„Nein, ich..." Ich hatte gerade beschwichtigend die Hände gehoben, da hatte mich die Menge schon wieder weiter gezerrt.

Meine Familie hatte mir schon immer die Unterstützung gegeben, die ich gebraucht hatte, um meine Wünsche zu verwirklichen. Ich hatte immer genug Geld auf den Reisen dabei gehabt. Natürlich hatte ich auch gerne Gastfreundschaft angenommen, wenn ich mich revanchieren konnte.

Aber wie sollte ich mich hierfür revanchieren?

„Mann in Flammen", nuschelte ich in mein Kopfkissen. „Ich werde keine große Tat vollbringen. Ich werde dir sagen, wie es ist. Und schon ist alles wieder, wie es sein soll", seufzte ich. „Deshalb muss ich noch lange nicht gefeiert werden."

Das Frühstück vom Buffet schmeckte köstlich. Ich langte ordentlich zu, nahm mir mit Schokolade überzogene Beeren, Spiegelei, Würstchen und trank exotische Teesorten.

„Danke für die Unterkunft und das leckere Essen", sagte ich nun am Tresen zu der gedrungenen Herbergsfrau, die mich mit einem Strahlen ansah, das leider keine bloße Gastfreundschaft wiederspiegelte. „Unterschreibst du mir, wie gut es dir in unserem Dorf und unserer Herberge gefällt?", quäkte sie und schob mir ein Blatt Papier und einen Stift hin.

Ich setzte meinerseits ein Lächeln auf und nickte. Ich sah das Plakat an der Wand der Herberge schon vor mir. „Der Windengel persönlich empfiehlt den Aufenthalt in der Herberge ‚Wüstenperle', oder wie auch immer diese Herberge hieß... Palmenparadies, Sonnenoase... Die Namen waren im Grunde immer dieselben.

Ich überflog den Zettel, ohne wirklich zu verinnerlichen, was da stand und setzte schließlich meine Unterschrift unter den Text.

Eifrig nahm die Herbergsfrau den Zettel und Stift wieder entgegen. „Danke, danke, vielen Dank!", sagte sie überschwänglich. „Und eine gute Weiterreise!"

„Ja, kein Problem. Tschüss", murmelte ich noch halbherzig, bevor ich die Herberge verließ. Die schwüle Luft überspülte mich geradezu. Ich befand mich in der südlichen Region, wenn auch am Rande und langsam kehrte die warme Jahreszeit ein… dennoch hatte ich nicht mit dieser extremen Trockenheit gerechnet. Schon gar nicht morgens. Ich lief die sandigen Straßen entlang zum Dorfausgang. Mir begegneten unterwegs nur zwei, drei Leute, die sich zwar alle zu mir umdrehten, sobald ich vorbeigelaufen war, mich aber nicht ansprachen. Dafür war ich ihnen dankbar. Ich wollte bloß schnell weiter und nicht wieder und wieder darüber reden müssen, was genau ich plante. Ich wollte niemanden mehr überzeugen müssen, wie einfach es werden würde. Mir fehlte die Kraft dazu.

Als ich den Dorfrand erreichte, lungerte im Schatten der Häuser bereits mein Drache. Sahri lag lang auf dem Boden, ihre riesigen Lider waren geschlossen, aus ihren Nüstern quoll in regelmäßigen, langen Abständen heller Staub und ihre Schuppen wirkten matt und gräulich im Schutz vor dem grellen Sonnenlicht.

Ich lief zu ihr und tätschelte ihre Schuppen am Hals. Überrascht hob sie den Kopf, öffnete die Augen und musste sie danach sofort wieder zukneifen. Das grelle Sonnenlicht brannte ihr genauso in den Augen wie mir. „Komm, lass uns weiter fliegen. Wir klappern ein Dorf nach dem anderen ab. Wir schaffen ohne große Schwierigkeiten drei oder vier, bestimmt sogar fünf", meinte ich und schwang mich auch sofort auf Sahris Rücken. Ohne weitere Umschweife sprang sie los und begann den Flug Richtung Westen.

Bis das nächste Dorf in Sicht kam, verging eine ganze Weile. Ich begutachtete durchgehend die ewigen dürren Feldlandschaften und Wege unter mir, die immer wieder von kleinen Flüssen oder Bachläufen gekreuzt wurden. Zu Fuß war die Entfernung zwischen diesen beiden Nachbardörfern sicher ein Marsch, der ohne eine Zwischenübernachtung mitten auf den weiten Feldern nicht zu schaffen war.

Als wir landeten, fühlte sich die Hitze unausstehlich schwül an. Ich fuhr mir mit der Hand über die Stirn, Schweißperlen klebten daran. Wenigstens hatte ich mein Gesicht während des Flugs in meinen roten Schal gewickelt, sodass meine Haut nicht von der Sonne verbrannt war und sich nicht in ein paar Tagen schmerzhaft von meinem Gesicht pellen würde.

„Danke, Sahri", sagte ich, als ich von ihrem Rücken glitt. „Ich empfehle dir, dich im Bett des Flusses niederzulassen, den wir gesehen haben. Woanders wirst du hier kaum Schatten finden und dort sind kühles Wasser und Fische. Ich komme zu dir, wenn ich weiter will. So weit ist es ja nicht." Sahri neigte den Kopf zur Bestätigung und stob dann davon. Sicher konnte sie die Erfrischung im Fluss kaum erwarten. Meine Tasche behielt sie diesmal auf ihrem Rücken, ich hatte den Henkel an einem ihrer Hörner fixiert. Ich wollte nicht in diesem Dorf übernachten, also brauchte ich meine Vorräte und Kleidung auch nicht mit mir herumzuschleppen.

Ich wandte meinen Blick nun von Sahri ab in die andere Richtung und betrat das Dorf, vor dem ich stand. Die lange Straße, welche direkt zum Marktplatz führte, flimmerte un-

ter der schwülen Luft. Erneut wischte ich mir die Schweißperlen von der Stirn und fragte mich, ob dieses Wetter
normal war. Selbst in Tabos Dorf mitten in der Wüste hatte
ich nie so unter der Hitze gelitten. Mir war, als hätte meine
Kleidung schon längst in Flammen aufgehen müssen, so
warm und trocken war es.

Mit zusammengekniffenen Augen hob ich meinen Blick.
Die Sonne hatte noch lange nicht ihren höchsten Punkt des
Tages erreicht. Ich senkte den Blick wieder. Meine Augen
waren dankbar, den hellen Sonnenstrahlen zu entkommen.
Erst jetzt fiel mir auf, dass noch etwas anderes als das
Wetter merkwürdig war. Auf der Straße kam mir keine
Menschenseele entgegen und auch mein Blick in die
Nebenstraßen verriet mir, dass in diesem Dorf scheinbar
niemand unterwegs war. Ausgetrocknete Sträucher wehten
hier und da herum, aber das war es auch schon.

Je näher ich dem Marktplatz kam, desto beklemmender
wurde das Gefühl, das sich in meinem Magen ausbreitete
und mir sagte, dass hier etwas nicht stimmte. Meine Hände
waren längst zu unbewussten, steifen Waffen an meinen
Seiten geworden, die jederzeit bereit waren, die Luft um
mich herum zu einer scharfen Klinge werden zu lassen.

Eine letzte Häuserreihe versperrte mir noch den Blick auf
den Marktplatz, mein pochendes Herz schrie danach,
augenblicklich umzudrehen, zu Sahri zu rennen und so
weit weg zu fliegen wie nur möglich. An einen Ort, der
einer solchen Hitze keine Macht ließ, am besten in die
tiefste Eistundra des Nordens.

Doch ich lief mit zitternden Beinen und mich umgebenden, vibrierenden Windzügeln weiter. Das letzte Haus verschwand aus meinem Blickfeld und dann sah ich es.

Auf den Straßen war mir deshalb niemand begegnet, weil sich alle hier befanden. Niemand bemerkte mich. Alle rannten durcheinander, schöpften Unmengen Wasser aus den Brunnen, liefen damit zu den Ständen und Läden und schütteten es über die züngelnden Flammen. Alles brannte. Lebensmittel, die aufgebauten Tische, Läden und Bänke, welche um die gemeinschaftlichen Feuerstellen herumstanden. Nur die Feuerstellen selbst enthielten kein Feuer. An den Rändern des Marktplatzes saßen Kinder, Jugendliche, Verkäufer, alte Leute... ach, vermutlich Vertreter jeder Generation und hielten ihren Kopf in ihrem Schoß oder ihren zitternden Händen versteckt. Ihre Körper bebten.

Lautes Schluchzen, gestresste Schreie und von Angst geplagte Anweisungen erfüllten den Platz.

Ich stürzte los. Ohne darüber nachzudenken, rannte ich zu dem Stand, der mir am nächsten war und ließ einen ungeheuren Windsturm auf ihn los, der den aus ihm züngelnden Flammen Einhalt gebot. Kisten wehten um und Spielsachen für kleine Kinder kullerten heraus, viele davon angekokelt, andere kaum mehr als Spielzeug zu identifizieren. Glühende Asche rasselte durch die Luft und glitt dann ausgebrannt wieder hinab zur Erde. Sofort sprintete ich weiter zum nächsten Laden. Äpfel, Birnen, Trauben aller Art - alles flog durcheinander daraus hervor, als auch hier das Feuer durch einen Wind gelöscht wurde, der stark genug war, es nicht einfach nur weiter anzustacheln, sondern ihm jeglichen Zündstoff zu nehmen.

Ich sah mich hektisch um, wo ich noch gebraucht wurde, aber das Chaos beruhigte sich. Die Menschen liefen nicht mehr wie aufgescheucht durcheinander. Manche Geschäftsstände hatten sie retten können und andere waren bis auf den letzten Tisch und die letzte Kiste voller Waren niedergebrannt. Es gab nichts mehr, wofür man gegen die Flammen hätte ankämpfen können.

Das Adrenalin, welches stärker in mir gebrannt hatte, als jedes Holzscheit auf dem Marktplatz es konnte, ebbte ab. Dennoch wurde ich von einer kühlen Schleife Wind umhüllt. Ich war nicht bereit, sie loszulassen. Die meisten meiner Haare hatten sich aus meinem Pferdeschwanz gelöst und folgten gefühlvoll den Bewegungen der Luft, die sich um mich schmiegte wie eine Mutter, die ihr Kind beschützte.

Menschen mit zersausten Haaren und bleichen Gesichtern starrten mich an. Ob meine mächtigen Winde sie getroffen hatten? Ich hatte alles ausgeblendet, als ich für sie eingesprungen war. Niemand sagte ein Wort. Sie flüsterten nicht einmal miteinander. Sie wechselten ja nicht einmal Blicke! Auch Leute, die noch nicht in meiner Nähe gestanden hatten, rückten näher. Nur manche blieben mir fern. Die, die sich um die Weinenden, am Boden Liegenden kümmerten.

„Ist jemand verletzt?", hörte ich eine brüchige, angestrengt formelle Stimme. Ich schluckte. Ich selbst hatte die Frage gestellt.

Ein Mann trat aus der Menge hervor und als er mich ansprach, schien sich endlich eine tief sitzende Anspannung zu lösen. Der Mann trug eine elegante, enge Hose sowie eine viel zu warm aussehende, schick geschnittene Jacke. Beides war genauso rot wie das Gewand, welches ich trug. Der Eleganz seiner Kleidung konnten nicht mal die schwarzen Rußflecken darauf etwas anhaben. „Windengel", begrüßte er mich und ich fragte mich, wie er es schaffte, seiner Stimme so einen gewandten und förmlichen Klang zu verleihen. „Es ist uns eine Freude, dich hier zu begrüßen, auch wenn dein Einschreiten einige Minuten eher noch willkommener gewesen wäre." Er hielt mir einladend eine Hand entgegen. „Lass deine Barriere fallen. Jetzt droht keine Gefahr mehr."

Einige Sekunden lang beäugte ich den Mann misstrauisch. Dann trat ich einen Schritt vor und ergriff seine Hand. Im selben Moment löste sich der wehende Strudel um mich herum auf.

Der Mann führte mich von der Menge fort auf ein großes, reich aussehendes Haus zu. Nach ein paar Schritten blieb ich stehen. „Moment", sagte ich. „Müssten wir nicht nach den Verletzten sehen?"

Der Mann drehte sich zu mir um und sah mich mit einem verständnisvollen Lächeln an, tiefe Falten zeichneten sich in seinem Gesicht ab. „Mach dir darum bitte keine Sorgen. Niemand wurde ernsthaft verletzt, das konnte ich schon überprüfen. Um die kleinen Brandwunden wird sich gekümmert."

Der Blick des alten Herrn erweckte ein Vertrauen in mir, das mich dazu veranlasste, weiter zu gehen.

Wir standen nun direkt vor dem großen Haus, welches quasi direkt auf dem Marktplatz stand. Naja, immerhin war es weit genug entfernt, um nicht auch den Flammen zum Opfer gefallen zu sein.

„Das ist das Rathaus", erklärte der Mann, als er den Schlüssel ins Schloss steckte. „Und ich bin der Ratsleiter. Mein Name ist Kamir."

Die Tür schwang nach innen auf. „Bitte." Kamir bat mich mit einer Handbewegung herein. Mit staunendem Blick betrat ich das Gebäude. Der Eingangsbereich war ein riesiger Saal mit einer enorm hohen Decke. Sowohl rechts als auch links von mir erhob sich eine Treppe aus Marmorstein, die zu einer Galerie führte.

„Komm", Kamir ging an mir vorbei nach links und die Treppe dort hinauf. Ich folgte ihm in die Mitte der Galerie und durch eine weitere, gigantische Tür. Jetzt betraten wir einen Raum, in dem Tische und Stühle in einer U-Form aneinandergereiht waren.

Kamir lief zielstrebig vor zum Pult in der Mitte des U's und setzte sich an den Platz. Er deutete mit der Hand auf einen Stuhl ihm gegenüber. Wobei Stuhl wohl eine Untertreibung war. Alle Stühle erinnerten mich eher an schlichte Ledersessel. Ich setzte mich hin und merkte sofort, dass der Sessel nicht nur bequem aussah. In diesem schicken Gebäude konnte man glatt vergessen, welches Chaos vor seiner Haustür wütete.

„Tut mir leid, dass wir uns nicht richtig vorstellen konnten", begann Kamir das Gespräch. „Ich wünschte, dein Weg hätte dich in ruhigeren Zeiten hierher geführt."

„Wenn es ruhige Zeiten wären, wäre ich noch im Osten", erwiderte ich überraschend schnell und fest. Dann machte ich doch eine kurze Pause. „Also. Was ist passiert?"

Kamir lachte kurz auf. „Der Mann in Flammen ist passiert."

Ich nickte und fuhr mir mit meiner Hand über die Schläfen. „Das hatte ich befürchtet", murmelte ich und räusperte mich dann, um meiner Stimme wieder mehr Kraft zu verleihen. „Das bedeutet, ich…"

„Du hast ihn knapp verpasst", beendete Kamir meinen Satz. „Richtig. Sehr knapp sogar."

„Du musst mir erzählen, was passiert ist. Was hat er getan oder gesagt?"

„Gesagt?" Aus Kamirs Mund klang es, als wäre meine Frage die lächerlichste, die er in seinem Leben je gehört hat. „Er hat höchstens gelacht. Mit dem Mann in Flammen kann man nicht reden. Ich habe ihn für einen Reisenden gehalten, ihn gefragt, was ihn herführt und wo er herkommt. Sein einziges Wort war", einen Moment lang schloss Kamir die Augen und ich meinte, ihn schlucken zu hören. „‚Macht'. Er hat meine Frage, was ihn herführt mit ‚Macht' beantwortet und dann…" Wieder dieses Zögern.

Ich nickte wissend. „Dann hat er alles niedergebrannt", sagte ich leise.

Kamir stand so plötzlich und energisch auf, dass sein Sessel nach hinten umkippte und einen dumpfen Schlag verursachte. „Windengel, du hättest es sehen müssen! Hier war kein Feuer. Wir behalten unsere Feuerstelle aus, seitdem der Mann in Flammen zum ersten Mal hier war. Damals wirkte das wie ein mieser Streich… ein wirklich,

wirklich mieser Streich, aber das hier war eine ganz andere Sache. Das Feuer war einfach plötzlich in seinen Händen. Und in der Luft! Die Luft hat geflimmert, ich..." Ich konnte sehen, wie Kamir mit sich rang, weiterzuerzählen. Die frische Erinnerung schien dem älteren Mann unglaublich zuzusetzen. „Ich hatte das Gefühl, die Luft selbst brennt, wir konnten ihr nicht entkommen. Der Mann in Flammen ist nicht aufzuhalten, er wirbelt das Feuer um sich und überall sonst hin, als hätte er sein Leben lang nichts anderes gemacht."

Ich erhob mich ebenfalls. „I-ich muss weiter." Meine Stimme zitterte. „Ich bringe das in Ordnung, versprochen." Ich sprintete aus dem Raum, bemerkte, wie Kamir überrascht und mit ausgestrecktem Arm „Warte", rief, lief aber einfach weiter. Nur raus hier. Raus aus diesem Gebäude. Raus aus diesem Dorf.

Ich musste zu Sahri. Wir mussten sofort ins nächste Dorf fliegen und den Boden unter uns im Auge behalten. Vielleicht war der Mann in Flammen nicht mit einem Flugtier unterwegs, vielleicht ritt er oder ging zu Fuß. Ganz egal, er war nur wenige Minuten vor mir noch in diesem Dorf gewesen. In absehbarer Zeit würde ich ihm gegenüber stehen.

Kapitel 24

Das ungeheure Flimmern in der Luft wurde wieder stärker, je näher wir dem nächsten Dorf kamen. Diese beiden Dörfer lagen längst nicht so weit auseinander, wie die letzten beiden. Auf Sahri war ich keine fünf Minuten unterwegs und wir konnten schon wieder landen. Ohne ein weiteres Wort an sie zu wenden, sprang ich von ihrem Rücken und lief die Dorfstraße hinunter. Laute, aufgebrachte Stimmen schallten mir entgegen, manche hysterisch, manche ängstlich kreischend, manche wütend, manche ungläubig. Je näher ich dem Marktplatz kam, desto lauter wurde der Tumult. In meinem Kopf hatte sich eine unerwartete Entschlossenheit festgebissen.

Kurz bevor der Marktplatz in mein Blickfeld kam, schnitt eine einzelne Stimme durch die Luft und brachte alle anderen zum Schweigen und mich zum Stillstand. Mir lief ein eisiger Schauer über den Rücken. Dieses Lachen... das war so... *kalt.* Das genaue Gegenteil von der Hitze, die sich unaufhaltsam durch meine Kleidung zu meiner Haut fraß.

Ich atmete aus und eine Klinge scharfer, heißer Luft bildete sich in meiner Hand. Dann ging ich weiter.

Das Erste, was ich von dem Mann in Flammen sah, war sein mir zugewandter Rücken. Er war hoch gewachsen und seine Haare waren kurz, glatt und schwarz. Darüber war am Hinterkopf ein rotes Stirnband zusammengebunden. Er trug ein braunes Gewand, welches ähnlich wie meines weite Hosenbeine und Ärmel hatte. In seiner Taille hatte er das weite Oberteil mit einem roten Gürtel zusammengebunden. Flammen züngelten rechts und links aus seinen Händen, genau wie die Luft verdichtet in den meinen lag.

Menschen standen ihm gegenüber, hielten sich gegenseitig voller Angst umklammert. Viele Frauen standen hinter ihren Männern, welche mutig hervortraten. Doch auch ihre Gesichter waren gezeichnet von Furcht.

„Mann in Flammen", rief ich. Meine Stimme war klar und laut und brachte das Lachen des Mannes zum Ersterben. „Das ist nicht dein rechter Weg."

Langsam drehte er sich um, seine Augen blitzten wütend hervor, noch bevor sein Gesicht mir komplett zugewandt war. Als ich dieses sah, verließ mich meine mit der Luft verschlungene Haltung. Seine Stirn lag in wütenden Falten, seine Mundwinkel waren nach unten gerichtet und in seinen Haaransätzen entdeckte ich einzelne, graue Strähnen. Auch er veränderte sich, als er mich betrachtete. In seinen Mundwinkeln zuckte etwas, vielleicht amüsiert, vielleicht überrascht, vielleicht auch beides. Und die tiefen Furchen zwischen seinen Augenbrauen reduzierten sich.

„Tamia", sagte er schließlich, nicht feindselig, sondern einfach nur voller Erstaunen. „Verzeih mir, dass ich so überrascht bin. Ich wusste ja, dass der Windengel ein junges Mädchen ist, aber ich habe nicht mit einem *Kind* gerechnet."

„Der Windengel ist kein Kind!", brüllte ein Mann, bevor ich etwas sagen konnte.

Der Mann in Flammen drehte in einer unglaublich schnellen Bewegung den Kopf nach hinten, sein Blick musste

Bände sprechen, denn augenblicklich verfiel die Menge wieder in Schweigen. Und schon galt sein Blick wieder mir.

„Hunoyan", im selben Moment, in dem ich seinen Namen aussprach, sammelte ich wieder die Luft um mich. Sie war Schild und Schwert zugleich. „Du hast die Verbindung zu deinem Element gefunden. Nun hör auf, dein Volk damit zu verängstigen."

Hunoyan lachte schallend auf. „Aufhören? Wieso sollte ich aufhören? Hast du es schon alles ausgekostet, Tamia?"

Mein ganzer Körper wurde von einem Zittern übermannt, welches die Luft dazu veranlasste, sich dichter an mich zu drängen, als wolle sie mich beschützen. „Da gibt es nichts auszukosten", erwiderte ich. „Wir tragen eine Verantwortung für eine alte Zeit mit uns. Wir müssen weitergeben, was wir wieder gefunden haben."

„All diese Macht." Hunoyan begann auf und ab zu laufen, hielt seine Hände vor sich und betrachtete das Feuer, das darin brannte. „Weißt du noch, dass ich dir von diesen Tanzbewegungen erzählt habe, die ich in meiner Kampfschule unterrichte?"

„Ja", antwortete ich. „Du sagtest, sie seien auch eine uralte Art der Kampftechnik."

Hunoyan blieb stehen und funkelte mich an. Seine weit aufgerissenen Augen verstärkten die Kälte, die unter meiner Haut herrschte. „So ist es", fuhr er fort. „Das hast du dir wahrlich gut gemerkt. Ich wusste nie, was für ein Kampf das sein sollte. Denk ja nicht, ich sei dir nicht dankbar. Ich bin dir wirklich dankbar. Denn jetzt weiß ich endlich, was es wirklich damit auf sich hat." Plötzlich vollführte er einige Drehungen, bei jedem Schritt flackerten mehr Flammen aus seinem Körper heraus.

Er müsste verbrennen, dachte ich noch in einem unwirklichen Moment. Hunoyan senkte seinen Oberkörper tief zum Boden und hob dabei ein Bein weit in die Luft, Flammen schossen aus seinem Fuß, in einem weiten Strahl - zum Glück nur in die Leere und nicht gegen einen Verkaufsstand, ein Haus oder eine Bank.

„Hunoyan, hör auf!" Ich machte einen Satz nach vorne und hielt die Hände beschwichtigend vor mich. Die Luft errichtete durch die Bewegung einen flimmernden Wall vor mir, ohne, dass ich sie bewusst darum bat.

Hunoyan stoppte seinen Tanz tatsächlich. Er ging langsam auf mich zu und dann rechts an mir vorbei, sein Blick bohrte sich in meine Haut, während ich meinen stur geradeaus richtete. Er stolzierte mit bedächtigen Schritten und auf dem Rücken verschränkten Händen um mich herum.

„Du redest von Verantwortung", wiederholte er währenddessen. „Du redest davon, unsere Macht weiterzugeben, zu *teilen.*"

„Sie gehört uns nicht", insistierte ich. „Die Verbindung zu den Elementen gehört unseren Völkern."

„Richtig", meinte Hunoyan ohne jede Aufrichtigkeit. Er beendete seine Runde um mich und blieb nur einen Meter von mir entfernt stehen. „Aber hast du den Reichtum genossen, der davon ausgeht?", grinste er verschmitzt. „Die *Macht*? Sag mir eins, Tamia – ist das nicht auch eine Art der Verantwortung?"

Ich erwiderte seinen Blick mit starr geradeaus gerichteten Augen und schüttelte den Kopf. „Hunoyan…", fing ich erneut an, doch er hob sofort die Hand, um mich zu unterbrechen. „Wir haben die Macht, die Welt zu *formen*. Ganz so wie es uns beliebt! Wir können sie verbessern!"

„Oder zugrunde richten", antwortete ich. Wie er ständig das Wort Macht betonte, machte mir Angst. Das hier vor mir war nicht mehr der Mann, den ich vor nicht all zu langer Zeit in einem kleinen, idyllischen Dorf des Südens kennen gelernt hatte. Ich atmete erschrocken auf, als ich an diesen Mann zurückdachte: „Was ist mit Parla?", fragte ich unverzüglich.

Die Wirkung, die ich mir von der Nennung des Namens seiner Frau erhofft hatte, blieb nicht aus. In Hunoyans Augen trat eine Art Glitzern und seine Mundwinkel zuckten leicht nach unten. Doch es war zu früh für mich, zu hoffen, ich könnte ihn tatsächlich von meiner Sicht der Dinge überzeugen. Hunoyan senkte bloß den Blick und schüttelte den Kopf. „Man kann nicht alles haben", hauchte er und im nächsten Moment sprang er mit einem gewaltigen, überraschenden Satz vor.

Die Luft grub sich wie ein Seil um meinen Magen und zog mich zurück, bevor ich es tun konnte. Und schon sah ich Hunoyan wieder auf mich zuwirbeln, mit tanzenden Drehungen und Flammen, die ihn im weiten Kreis umgaben. Ich verdichtete die Luft zu einer Peitsche, versuchte, ihn zu treffen, verlor die dichte Luft aber immer, sobald sie auf die Flammen traf.

Verzweifelt sprang ich in die Luft, wirbelte in hohem Bogen über Hunoyan hinweg, doch sobald ich langsam wieder auf dem Boden aufsetzte, war er wieder da und schlug mit peitschenden Flammen um sich. Ich lief und sprang, landete in Sekunden meterweit von ihm entfernt, aber er schoss sein Feuer auch auf Distanz hinter mir her. Gehetzt wirbelte ich herum und atmete aus, als würde ich eine Kerze auspusten wollen. Tatsächlich verursachte ich einen gewaltigen Luftstrom, der das Feuer von mir wegblies.

Hunoyan hielt inne. Ich atmete schwer. Meine Haare hingen mir in losen, verschwitzten Strähnen ins Gesicht. Ich widerstand dem Drang, einfach auf die Knie zu sinken und die Augen zu schließen. *Bleib wach, du musst stark sein.*

Hunoyans Blick war kalt und berechnend. Plötzlich schoss er wieder los, mit einer ungeahnten Geschwindigkeit, von der ich dachte, nur das Element Luft würde sie verleihen. Sofort sprang ich wieder in die Luft und flog über ihn hinweg. Ich spürte, wie eine tierisch warme Spur mein Bein streifte und als ich wieder auf dem Boden aufkam, entwich mir ein Schrei, der meine Winde zerschnitt und mich zu Boden zwang. Der Schmerz in meinem Bein war unerträglich geworden, als mein eigenes Gewicht darauf gedrückt hatte. Fieberhaft drehte ich mich um. Mein linkes Hosenbein war bis zum Knie abgebrannt, an seinem Rand flackerten helle Funken. Unüberlegt griff ich nach den Sandkörnern, die auf dem Boden lagen, auf dem ich saß, und schmiss sie über mein Bein. Ich schrie erneut. Schrie so laut, dass es in meinen Ohren wehtat. Die Funken erloschen und meine Wunden brannten nur noch stärker.

„Tut mir leid, dass es soweit kommen musste", hörte ich Hunoyans Stimme im Schatten eines schrillen Pfeifens, das unaufhörlich in meinen Ohren nachklang. „Ich versuche nur meine Mission zu erfüllen. Am besten du lernst daraus und stellst dich mir nicht noch einmal in den Weg, *Windengel.*" Inmitten züngelnder Flammen verließ er den Marktplatz. Er rannte nicht einmal. Das hatte er nicht nötig. Niemand stellte sich ihm in den Weg.

Ich starrte auf mein Bein. Ich konnte meinen Schuh nicht sehen. Genauso wenig wie meinen kleinen Zeh. Mein Blick verschleierte sich und plötzlich war alles schwarz.

Als ich meine Augen wieder öffnete, sah die Welt einen Moment verschwommen aus und ich musste ein paar Mal blinzeln, um wieder klar sehen zu können. Unter meinem Rücken spürte ich eine weiche Unterlage. Über mir erkannte ich nun eine hohe, schlicht weiße Decke. Ich hob meinen Kopf ein Stück. Ich lag auf einem Bett in einem kleinen, leeren Saal. Mein rechtes Bein lag unter einer Decke, während mein linkes darüber lag. Es war bis übers Knie bandagiert.

„Oh, hallo", hörte ich plötzlich eine freundliche, weibliche Stimme. Ich drehte den Kopf herum und sah eine Frau mit karamellfarbener Haut und einem schlichten, cremefarbenen, eng anliegendem Kleid auf mich zutreten. Ihre Haare hatte sie sich im Nacken zu einem Dutt zusammengebunden. „Du bist wach."

Ich nickte bloß stumpf. „Wie lange hab ich denn geschlafen?"

„Nicht lange", erwiderte die Frau und setzte sich auf einen Hocker neben mein Bett. „Es ist ziemlich genau ein Tag vergangen, seit du in Ohnmacht gefallen bist."

Mein Oberkörper schnellte nach oben. „Ein Tag?!"

„Gemessen an den enormen Schmerzen, die deine Verbrennungen verursacht haben müssen, ist das wirklich kurz", erklärte die Frau ernst. „Apropos Schmerzen – hast du welche?"

Ich überlegte kurz und schüttelte dann den Kopf. „Mein Zeh juckt nur ein wenig."

„Der bandagierte? Ja, das kann vorkommen. Ich kann dir gleich einen neuen Verband anlegen."

„Ja, der kleine", meinte ich leichthin und betrachtete meinen dick bandagierten Fuß.

Ein Ruck ging durch den Körper der Frau. „Der kleine", wiederholte sie.

„Ja", sagte ich langsam, unsicher, ob das eine Frage gewesen war.

„Ja, weißt du, was deinen kleinen Zeh angeht...", fing sie langsam an.

„Er ist nicht mehr da", fiel ihr jemand ins Wort. „Danke, Penela, ich übernehme das jetzt." Ein Mann von staatlicher Figur schritt durch den Saal und nickte der Frau neben meinem Bett knapp zu. Diese sprang daraufhin von ihrem Hocker auf, verbeugte sich knapp und verließ ohne ein weiteres Wort den Raum.

„Mein Zeh ist...", murmelte ich perplex. Plötzlich schoss das letzte Bild, das ich gesehen hatte, in mir wieder hoch. Abgebrannte, dunkle Haut. Dunkelrotes Blut, das aus meinem Fuß hervorgequollen war. Ich nickte langsam.

„Ich mache dir den neuen Verband", meinte der Mann bloß, ging zu einem kleinen Tischchen an meinem Fußende und kramte Salbentuben und Verbände daraus hervor.

„Ich bin übrigens der Leiter unserer kleinen Heilein-

216

richtung. Du darfst mich gerne Costa nennen. Und du? Soll ich dich weiter Windengel nennen?" Er ließ sich auf dem Hocker neben mir nieder. Seine Haare waren ungewöhnlich lang für einen Mann und im Nacken zusammen gebunden, außerdem ließ er sich einen Bart stehen.

„Ich heiße Tamia."

„Gut, Tamia. Darf ich?" Costa deutete auf mein linkes Bein. Er wartete, bis ich nickte. Dann begann er die Verbände vom Knie beginnend abzuwickeln. Immer mehr rote Haut kam zum Vorschein. Sie glänzte von irgendeiner Salbe, die darauf verschmiert war und die zu helfen schien, denn meine Haut hatte kaum Blasen geschlagen. Dann kam Costa bei meinem Fuß an. Dort, wo mein kleiner Zeh sein sollte, befand sich bloß ein verkrusteter, dunkelrot-schwarzer Stumpf. Verwirrt bewegte ich meine vier verbliebenen Zehen und nahm das Gefühl wahr, das dadurch in meinem übrig gebliebenen Stummel ausgelöst wurde. Es fühlte sich eklig an. Als würde etwas an den Blutlinien in meinem Zeh zerren. Es juckte so fürchterlich, dass es mich am ganzen Körper schüttelte.

Costa drückte Salbe aus einer der Tuben, die er auf der Bettdecke abgelegt hatte, und begann sie auf mein Bein zu tupfen. Seine Handgriffe waren sanft und geübt, dennoch schoss mir sofort beißender Schmerz durch die Stellen, die er berührte. Aber gleich danach merkte ich auch schon, wie die Salbe ihre kühlende Wirkung entfaltete.

„Und?", begann Costa wieder zu reden, als er anfing, einen frischen Verband um mein Bein zu wickeln. „Was hast du jetzt vor, Tamia?"

Dumme Frage, dachte ich. *Ich bin gerade ja wohl kaum im Stande, irgendetwas zu tun.* Mir entwich ein Schnauben, bevor ich es unterdrücken konnte. Sofort schlug ich mir die Hand vor Mund und Nase. Costa sah einen kurzen Augenblick von seiner Arbeit auf, bevor er sich wieder auf den Verband konzentrierte.

„Tut mir leid", nuschelte ich. „Ich verstehe nur nicht, wie die Frage gemeint ist."

„Na, wegen des Mannes in Flammen", sagte Costa. Seine Stimme klang sachlich und emotionslos.

„Er heißt Hunoyan", antwortete ich kalt und verschränkte die Hände vor der Brust, wie ein trotziges Kind.

„Na, meinetwegen." Costa betrachtete weiterhin nur den Verband, den er gerade oberhalb meines Knies fixierte. „Er hat dir einen Tag voraus. Was ist dein Plan?"

„Mein *Plan?*", wiederholte ich mit ungewollt lauter Stimme.

Costa hatte seine Arbeit beendet, hob nun doch den Blick und blinzelte mich verständnislos an. „Deine Trumpfkarte. Was hast du dir ausgedacht?"

„Ich habe keinen Plan. Ich bin…", *Außer Gefecht gesetzt,* wollte ich sagen, doch Costa unterbrach mich: „Wie jetzt, kein Plan? Wir verarzten dich, weil wir an dich glauben und du erzählst uns, du hättest keinen Plan? Was sollen wir denn deiner Meinung nach tun? Der Mann in Flammen oder dieser *Hunoyan* rennt frei herum und verletzt jeden Tag mehr Menschen. Du musst doch irgendetwas vorhaben, du bist schließlich der Windengel!"

„Der bin ich, aber ich bin…", *nur ein Kind.* Wieder fuhr mir Costa über den Mund: „Eben, der bist du. Also setz

218

mal deine übermenschlichen Heilfähigkeiten ein und morgen bist du wieder auf dem Damm."

„Ich habe doch gar keine…"

„Und dann sprintest du deinem Hunoyan hinterher und verpasst ihm eine…"

„Genug!" Meine Stimme war gellend hell und brachte einen Windwirbel mit sich, der den Schemel neben meinem Bett umwarf und Costa auf seinen Rücken beförderte. Unter Qualen schob ich mein verletztes Bein zur Bettkante und stellte mich einbeinig hin. Costa lag unter mir und starrte zu mir hinauf. In seinem Gesicht zeichnete sich zum ersten Mal die Regung eines Gefühls ab. Er war verwirrt, vielleicht sogar verängstigt. Sofort bereute ich meinen Ausbruch. Ich schlug die Hände vor meinem Gesicht zusammen. Ich wäre auf und ab getigert, wie ich es immer tat, wenn ich nervös war, aber mit meinem linken Bein konnte ich keinen einzigen, vernünftigen Schritt tun. „Ich, es… tut mir leid", flüsterte ich, dann stürzte ich nur ein Bein belastend aus dem Saal. Ich musste mich bei meinen Sprüngen mehr auf meine Fähigkeit, die Macht der Schwerkraft über mich ausschalten zu können, verlassen, als jemals zuvor. Ein zu heftiger Aufprall und die Schmerzen würden mich mitten auf den Straßen oder weiten Feldern auf dem Weg zu Sahri auf den Boden zwingen und mir womöglich wieder das Bewusstsein rauben.

Kapitel 25

Ich öffnete meine Augen und dachte, dass ich zuhause in meinem Zimmer aufwachen würde, aber sobald ich mich aufrichten wollte, erinnerte mich ein beißender Schmerz in meinem linken Unterschenkel daran, dass ich nicht sicher in meinem Bett in Konghi lag. Stellte sich nur die Frage: Wo war ich?

Ich hob den Oberkörper an und wurde sofort von einem Schwindelgefühl übermannt, das mich aufstöhnen ließ. Ich blinzelte ein paar Mal gegen die Schwärze an, die sich vor meinen Augen ausbreiten wollte und sah mich dann im Raum um. Er war klein und schlicht eingerichtet mit einem hölzernen Kleiderschrank und einer Kommode, die gleichzeitig ein Regal und eine Nachtkonsole zu sein schien. Darauf standen bloß ein paar Dekofiguren – ein Dromedar, ein Hund… nichts Besonderes. Das Zimmer kam mir vertraut vor, aber es gelang mir einfach nicht, es zuzuordnen.

Plötzlich schwang die Tür quietschend auf. „Oh, gut!“, sagte der Hereinkommende erleichtert. „Du bist wach.“

„Tabo?“, fragte ich verblüfft.

Der junge Mann grinste breit und setzte sich ans Fußende meines Bettes.

„Oh“, machte ich. Plötzlich wusste ich wieder genau, woher ich den Raum kannte. Wieso war mir das nur vorher nicht eingefallen?

„Ich bin wieder bei Wertar, aber…“ Ich durchsuchte meine Erinnerungen, fand dabei einen grässlichen weißen Saal, eine Dorfstraße, in der mir Menschen hinterher riefen. Ich sah mich, davonlaufend oder besser springend, immer nur das rechte Bein belastend, Felder hinter dem Dorf und... Schwärze.

„Leg dich wieder hin", sagte Tabo. „Ich will dich nicht ängstigen, aber du siehst totenblass aus." Er hatte etwas in der Hand. Ein Tuch? Widerstandslos ließ ich mich von seinen sanften Händen zurück aufs Betttuch drücken. Er legte das Tuch auf meine Stirn. Es war angenehm kühl.

„Brauchst du irgendetwas?", fragte Tabo und machte Anstalten aufzustehen. Ich wollte nach seinem Handgelenk greifen, konnte es aber nicht erreichen. „Warte!", rief ich stattdessen, obwohl er höchstens einen Meter von mir entfernt saß.

Tabo hielt sofort in seiner Bewegung inne. „Keine Sorge", sagte er lächelnd. „Ich gehe nicht, wenn du das nicht willst."

„Wie bin ich hierher gekommen?", fragte ich sofort.

Tabo zögerte und starrte einige Sekunden lang mit gerunzelter Stirn einen Punkt an der Wand an. „Ich kann dir nur sagen, was ich erlebt habe, nicht, was davor passiert ist", fing er schließlich an. „Sahri hat dich hergebracht. Ich meine, dass...", er zuckte mit den Schultern, „...ist ja ziemlich offensichtlich. Wer hätte dich auch sonst herbringen sollen? Als wir sie am Himmel gesehen haben, haben wir uns erstmal riesig gefreut, bis wir gemerkt haben, dass du nicht auf ihrem Rücken gesessen hast. Sie hat dich mit ihren Klauen festgehalten. Du warst ohnmächtig. Dann haben wir dich hierher gebracht. Wertar hat dafür gesorgt, das Sahri zu Rubin kommt und ein Heiler zu dir. Ich bin so froh, dass mein Onkel so ruhig geblieben ist." Tabo atmete laut aus und senkte für den Bruchteil einer Sekunde den Blick, bevor er mich wieder ansah. Seine dunklen Augen glitzerten in den Sonnenstrahlen, die durch das Fenster ins Zimmer fielen. „Du kannst dir gar nicht vorstellen, wie erschrocken ich war. Wir alle. Ich glaube, sogar Walla hat sich ein bisschen Sorgen um dich gemacht." Er lächelte und zog gleichzeitig die Nase hoch. Ich lächelte ebenfalls, und wenn es auch nur war, um auf irgendeine Weise auf das Gesagte zu reagieren.

„Der Heiler Jorasto sagt, deine Verbrennungen hätten noch viel schlimmer aussehen können. Er meinte, es wäre sogar besser, wenn du Schmerzen empfindest, auch wenn dir das sicher nicht so vorkommt. Es bedeutet nämlich, dass deine Nerven nicht mit verbrannt sind. Deine Ohnmacht kam wohl davon, dass deine Durchblutung durch die Verbrennung blockiert war. Deshalb bist du auch so blass und… warst ganz fiebrig, als wir dich hergebracht haben. Aber Jorasto meint, so eine Verbrennung heilt ohne Narben. In spätestens zwei Wochen sieht dein Bein wieder genauso aus wie vorher", wieder lächelte Tabo. Gemischt mit dem wässrigen Glänzen in seinen Augen war es nicht schwer zu erraten, wie mühevoll er versuchte, für mich stark zu sein und mir Hoffnung zu machen. Er senkte den Blick und setzte noch einmal zögerlich zum Reden an: „Das heißt… bis auf…"

„Tabo", schnell unterbrach ich ihn. „Ich weiß." Er sah wieder zu mir und diesmal war es an mir, ermutigend zu wirken, auch wenn mir zum Heulen zumute war. „Ein neuer Zeh wird mir sicher nicht wachsen."

„Nein…", murmelte Tabo langsam.

Ich verengte die Augen zu Schlitzen. „Ist noch etwas?",
hakte ich nach.

Tabo sah mich an und seufzte schließlich. „Jorasto macht
sich Sorgen um deinen Fuß", erklärte er. „Er meinte, wir
könnten Glück haben, falls du...", Plötzlich schob Tabo in
einer energischen Bewegung den Arm vor und legte seine
Hand ohne jede Vorsicht auf meinen verbundenen Fuß.

Erschrocken richtete ich mich auf und musste umgehend
wieder gegen den Schwindel ankämpfen. „Spinnst du?",
entfuhr es mir.

„Tut es weh?", wollte Tabo mit hoffnungsvoller Miene
wissen.

Ich runzelte die Stirn, betrachtete seine schwere Hand, die
auf meinem verbrannten Fuß lag. Musste schließlich den
Kopf schütteln: „Nein."

Tabo zog entmutigt seine Hand wieder zurück. „Das war
zu erwarten", murmelte er. „Die Verbrennung in deinem
Fuß ist schlimmer als im Bein. Jorasto meint, du musst
deinen Fuß quasi direkt in ein offenes Feuer gehalten haben und die Verbrennungen an den Beinen sind nur durch
die davon aufsteigende Hitze entstanden."

„Und... was ist jetzt mit meinem Fuß?", fragte ich leise.

„Auf all deinen Verbrennungen war eine Salbe aufgetragen, ein Gemisch aus unserer Wüstenlilie und anderen
kühlenden und entzündungshemmenden Kräutern. Laut
Jorasto war das genau das Richtige. Wer auch immer dich
versorgt hat, er ermöglicht dir womöglich... deinen Fuß zu
behalten."

„Er könnte sonst...", ich schluckte.

„Absterben und wegbrechen wie dein Zeh? Ja. Aber…
hoffen wir das Beste", Tabo stand auf. „Ruh dich aus,
Tamia. Und erzähl uns bald, wie du das angestellt hast,
ja?"

Ich nickte langsam, sah Tabo noch hinterher, bis er mir ein
letztes Mal zulächelt und die Tür hinter sich ins Schloss
gezogen hatte. Dann ließ ich mich zurück in mein Kissen
sinken in der Hoffnung, dass der Albtraum, wenn ich das
nächste Mal erwachte, vorbei sein würde.

Kapitel 26

Drei Tage der Qual verbrachte ich nur im Bett und schlief meistens. Zwischendurch aß ich einen Happen, den mir meistens Tabo, aber auch Maia, Wertar, Yudan oder sogar Walla brachten. Außerdem konnte ich nur mit Hilfe zur Toilette gehen. Nun endlich war mein Schwindel weit genug abgeklungen, um aufrecht stehen zu können ohne zu fürchten, bald wieder ohnmächtig zu werden.

Laufen konnte ich trotzdem nicht, das erlaubte mir mein Bein nicht. Aber mit Hilfe der Luft, die die Kraft der Schwerkraft über mich verringerte und von Tabo, der rechts neben mir lief und mich stützte, konnte ich das Haus verlassen und zu der Scheune laufen, in der Sahri schlief.

Wertar und Yudan hatten diese Scheune, die uns beim letzten Mal von einem Bauern auf Zeit zur Verfügung gestellt worden war, nun offiziell gekauft. Schließlich brauchte Tabos Drache Rubin mehr als einen Wohnort auf Zeit.

An diesem Morgen gingen wir früh los. Die Straßen waren noch wie leergefegt.

Ich ließ mich auf einem Haufen Heu nieder und Sahri kam mit einer Vorsicht auf mich zu, die der Obhut einer Mutter ähnelte und legte ihren Kopf in meinen Schoß.

Gedankenverloren fuhr ich immer wieder mit meiner Hand über ihre schuppige Haut und ihre kleinen, glatten Hörner. Dabei beobachtete ich, wie Rubin auf Tabo zustürmte und vor Freude ein kleines Quietschen ausstieß. Ich schmunzelte in mich hinein. Das war sicherlich die erste echte, positive Gefühlsregung, die ich seit Tagen zeigte.

„Ich habe mich noch gar nicht bedankt", sagte ich schließlich und Sahri hob ihren Kopf ein Stück und drehte ihre Pupillen an den oberen Rand ihrer Augen, um mich anzusehen. „Ich weiß gar nicht mehr richtig, wie ich nah genug an dich ran gekommen bin und was mir dann passiert ist. Aber du hast mich hochgehoben und hergebracht. Du hast mich in Sicherheit gebracht."

Sahris Antwort war eine Mischung aus Quietschen und Prusten. Ich wusste genau, was sie meinte. Sie brauchte mich genauso sehr wie ich sie. Die Verbindung zwischen einem Drachen und einem Kind des Ostens war stärker als jede Freundschaft. Unsere fühlte sich sogar stärker an als Familienbande.

„Wir sollten bald wieder zurück gehen, Tamia", meinte Tabo nach nur wenigen Minuten. „Wir haben uns so früh rausgestohlen. Mein Onkel soll nicht denken, du wärst geklaut worden." Er zwinkerte mir zu.

„Du bist ja gemein", murrte ich schmunzelnd. „Mich nach so kurzer Zeit schon wieder hier fort zu zerren. Immerhin habe ich seit drei Tagen das Bett nicht verlassen."

„Eben." Tabo rollte mit den Augen. „Maia kriegt jeden Augenblick einen Anfall, wenn sie dir dein Frühstück bringen will und du nicht in deinem Bett liegst. Das heißt, wenn wir nicht in ein paar Minuten wieder vor ihrer Haustür stehen, lässt sie das ganze Dorf nach dir fahnden."

Ich lachte: „Ja, schon gut." Mühsam versuchte ich mich von dem Strohhaufen zu erheben. Sofort war Tabo an meiner Seite, legte sich meinen Arm um die Schulter und zog mich auf das gesunde Bein. „Danke", nuschelte ich. Es war ungewohnt auf so viel Hilfe angewiesen zu sein.

Wir verließen den Stall wieder und liefen – oder besser hüpften – die Straßen entlang. Noch immer begegneten wir kaum einer Menschenseele. Nur zwischendurch, durch Häusergassen hindurch, konnte ich sehen, wie Leute auf dem Marktplatz weiter nördlich ihre Stände öffneten.

„Ich hab noch mal das Kapitel über die Mitte gelesen", sagte Tabo unvermittelt. Ich sah zu ihm auf. Vorgestern hatte er mich gebeten, ihm wieder mein Buch auszuleihen, obwohl er bei mir zuhause im Osten bereits jedes Kapitel daraus verschlungen hatte. Es fiel mir schwer, das zuzugeben, aber vermutlich war er sogar noch interessierter an den Legenden gewesen als ich.

„Was ist damit?", fragte ich langsam und mit gerunzelter Stirn.

„Naja, ich habe über den Wortlaut nachgedacht. In den Legenden der anderen Völker klingt es immer so, als würde man das Element eines Lebensraums *erben*. Das würde bedeuten, du hättest die Luft geerbt und ich das Feuer."

„Ja klar", äußerte ich. „Als wir angefangen haben, die Legenden auszutesten, haben wir beide probiert, uns mit dem Feuer zu verbinden, weißt du noch? Das ist gnadenlos gescheitert. Ich kann mich nur mit der Luft verbinden."

Tabo machte zwischen zwei Schritten einen merkwürdigen Aussetzer, der mich zum Stolpern brachte. „Oh", machte Tabo sofort. „'Tschuldige. Geht's?"

„Ja." Ich rollte mit den Augen und schüttelte über ihn verwundert den Kopf. „Was war das?"

Tabo machte ein Geräusch, was für mich wie eine Mischung aus Seufzen und Stöhnen klang. Auf jeden Fall war es ein klarer Ausdruck von Ungeduld. „Du hast genau das gesagt, worauf ich hinauswollte. In der Legende der Mitte klingt es eben nicht mehr so, als würde man ein Element erben. Die Verwendung der Energie ist überall anders, aber…"

„…die Energie ist immer dieselbe", beendete ich flüsternd seinen Satz, als ich mich an die Worte des Buches erinnerte.

Tabo nickte energisch. „Genau! In dem Buch steht, in der Mitte war einem die Herkunft in Bezug auf die Elemente egal. Ob und womit sich die Menschen verbunden haben, hat sich von Person zu Person unterschieden."

Ich runzelte die Stirn. „Worauf willst du hinaus?"

Tabo holte gerade zu einer Antwort aus, als wir unterbrochen wurden. Seine Cousine lief uns mit wehenden, lockigen Haaren entgegen. Das Haus war nicht mehr weit entfernt und sie musste uns von der Haustür aus entdeckt haben. „Gott, da seid ihr ja! Tabo!" Walla schlug ihren Cousin auf den Arm. „Was fällt dir ein?"

„Autsch", beklagte sich Tabo und rieb sich mit aufgesetztem Schmollmund über den Arm.

„Du kannst Tamia nicht einfach entführen!", empörte sich Walla, sah aber auch mich mit verständnislos gerunzelter Stirn an. „Wir haben uns schon Sorgen gemacht!"

Es war schwer, zu durchschauen, was Walla über mich dachte. Zugegeben, sie hatte die letzten Tage bei meiner Verpflegung geholfen. Wenn es darum ging, dass mich jemand zur Toilette begleitete, waren immer nur sie oder Maia infrage gekommen und Walla hatte mir nie das Gefühl gegeben, sie wäre von meiner Anwesenheit genervt. Nicht so wie Wochen zuvor, als ich hier gelebt hatte

228

und es viel leichter für uns gewesen war, uns einfach zu ignorieren. Ich persönlich glaubte ja, sie hatte jetzt aufgehört, mich als Ballast zu betrachten. Über die Gründe dafür konnte ich nur spekulieren: Vielleicht weckte meine Verletzung ihr Mitleid; vielleicht fand sie es aufregend, dem berüchtigten Windengel so nah zu sein. So oder so, ich glaubte, sie jetzt so kennen zu lernen, wie Tabo sie kannte. Eigentlich war sie ein nettes und interessiertes Mädchen.

Jetzt lief sie auf meiner freien Seite neben mir her und hatte den restlichen Weg bis zu Wertars Haus ein Auge auf mich, als wartete sie nur darauf, dass ich das Gleichgewicht verlor und aufgefangen werden müsste.

„Da seid ihr ja wieder!" Maia erwartete uns mit einem erleichterten Gesichtsausdruck auf der Terrasse vor der Haustür. „Wollen wir draußen frühstücken?"

Nach drei Tagen mit je drei Mahlzeiten im Bett nickte ich sofort. Ein gewöhnliches Frühstück auf der Terrasse war mir jetzt eine willkommene Abwechslung. Außerdem hatte ich bei einem Frühstück, bei dem alle am Tisch saßen, endlich die Gelegenheit, zu erzählen, was mir passiert war.

Mit Tabos Hilfe setzte ich mich auf einen der Stühle am Tisch und mit einem tiefen Ausatmen senkte sich die Luft um mich herum schwer ab und drückte mich tief in den Stuhl hinein. Ich spürte das Gewicht der Schwerkraft wie einen Sack auf meiner Lunge. Wie hatte ich diesen Zustand nur all die Jahre ausgehalten?

Es dauerte nicht lange, da war der Tisch reichlich gedeckt und die Familie saß zusammen. Nur einer war nicht da – Tabos Vater, welcher sicher in seinem eigenen zuhause frühstückte. Das war nicht weiter schlimm. Tabo würde ihm am Mittag alles erzählen können.

„Ich schätze, es wird Zeit, dass ich euch endlich sage, wie ich zu meiner... Wunde gekommen bin", eröffnete ich das Gespräch unbeholfen.

Die Runde drehte sich zu mir um und ich ließ die Hand, in der sich mein Brötchen befand, sinken und legte es zurück auf meinen Teller. Mir war der Appetit vergangen.

„Ja", bat Maia sanft, „Erzähl es uns ganz in Ruhe, Tamia."

Ich wickelte eine Haarsträhne um meinen Finger, seufzte schließlich und ließ meine Hände sinken. Ich schaffte es, den einzelnen Mitgliedern dieser wundervollen Familie, die mich aufgenommen und gepflegt hatte, ins Gesicht zu sehen, während ich erzählte. Dabei war ich dankbar, dass mir der Blick in mein eigenes Gesicht erspart blieb. Ich fürchtete mich vor dem, was ich in meinen Augen finden würde.

„Oh je", murmelte Wertar schließlich voller Ehrfurcht, als ich meine Geschichte beendet hatte.

„Das heißt, dieser Hunoyan...", flüstert Tabo langsam.

„...kennt seit Jahren die Techniken und kann sie nun endlich einsetzen", beendete Wertar seinen Satz.

„Dank mir", fügte ich leise hinzu. Jetzt senkte ich doch den Blick. Das hatte ich nun von meinem Idealismus! Das hatte ich davon, eine alte Welt zurückholen zu wollen! Jemand hatte die Macht, die alte, wie die neue Welt zu zerstören. Und es war meine Schuld.

„Und jetzt?", fragte Walla leise, nachdem alle am Tisch eine gefühlte Ewigkeit geschwiegen hatten.

„Die anderen Elemente", erwiderte Tabo aufgeregt.

Alle drehten sich zu ihm um, aber er sah mich an, als wären die anderen am Tisch gar nicht da. „Das wollte ich dir vorhin sagen, Tamia. Ich versuche die ganze Zeit eine Verbindung zum Feuer aufzubauen – Was, wenn das gar nicht mein Weg ist? Ich könnte mich mit der Erde verbinden, oder mit dem Wasser, oder mit der Luft, so wie du. Und dann kann ich dir helfen."

Mir helfen, dachte ich schaudernd und das flaue Gefühl in meinem Magen breitete sich schnell aus. Für alle stand schon fest, dass *ich* Hunoyan stoppen würde. Jeder glaubte daran. Nicht nur Fremde wie Costa, sondern auch ein so guter Freund wie Tabo. Aber ich konnte es nicht. Wenn ich Glück hatte, würde ich in zwei Wochen überhaupt mal wieder vernünftig laufen können. Wie sollte ich da jemanden wie Hunoyan von seinem allmächtigen Trip aufhalten? „Das bringt nichts", erwiderte ich, ohne aufzusehen. „Du hast ihn nicht gesehen. Er kontrolliert das Feuer wie seinen eigenen Körper. Ich dachte, ich könnte etwas, was sonst keiner kann. Aber ich komme mit der Luft nicht an ihn ran. Ich kann sie nicht so lange halten. Ob wir zu zweit sind oder einzeln… das ändert nichts. Hunoyan trainiert das seit Jahren, auch wenn er es nicht wusste. Selbst wenn du könntest, was ich kann. Wir wären nur zwei Neulinge ohne Lehrer."

„Und was brauchen wir dann?", fragte Tabo. In seiner Stimme schwang nur ein wenig Enttäuschung mit. Sie wurde bereits überdeckt von neuen positiven Erwartungen. Ich erhob mich auf mein gesundes Bein. „Walla?", sagte ich. „Kannst du mich bitte zurück in mein Zimmer bringen? Mir ist schwindelig, ich will mich wieder hinlegen."

Das junge Mädchen nickte sofort und sprang auf, um mich zu stützen.

Die Welt zählte auf mich, aber ich musste sie enttäuschen. Ich war machtlos.

„Hey", ich merkte erst, dass ich tatsächlich eingeschlafen war, als eine ruhige Stimme mich weckte. Ich öffnete die Augen und sah sofort Tabo an, welcher auf meiner Bettkante saß. Er lächelte mich an, als er sah, dass meine Augen geöffnet waren. „Der Arzt ist hier, kann ich ihn rein holen?"

„Was will er?", fragte ich verschlafen.

„Wertar hat ihm erzählt, dass wir heute spazieren waren. Er denkt, er kann jetzt beurteilen, ob du deinen Fuß…"

Ich seufzte, „…behalten kann oder nicht."

Tabo nickte und ich richtete mich auf, so gut ich konnte. „Gut, dann hol ihn rein."

Tabo sprang auf und lief zur Tür. „Sie können reinkommen", sagte er. „Sie ist wach."

Der Mann, der mein Zimmer betrat, war ein kleiner, gedrungener Mann mit vereinzelten, dunklen Haaren auf dem Kopf und einer kleinen, braunen Ledertasche in der Hand.

„Hallo Tamia", sagte er und kam zu mir. „Ich bin Jorasto. Ich habe deine Wunden behandelt, als du hier angekommen bist."

Ich nickte langsam. „Ich weiß."

Tabo schnappte sich den kleinen Rattanstuhl, der in der Ecke meines Zimmers stand und stellte ihn neben mein Bett, damit Jorasto sich setzen konnte.

„Darf ich?", fragte der Mann freundlich lächelnd und deutete auf mein Bein, welches unter der dünnen Bettdecke begraben lag.

„Sicher", ich schlug die Decke zur Seite.

Mit langsamen, behutsamen Bewegungen wickelte Jorasto den Verband ab, welcher bis zu meinem Knie ging. Jeden Tag hatte Wertar ihn erneuert und die schmerzlindernde Salbe frisch aufgetragen. Die Haut unterhalb meines Knies bis zum Fuß war gerötet und schlug vereinzelte, kleine Blasen. Das sah meiner Meinung nach ziemlich eklig aus, aber keinesfalls wie eine schwere, gefährliche Verletzung. Das Besorgniserregende war die braun gebrannte Haut an meinem Fuß. Vor allem meine vordere Fußsohle war rau und düster und fühlte sich an, als könnte sie bei jeder unverhofften Bewegung meiner Zehen einfach abbröckeln. Die meiste Haut allerdings war weißlich, wodurch die braunen Stellen nur noch bedrohlicher wirkten.

Jorastos Gesichtsausdruck, während er meinen Fuß von allen Seiten begutachtete, ließ keine Deutung zu. Schließlich griff er in seine Tasche, holte einen neuen Verband heraus und wickelte mein in Salbe getränktes Bein wieder ein. Ich konnte ihm nur dabei zusehen. Und zu meinem Erstaunen breitete sich dabei nicht mal eine Ungeduld in mir aus. Würden alle meine vier Zehen bleiben oder nicht? Irgendwie war es mir egal. Die Vorstellung an einem Bein statt meines Fußes nur noch einen Stumpf zu haben, löste keinen Schrecken in mir aus, wie ich es erwartet hatte.

Erst als Jorasto mit seiner Arbeit fertig war, sah er auf und schenkte mir ein Lächeln.

„Und?", fragte Tabo mit der Ungeduld, die ich in mir vermisste.

Jorasto lächelte auch Tabo an. „Das wird wieder", erklärte er. „Die Verbrennungen sind auch am Fuß größtenteils oberflächlich. Es sah anfangs schlimmer aus, aber ich hatte genau darauf gehofft, dass das Aussehen eben nur täuscht. In zwei Wochen wirst du wieder einigermaßen laufen können, Tamia. Spätestens dann wird dein Bein auch wieder aussehen wie vorher. Die braunen Stellen auf deinem Fuß werden bleiben. Das sind die Stellen, wo die Verbrennungen in die tiefen Hautschichten eingedrungen sind, da kann sich die Haut nicht mehr erneuern. Aber das wird dich nicht weiter behindern. In einem Monat sind die weißlichen Stellen an deinem Fuß komplett verheilt. Das wird ein paar Narben hinterlassen, aber Hauptsache ist doch, der Fuß bleibt dran und kann dann wieder benutzt werden, als wäre nichts gewesen."

„Das sind großartige Neuigkeiten!", freute sich Tabo, während sich in mir keine Gefühlsregung meldete. Ich hatte nichts erwartet. Weder etwas Positives noch etwas Negatives. Ich konnte weder enttäuscht noch überrascht werden. In mir war alles unerklärlich tot. Tabo bedankte sich erneut überschwänglich bei Jorasto und begleitete ihn aus dem Haus.

Ein paar Minuten später stand er wieder auf der Schwelle zu meinem Zimmer, lehnte sich gegen den Türrahmen und verschränkte die Arme vor der Brust. Ich hob den Kopf ein Stück und wagte mich an ein Lächeln.

Tabo seufzte, trat nun doch komplett ein und setzte sich wieder auf seinen Platz am Fußende meines Bettes. „Sind das nicht tolle Nachrichten?", fragte er und betrachtete mich dabei eingehend, als würde er auf etwas Bestimmtes warten.

„Sicher", sagte ich bloß und strich eine lose Haarsträhne hinter mein Ohr.

„Wir haben noch zwei Wochen Zeit, uns etwas zu überlegen."

Ich hob den Blick und sah Tabo mit weit aufgerissenen Augen an. „Was?"

„Die zwei Wochen, die dein Bein noch ruhen muss", erwiderte er. „Die sollten wir nutzen, um uns einen Plan auszudenken. Wir müssen überlegen, was wir brauchen, um Hunoyan…"

„Was wir brauchen…", unterbrach ich Tabo bestimmt, „… ist ein Held. Und der bin nicht ich."

Tabo sah mich an als würde er mich zum ersten Mal ansehen. In seinen Augen spiegelten sich Unglauben, Besorgnis, schließlich Ärger.

Dann stand er auf und ging, ohne noch ein weiteres Wort an mich zu richten.

Kapitel 27

In den nächsten Tagen waren es Wertar, Maia und Walla, welche mir mein Essen brachten und es war ausgerechnet Walla, die mir anbot, mich zu stützen, um Sahri besuchen zu können. Sowohl Tabo als auch Yudan sah ich nicht mehr. Ich nahm an, dass sie in ihrem eigenen Haus blieben. Tabo würde doch sicherlich auch mein Zimmer betreten, wenn es anders wäre.

Wertar lud mich immer wieder ein, eine Mahlzeit am Tisch zu verbringen statt im Bett und ich nahm immer dankend an und ließ mich von ihm ins Wohnzimmer oder auf die Terrasse begleiten. Aber selbst kam ich nie auf die Idee, zu fragen, ob ich nicht am Tisch essen oder ob ich nicht zu Sahri gehen konnte. Es musste mich immer jemand darauf stoßen.

Nach einer Woche musste nur noch mein Fuß bandagiert werden. Die Haut an meinem Bein hatte sich gepellt wie nach einem normalen Sonnebrand und frische, narbenfreie Haut war darunter zum Vorschein gekommen. Die Stellen an meinem Fuß, welche noch verheilen würden, waren eitrig und weiß, aber sie taten nach wie vor nicht weh. Im Grunde war ich bereits wieder in der Lage ohne eine Stütze zu laufen. Ich würde die Luft dafür um Hilfe bitten müssen und es würde eher wie ein Stolpern aussehen, aber es wäre möglich.

Es war mir egal.

Es war egal, ob ich noch im Krankenbett lag oder schon wieder gesund war. Was änderte das? Was würde ich anderes tun, wenn ich jetzt gesund wäre? Gäbe es etwas Besseres, als im Bett zu liegen, zu schlafen und zwischendurch ein Buch zu lesen?

„Guten Mittag, Tamia", flötete Maia in ihrer üblichen, fröhlichen Art, als sie mein Zimmer betrat. „Oh, du solltest unbedingt dein Fenster aufmachen!"

Ich nickte, streckte mich ein wenig und zog das Fenster über meinem Bett auf.

„Kommst du zum Essen ins Wohnzimmer?", lud Maia mich ein.

Ich legte das Buch, welches ich gerade las, zur Seite. Es war ein Reisetagebuch eines Mannes, der lange vor meiner Geburt die Orte der Wüste erkundet hatte. Ich nickte erneut: „Ja." Meine Antwort klang fast wie ein Seufzen.

„Warum nicht." Ich schwang mich aus dem Bett und stand auf. Sofort stand Maia an meiner Seite. „Soll ich dir helfen?"

Ich schüttelte lächelnd den Kopf. „Nein. Geht schon." Ich lief schon fast wieder normal. Die Luft verringerte das Gewicht, welches auf meinen linken Fuß drückte. Es war ein komisches Gefühl, meine Verbindung zur Luft so zu nutzen. Ich konnte etwas schaffen, als wäre es für mich selbstverständlich, was die Welt vor wenigen Monaten noch für unmöglich gehalten hatte. Ich wollte stolz darauf sein. Aber ich konnte nicht. Weil es trotzdem noch schwach war. Es würde nie genug sein.

Als ich im Wohnzimmer vor einem gedeckten Tisch ankam, sah ich, dass nicht nur Wertar und Walla bereits daran saßen, sondern auch Tabo und Yudan. Ich lächelte Tabo leicht an. Ich wusste nicht, was ihn in der letzten Woche von hier ferngehalten hatte, aber ich war froh, dass er wieder Zeit für mich hatte. Ich setzte mich auf den freien Platz neben ihn.

„Du läufst schon wieder ziemlich gut", merkte Tabo an.

„Ja", erwiderte ich schulterzuckend.

Das Essen verlief schweigend. Sicher, mit einem vollen Mund sollte man auch nicht reden, aber hier wirkte es eher, als hätte niemand etwas zu sagen.

„Was hat euch die letzte Zeit so beschäftigt?", fragte ich irgendwann.

Alle drehten sich zu mir um.

„Was?", fragte ich unsicher lachend. Sie betrachteten mich, als wäre ich eine Stumme, die zum ersten Mal den Mund aufgemacht hatte.

Schließlich räusperte sich Tabo. „Nichts weiter", meinte er leichtfertig.

Und dann schaufelten sich alle weiter ihr Essen in den Mund, als wäre nichts passiert.

„Ich gehe wieder in mein Zimmer", sagte ich, als ich alles aufgegessen hatte. „Tabo?"

Mein Sitznachbar drehte den Kopf herum, als hätte er im Leben nicht damit gerechnet, dass ich ihn direkt ansprechen würde. Was war nur los mit ihm? „Kommst du bitte eben mit?"

„Sicher", sagte er langsam, stand dann auf und lief neben mir her zurück zum Gästezimmer. Er bot mir nicht einmal an, mich zu stützen. Es war nicht so, dass ich es gebraucht hätte, aber diese Art der Ignoranz war sonst nicht seine Art. Ich wusste, dass etwas nicht stimmte, aber ich konnte einfach nicht ergründen, was es war.

Im Zimmer angekommen, schloss ich die Tür hinter mir und setzte mich auf mein Bett. Tabo setzte sich in den Rattanstuhl, welcher einen Meter davon entfernt an der gegenüberliegenden Zimmerwand stand.

„Was ist denn los?", fragte ich. „Was hast du letzte Woche gemacht?" Ich legte den Kopf schief und musterte Tabo.

„Lass mich raten, ja? Dir wurde erlaubt, dich mit um die Dromedare zu kümmern und dir wird jetzt alles beigebracht, was du zu deren Versorgung wissen musst."

„Was? Nein!", erwiderte Tabo empört.

Mein Lächeln erstarb und ich runzelte die Stirn. „Was war es dann? Du würdest mich doch nicht einfach so nicht mehr besuchen."

„Nein, nicht ‚einfach so'. Ich verstehe dich einfach nicht, Tamia."

„Was ist denn los?" Ich blieb noch immer unvernünftig ruhig. Tabo wirkte so aufgebracht. Ich hätte schwören können, dass er innerlich bebte. Aber ich fühlte mich, als würde mich das alles nichts angehen.

„Du gibst auf. Das ist los." Tabo stand auf. „Ich denke, ich habe eine Lösung gefunden. Mein Vater, mein Onkel und ich. Die Menschen, die die Zukunft unserer Welt noch interessiert, weißt du?"

Bilder von wütenden Flammen tauchten vor mir auf.

Ich kniff die Augen fest zusammen und schluckte. „Es gibt keine Lösung", flüsterte ich.

Tabo sah mich an und unbändiger Schmerz flammte in seinen Augen auf. Schmerz, welchen ich in einem anderen Bild herausschrie. Auf sandigem Boden liegend, umgeben von verglühendem Feuer.

Es war pure Enttäuschung, die Tabo mir zeigte.

Doch ich fühlte etwas, was er niemals fühlen oder verstehen würde: Aushöhlende, lähmende Angst.

„Die Zukunft unserer Welt interessiert auch mich noch", sagte ich langsam.

Tabo erwiderte nichts, aber er blieb in meinem Zimmer stehen mit dieser steilen Falte zwischen den Augen, die mir sagte, dass er hin- und herüberlegte, wie er reagieren sollte.

„Erzähl mir von deinem Plan", forderte ich ihn schließlich auf. *Und sag mir, dass er nicht den Windengel beinhaltet.* Aber das war eher unwahrscheinlich. Das wusste ich.

Einen weiteren Augenblick lang blieb Tabo stehen. Dann seufzte er und setzte sich auf die Bettkante neben mich.

„Wir haben es mit zwei Elementen zu tun, nicht wahr?", fing er an.

„Eigentlich nur mit einem", antwortete ich sofort. „Feuer."

„Lass mich doch…" Ich spürte, wie Tabo sich zur Ruhe zwang. „Feuer, das ist Hunoyans Element. Und Luft, das ist dein Element."

„Aber ich…"

„Tamia", unterbrach Tabo mich energisch. Ich zuckte zurück und senkte den Blick. Ich würde nichts mehr sagen. „Du weißt ja, dass ich dein Buch noch einmal gelesen habe", fuhr er fort, wieder kontrolliert ruhig. „Feuer und Luft – das ist der Vogel der zwei Elemente. Du hast mir gesagt, die Welt bräuchte einen Helden. Vielleicht war es falsch, dabei an eine Person zu denken."

Ich lachte leise auf. Das war der Plan?

Tabo war ein offenes Buch. Er war weich und verletzlich. Ich spürte sofort, was meine Reaktion in ihm auslöste. Er hatte geglaubt, ich würde ihn nicht noch mehr enttäuschen können? Er hatte sich geirrt.

„Wieso lachst du?", fragte er schwach.

„Dein ‚Plan' basiert auf etwas, das nicht mehr als eine Legende ist. Eine Geschichte, die nur noch in einem Buch und nicht mal mehr in den Erinnerungen der Völker existiert", erklärte ich, als würde ich mit einem naiven Kleinkind reden.

Tabo stand auf. „Ja", sagte er, „das tut er wohl. Genauso wie mein Feind. Er basiert auch nur auf einer Legende. Nicht wahr?" Wieder sprang Tabo auf und entfernte sich ein Stück von mir.

Ich hob meinen Blick und begegnete seinen erwartungsvollen Augen.

Ich zuckte mit den Schultern und schüttelte leicht den Kopf. *Was willst du von mir hören?*, wollte ich fragen, aber ich blieb still. Vermutlich war es besser, einfach nichts mehr zu sagen. Seine Vorstellung war so kindlich. Und ich konnte es ihm nicht vorwerfen. Er hatte nicht erlebt, was ich erlebt hatte. Er hatte es nicht gesehen und er hatte es nicht gespürt. Er hatte noch Hoffnung. Und ich würde nicht diejenige sein, die sie ihm nahm. Ich würde nur diejenige sein, die ihn mit offenen Armen empfing, wenn es so weit war.

„Ich kann das nicht ohne dich, Tamia", murmelte Tabo irgendwann zögernd. Er bewegte seinen Fuß, als wollte er einen Schritt auf mich zu machen, blieb dann aber doch stehen.

Ich wollte ihn rausschicken. Ich wollte, dass er mich in meinem Zimmer allein ließ. Ich wollte mich hinlegen, die Bettdecke über meinen Kopf ziehen und so tun, als würde das alles nicht existieren. Doch ich war so oft neu aufgewacht und die Wahrheit war doch immer dieselbe geblieben.

Es war vor allem das, was Costa gesagt hatte... Ich war der Windengel. Niemand würde sich um eine Lösung bemühen, solange die Menschen noch an die Geschichten glaubten, die meine eigene Person umrankten. Aber wir brauchten eine Lösung.

Es waren noch nicht die neuesten Nachrichten bis in das Cunmin Shado vorgedrungen, aber ich hatte Angst davor. Wie mächtig war Hunoyan wohl inzwischen geworden? Ob er einen wirklichen Plan verfolgte? *Wir haben die Macht, die Welt zu formen.* Ich kniff die Augen zusammen, als ich an seine Worte dachte.

Einen Moment lang schüttelte ich den Kopf, dann schlug ich die Augen wieder auf: „Okay", flüsterte ich dann kaum hörbar, „ich weiß zwar nicht, wie du denkst, an einen Phönix ranzukommen, aber... erzähl weiter."

Kapitel 28

„Tamia", bat mich Maia zwei Tage später. „Ich möchte ein paar frische Früchte für das Mittagessen einkaufen gehen. Würdest du mich begleiten?"

„Sicher", ich zuckte mit den Schultern und legte mein Buch zur Seite. Vermutlich war es gut, sich ein wenig zu bewegen. Viel weiter dachte ich in diesem Moment nicht. Ich stand auf, zupfte mein Kleid zurecht und verließ an Maias Seite das Haus, um zum Marktplatz zu gehen.

„Du hast die letzten beiden Tage wieder mehr mit Tabo gesprochen, nicht wahr?", fragte Maia unterwegs.

Ich nickte. „Ja, wir tüfteln an seinem Plan."

„Wegen dieses… Phönix'?"

Ich nickte wieder und sah Maia forschend an. „Glaubst du, es gibt ihn?"

Sie lächelte sofort so voller Zuversicht, dass meine logische und berechtigte Frage mir plötzlich dumm vorkam.

„Wenn es den Mann in Flammen gibt und das, was du gerade tust, wieso sollte es dann nicht auch einen Vogel aus Flammen geben?"

Die Luft trug meinen verletzten Fuß und umhüllte mich in sanften Fäden, wie sie es immer tat. Maia hatte recht. Eins zu werden mit der Luft war so unmöglich wie die Existenz eines Phönix'. Und doch tat ich es.

„Wisst ihr, wo ihr einen Phönix finden könnt?", wollte Maia jetzt wissen.

„Daran arbeiten wir", erwiderte ich. „In meinem Legendenbuch wird nur erwähnt, dass er dort lebt, wo die

Elemente aufeinanderprallen." Irgendwo in meinem Kopf ratterte dabei etwas, aber ich konnte es nicht zuordnen. Da war ein Gedanke in meinem Kopf, doch so sehr ich mich auch anstrengte, ich konnte ihn nicht greifen. Es war wie einer dieser Morgen, an denen man weiß, man hat etwas geträumt, aber egal was man tut, man kann sich nicht mehr daran erinnern, was in dem Traum passiert ist.

Ich begleitete Maia zu einem Stand mit den verschiedensten Obstsorten und blieb stumm neben ihr stehen, als sie mit der Frau hinter dem Stand redete und sich verschiedene Beeren und Früchte in einen Korb packen ließ. Wäre ich etwas aufmerksamer gewesen, hätte ich vielleicht das Getuschel hinter mir bemerkt. Vielleicht wäre mir aufgefallen, dass die Leute auf dem Marktplatz redeten, bevor mich die Frau hinter dem Stand ansprach. Aber bis dahin war mir ja noch nicht einmal aufgefallen, dass sie während ihres Gespräches nicht Maia, sondern hauptsächlich mich ansah.

„Du bist es, nicht wahr?", fragte sie, als sie Maia den gefüllten Korb reichte.

Ich sah auf. Worüber hatte ich eigentlich die ganze Zeit nachgedacht? Manchmal verschwammen meine Gedanken zu einem Meer und ich konnte im Nachhinein nichts mehr daraus entziffern.

„Was?", fragte ich stutzig.

Der Blick der Frau war aufdringlich, aber auf keine unangenehme Art. Ihre gealterten Augen waren so voller Vertrauen, als würde sie mich schon lange kennen. „Du bist der Windengel. Es gehen Gerüchte um, dass du dich bei uns von einer Verletzung auskurierst."

Das war der Moment, in dem mir klar wurde, dass die Leute stehen blieben, mich beobachteten und über mich redeten. Und jeder sah mich an, wie diese Frau mir gegenüber es tat.

Ob Maia das wohl gewusst hatte? Ob sie es wohl geplant hatte, weil sie wollte, dass ich diese hoffnungsvollen Blicke sah?

„Wir haben den Mann in Flammen noch nicht gesehen", sagte die Händlerin, als ich nichts erwiderte, als habe sie gar nicht erst mit einer Antwort meinerseits gerechnet. „Aber wir kennen die Geschichten. Ein Dorf nicht viel weiter nördlich von hier...", sie deutete beschwörend in die Richtung. „Der Rat dort wurde zum Rücktritt gezwungen."

Jetzt wurde ich wacher. Ich drehte den Kopf zu Maia herum, musste mich vergewissern, ob sie davon gewusst hatte, doch ich fand denselben Ausdruck von Schrecken in ihren Augen, den ich auch in meinen vermutete.

„Woher weißt du das?", wollte Maia wissen, als hätte sie die Frage direkt in meinem Kopf gelesen.

„Es sind neue Reisende angekommen." Die Frau hob das Kinn ein Stück, sodass wir uns umdrehten. Wenige Meter von uns entfernt stand eine Gruppe von Leuten zusammen. Ich kannte keinen von ihnen. Vielleicht war Maia dazu in der Lage, fremde Gesichter von bekannten zu filtern. „Es ist erst vier Tage her", fuhr die Frau fort. „Diese Leute sind gleich nach dem Übergriff des Mannes in Flammen aufgebrochen und von Ort zu Ort gewandert, um ihre Nachrichten zu verbreiten."

Die Leute in der Gruppe drehten sich nicht weg, als ich sie betrachtete. Sie durchbohrten mich weiter mit ihren Blicken, als wäre nichts Falsches daran.

„Du wirst ihnen ihr Dorf zurückgeben, Windengel. Und auch all den anderen, die es womöglich inzwischen an den Mann in Flammen verloren haben. Davon sind wir überzeugt", äußerte die Frau, sodass ich mich wieder ihr zuwandte.

Vier Tage, dachte ich besorgt. *In vier Tagen konnte schon wieder soviel mehr passiert sein.*

In einem unwirklichen, verängstigen Moment sah ich auf zum Himmel, als würde er mir eine Antwort bieten. *Phönix,* formte ich stumm mit meinen Lippen. *Wir brauchen dich.* Ich spürte den Gedanken in meinem Kopf pochen. Die Lösung, oder sagen wir zumindest die Idee, war schon längst darin, aber ich drang immer noch nicht zu ihr durch.

Maia zupfte mich am Ärmel. „Komm mit", raunte sie mir zu und verabschiedete sich dann überschwänglich freundlich von der Händlerin. Ich nuschelte ein „Auf Wiedersehen", was, wie ich feststellte, das erste Wort war, das ich hervorbrachte, seit wir den Marktplatz betreten hatten und folgte Maia zurück auf die Straße.

„Du wirkest in dich gekehrt", sagte diese sofort besorgt, als wir den Trubel hinter uns ließen. „Ist alles in Ordnung?"

Ich nickte langsam, obwohl ich nicht wusste, ob meine Antwort richtig war. Der Druck, der auf mir lastete, war enorm und die Aufmerksamkeit ungewollt. Vor kurzem war sie noch eine Last gewesen. Wieso fühlte es sich jetzt so anders an? Ich konnte es nicht für falsch erachten, dass die Menschen mich ansahen und sich über meinen Anblick freuten. Ich hatte es albern gefunden; ich hatte es verachtenswert gefunden, dass man mich betrachtete, als müsste man mich verehren, als wäre ich kein Mensch, kein einfacher, fremder Reisender mehr.

Aber an diesem Tag war es anders gewesen.

Vielleicht halfen die Leute und ich uns gegenseitig. Ich schenkte ihnen Hoffnung und sie machten mir Mut.

„Ich verstehe einfach nicht, wieso ich es nicht weiß." Ich griff mir verärgert in die Haare. Ich saß auf einem Heuballen vor Sahris und Rubins Scheune. Die Drachen flogen irgendwo darüber am Himmel herum, während Tabo auf dem versandeten, stoppeligen Gras mir gegenüber saß.

„Dann lass uns noch mal wiederholen, was wir bis jetzt haben", meinte Tabo und hob mein Buch auf, welches er neben sich liegen hatte. Irgendwie war es jetzt mehr sein Buch als meins.

Ich zwang mich dazu, nicht aufzustöhnen. Viel war es nicht gerade, was wir wussten und das kannte ich nun sicher auswendig. „Der Phönix ist ein Vogel, der nur aus Feuer besteht", meinte ich. „Deshalb dürfte er gegen Hunoyan auch ziemlich immun sein." *Oder er versagt sofort, weil Hunoyan auch seine Flammen kontrollieren kann.* Diesen Gedanken behielt ich lieber für mich, Tabo betrachtete mich ohnehin schon als eine Pessimistin. „Und dann ist da noch das mit der Asche."

„Richtig, das mit der Asche", Tabo blätterte die richtige Seite im Buch auf und las vor: „Aus der Asche, die er hinterlässt, wird er immer wieder neu geboren werden. Solange unsere Welt existiert."

„Vielleicht existiert ‚unsere Welt' gar nicht mehr", überlegte ich.

Tabo ließ das Buch sinken. „Jetzt denkst du schon wieder negativ."

„Ich spekuliere nur. Der Text stammt aus einer ganz anderen Zeit."

„Aber vielleicht ist mit ‚unserer Welt' na ja, halt... unsere Welt gemeint", entgegnete Tabo. „Die Welt als solches mit Bergen, Wüste und Feldern."

Ich zuckte mit den Schultern. *Vielleicht,* dachte ich dabei. *Mit viel Glück.* „Was das mit der Asche bedeuten soll, verstehe ich trotzdem nicht", sagte ich stattdessen.

Tabo seufzte und seine Stirn legte sich in grüblerische Falten. Sekunden später schüttelte er den Kopf. „Ich auch nicht. Vielleicht ist das ein Rätsel, was wir erst später lösen können?"

„Wenn wir alle Rätsel nur auf später aufschieben, hilft uns das auch nicht weiter." Ich versuchte guter Stimmung zu bleiben. Ich wollte nicht der Mutlosigkeit verfallen, zumindest... noch nicht. „Was haben wir noch?"

„Und wenn wir ihn nicht am Himmel sehen, dann ist der Phönix dort, wo die Elemente aufeinanderprallen", las Tabo vor.

Da war es wieder. Diese versteckte Lösung in meinem Kopf. Ich sprang auf und schlug mir mit der flachen Hand gegen die Stirn. Tabo sah mich überrascht an. „Was ist los?", fragte er sofort ganz aufgeregt.

„Natürlich", flüsterte ich. „Mein Buch!"

„Ähm…", Tabo betrachtete verwirrt das Buch in seinen Händen und hielt es mir dann mit gerunzelter Stirn entgegen, doch ich winkte ab. „Nicht das. Das Buch, das ich gerade lese! Das, das bei euch im Regal stand. Es ist ein Reisejournal und sollte mir nur gegen die Langeweile dienen, aber ich glaube, es hat mir die Lösung genannt!" Ich hastete begeistert hin und her.

Jetzt erhob sich auch Tabo. Er packte mich an den Schultern, brachte mich so zum Stillstand und sah mich eindringlich an.

Ich musste angesichts seiner Ungeduld grinsen. „Tabo", sagte ich. „Was weißt du über die lodernden Berge?"

„Diesen Begriff habe ich schon ewig nicht mehr gehört", sagte Tabo verblüfft. „Das ist ein Märchen, eine eher gruselige Geschichte für Kinder. Die Geschichtenerzähler haben die lodernden Berge auch als lebende Berge bezeichnet, weil sie nach außen so wirken, als würden sie leben, wenn sie Feuer speien. Sie wirken wütend und mächtig. Aber das Feuer kommt nicht von den Bergen selbst, sondern von Feuergeistern, welche im Inneren wohnen", Tabo zuckte mit den Schultern. „So heißt es zumindest."

„Der Mann in meinem Buch war da", erzählte ich. „Als er die Berge bereist hat, war das letzte Wüstendorf keine Tagesreise mit dem Dromedar als Reittier von ihnen entfernt. Aber der Mann ist nicht nur zu ihnen, sondern auch an ihnen entlang geritten. Er war eine Woche allein in der Wüste unterwegs."

Tabos Gesichtsausdruck verriet mir, dass er immer noch nicht genau wusste, worauf ich hinaus wollte. „Tabo, die Berge sind mein Gebiet", erklärte ich daher eindringlich. „Das Gebiet der Luft. Aber die lodernden Berge grenzen die Wüste direkt ein."

„Und die Geschichten, die ich kenne, stützen deine Idee", nickte Tabo langsam und lächelte. „Du denkst, die Feuergeister könnten in Wahrheit Phönixe sein."

„Das ist zumindest die erste Spur, die wir haben."

„Gut", meinte Tabo und sah mich ernst an, ohne sich sein optimistisches Lächeln nehmen zu lassen. „Das muss reichen."

Kapitel 29

Es gab Überlieferungen aus längst vergangenen Zeiten, die beschrieben, wie Feuer aus den Bergen im südlichsten Teil der Gebirgskette im Osten gequollen war. Flüssiges Feuer, das Krater in den Sand gerissen und die Wüste eingegrenzt hatte. Ewigkeiten hat niemand mehr einen solchen Ausbruch gesehen, aber die Bewohner des Südens wagten sich nicht in die nähere Umgebung der lodernden Berge. Schade eigentlich, denn der Mann in dem Reisejournal berichtete, die erdigen Krater waren befreit von Sand und dort wuchsen Gras und Wüstenpflanzen.

„Er hat Wasser aus den Pflanzen gezapft", erzählte ich Tabo. „Das sollten wir uns merken. Nur für den Fall."

Tabo sah auf und zog gespielt verärgert die Augenbrauen nach oben. „Hey, vergiss nicht, dass du mit einem Mann eines Wüstendorfes reist. Ich weiß schon, wie man da draußen überlebt."

„Okay", lächelte ich kurz. „Und weißt du auch, wie Drachen da draußen überleben?"

Tabos Heiterkeit wich einem ernsten Ausdruck, der auch mein Lächeln ersterben ließ. „Was?", fragte ich vorsichtig.

„Tamia, ich fürchte, wir müssen ohne die Drachen auskommen."

„Aber ich bin noch nie irgendwo ohne Sahri gewesen", protestierte ich.

„Er hat recht, Tamia", mischte sich Yudan ein, welcher gerade noch Geschirr in der Küche sortiert hatte. Er kam zu uns ins Wohnzimmer. „Als du uns zum ersten Mal begegnet bist, konnte Sahri keinen Schritt weit auf dem Sand laufen, weil er zu heiß war. Und sie kann auch nicht durchgehend fliegen."

„Aber wir wandern nicht nur auf dem Sand, wir wandern doch auch auf den Bergen", argumentierte ich.

„Das wisst ihr nicht", erwiderte Yudan. „Es wäre zu riskant. Das Dorf stellt euch Dromedare zur Verfügung. Kein Tier ist besser gegen die Hitze und die Wasserknappheit in der Wüste gerüstet."

„Das geht nicht", ich fuhr mir ungeduldig durch die Haare. „Wir können nicht von hier bis zu den lodernden Bergen auf Dromedaren reiten. Das dauert zu lange."

Tabo nickte. „Da hat sie auch wieder recht", sagte er zu seinem Vater.

„Dann nehmt die Drachen bis zum östlichsten Dorf in der Wüste. Fliegt nicht zu weit, sonst findet ihr kein Dorf mehr. Laut meiner Karte ist das letzte Dorf zwar weniger als eine Tagesreise zu Fuß von den Bergen entfernt, aber die Karte hat auch schon ein paar Jahre auf dem Buckel und könnte nicht mehr aktuell sein. Und dann lasst die Drachen allein zurück nach Konghi fliegen und nehmt ab dort Dromedare", schlug Yudan vor.

Ich lachte kurz auf. „Und du meinst, die Bewohner eines fremden Dorfes geben uns mal eben zwei ihrer Tiere?"

Yudan rollte mit den Augen. „Du vergisst, wer du bist, Tamia."

Ich wiegte den Kopf hin und her. Das stimmte. Ich war der Windengel und der Windengel bekam alles, wonach er verlangte. Aber ich war mir nicht sicher, ob ich dieses Privileg unbedingt ausnutzen wollte.

„Ich glaube nicht, dass uns noch ein besserer Plan einfällt", warf Tabo ein, als er mein Zögern bemerkte. „Die Leute sind froh, wenn sie dir helfen können."

„Ja, aber nur, weil sie nicht kapieren, dass ich mit Schuld bin", entgegnete ich.

Tabo schüttelte sofort entschlossen den Kopf. „Du bist nicht Schuld!"

Ich winkte ab. Ich brauchte das nicht mit ihm zu diskutieren. Natürlich war ich nicht die Böse, das war mir durchaus bewusst. Aber ich war diejenige, die die Kraft entfesselt hatte, welche Hunoyan jetzt benutze, um… zu tun, was auch immer er tat. Was genau sein Plan war, wusste ich nicht. Ich wusste nur, er stellte ein Dorf nach dem anderen unter seine Kontrolle. Er wollte Macht. Darum war es vermutlich in jedem Kampf in der Geschichte der Welt gegangen.

„Wie geht es deinem Fuß?", sprach Tabo jetzt ein ganz anderes Thema an.

„Gut genug", antwortete ich.

„Wir müssen theoretisch über Berge kraxeln. Schaffst du das schon?"

Ich seufzte. „Gib mir noch drei Tage hier, dann sind die zwei Wochen um, von denen euer Arzt gesprochen hat. Und dann aber nichts wie los."

„Gut", meinte Tabo und sah seinen Vater an. „Die Zeit nutzen wir, um die Reise vorzubereiten."

Ich hob die Augenbrauen. Ich hatte noch nie eine Reise vorbereitet. Kleidung und alles, was man so täglich benutzte, befand sich in meiner Tasche. Außerdem genug Geld, um unterwegs irgendwo Brot oder etwas anderes zu essen zu kaufen. Ich hatte nie groß geplant. Was sich ja, als ich das letzte Mal allein in der Wüste gelandet war, als ein großer Fehler entpuppt hatte.

Tabo hatte recht. Ich konnte froh sein, dass er mich auf dieser Reise begleitete. Er hatte das Wandern in der Wüste und die richtige Vorbereitung darauf sein Leben lang gelernt und auch sein Vater unterstützte ihn, beziehungsweise uns, jetzt dabei. Wer wusste schon, wie schnell ich wieder ausgedurstet und mit durch die Sonne verbrannter Haut irgendwo auf nacktem, brodelnden Sand liegen und auf Rettung hoffen würde… Ich schüttelte den Kopf, um derartige Gedanken loszuwerden. Wenn schon meine beste Freundin nicht bei mir sein konnte, würde es immerhin mein bester Freund sein. Mir konnte auf dieser anstehenden Reise nichts passieren.

Während ich also meine Zeit im Bett verbrachte, mein Buch zu Ende las oder ab und zu bei Sahri im Stall saß und meinem Fuß, wie Tabo es nannte, „die Ruhe gab, die er brauchte", bereitete er mit seinem Vater und Wertar unsere anstehende Reise vor.

„Wie lange kannst du denn ohne Wasser auskommen?", fragte er mich irgendwann mitten zwischen seinen Vorbereitungen. Ich sah ihn verdattert an. „Wie bitte?"

„Wenn man mehrere Tage in der Wüste unterwegs ist, kann es sein, dass das Wasser knapp wird. Wie viel Wasser brauchst du täglich?"

„Ich weiß nicht." Ich runzelte die Stirn. „So viel, wie ein Mensch halt braucht."

Tabo schmunzelte kurz und sah mich augenrollend an. „Da gibt es schon Unterschiede, Tamia", erklärte er. „Ich seh' schon, du hast keine Ahnung. Dann besorg ich dir lieber mal den größten Trinkschlauch, den das Dorf aufbringen kann." Damit verschwand er dann auch schon wieder aus meinem Zimmer und ging weiter seinen Aufgaben nach.

Der Trinkschlauch, den ich später zu sehen bekam, war tatsächlich riesig. Dreimal so groß wie der, den ich sonst dabei hatte.

Mein Fuß heilte. Jorasto, der Arzt, warf am Tag, bevor wir abreisen wollten, noch einen Blick darauf und nickte anerkennend. Ein paar braune, abgebrannte Hautschuppen hingen noch an meinem Fuß, vor allem vorne bei den Zehen. Ansonsten zog sich meine Haut zu hellen Narben zusammen, welche noch nicht ganz ausgeheilt aussahen. Es war genau, wie er es voraus gesagt hatte.

„Das sieht wirklich gut aus", bewertete Jorasto. „Vor allem, da erst zwei Wochen vergangen sind. Die Narben werden sich innerhalb der nächsten Wochen noch vollständig zusammen ziehen. Hast du denn irgendwelche Schmerzen?"

„Eigentlich nicht", erwiderte ich. „Es ist noch schwer, den Fuß zu belasten. Aber es ist eher so, als wäre er taub und… gar nicht richtig da. Es tut nicht weh, wenn ich es versuche."

„Okay, na ja, dagegen kann ich nichts machen", Jorasto tat meine Erläuterungen mit einem Schulterzucken ab, was mich beruhigte. Das bedeutete wohl, ich machte eine ganz normale Heilung durch. Es war nichts, was einem Arzt Sorgen bereitete, also musste ich mich auch nicht sorgen.

„Ihr müsst nur wegen der Sonneneinstrahlung aufpassen", ermahnte Jorasto mich. „Ich denke, das ist euch sowieso bewusst. Ihr braucht eine Schutzsalbe für jeden Flecken sichtbarer Haut. Aber für deinen Fuß ist es besonders wichtig. Hier." Jorasto hielt mir eine Salbentube entgegen. „Eine frische Packung der Salbe, mit der wir deine Verletzungen schon die ganze Zeit behandeln. Sie sollte auch vor der Sonne schützen. Aber wickele deinen Fuß auch immer in ein extra Tuch ein", Jorasto gab mir die Anweisungen mit Nachdruck. Ich nickte fest und nahm die Tube entgegen. „Danke", sagte ich. „Schutzsalbe und in ein Tuch einwickeln. Merk ich mir."

Jorasto sah mich noch einmal kurz ermahnend an, dann lächelte er. „Dann wünsche ich dir viel Glück auf deiner Reise, Tamia. Ich hoffe, du findest, wonach du suchst."

Allein die Tatsache, dass er mich Tamia und nicht Windengel nannte, machte mir den Arzt ein Stück sympathischer. „Danke", sagte ich erneut und erwiderte sein Lächeln.

Als er mein Zimmer verließ, streckte sofort der nächste Besucher seinen Kopf hinein. Walla sah mich fragend an. „Komm rein", sagte ich sofort. Als das Mädchen zu mir kam, sah ich, dass sie in ihren Händen einen roten Stoffhaufen trug.

„Was hast du da?"

„Dein südliches Gewand ist doch kaputt gegangen", meinte Walla. „Das linke Hosenbein war verbrannt. Aber in der Wüste bist du ohne ein südliches Gewand verloren, also…" Sie hielt mir das ordentlich gefaltete Päckchen entgegen. Ich nahm es lächelnd an und legte es auf meiner

Tasche ab. Ich würde es morgen früh direkt anziehen. „Danke."

Es war merkwürdig, das zuzugeben, aber ich mochte das Mädchen wirklich. Seit ich es bei Tabo zugelassen hatte, ließ ich immer mehr Menschen in mein Herz. Ich fragte mich, ob ich auch Ruka, meine Mitbewohnerin im Westen, auf ähnliche Weise lieb gewonnen hätte, wenn ich ihr nicht damals, sondern heute begegnet wäre. Vielleicht würde ich sie irgendwann wiedersehen und dabei einen Unterschied in meinem eigenen Verhalten feststellen können.

„Morgen fliegt ihr also, hm?", riss mich Walla aus meinen Gedanken.

Ich nickte. „So weit der Plan. Tabo hat sich um alle Vorbereitungen gekümmert. Ich hoffe, wir haben alles."

Walla schenkte mir ein ermutigendes Lächeln. „Keine Sorge, darin wurde er ausgebildet. Und mein Cousin ist vielleicht oft albern, aber sehr zuverlässig, wenn es drauf ankommt."

„Ja", murmelte ich. „Das ist er wirklich."

„Tamia…",

Ich sah Walla fragend an. Ihr Tonfall hatte sich verändert. Sie klang unsicher und scheu. „Ja?"

„Was passiert, wenn ihr diesen Phönix nicht findet?"

Daran wollte ich lieber nicht denken. *Dann gewinnt Hunoyan, ohne Wenn und Aber und wird mit unserer Welt anstellen, was auch immer ihm in den Sinn kommt.* „Dann müssen wir von vorne überlegen", erwiderte ich stattdessen und schluckte meine Angst herunter. „Das kostet uns Zeit und gibt Hunoyan einen größeren Vorsprung, als er ohnehin schon hat. Aber uns würde schon etwas einfallen." *Nein, würde es nicht.*

Vielleicht gewinnen die Guten nicht immer, ging es mir durch den Kopf. *Vielleicht gibt es das gute Ende nur in Büchern. Vielleicht ist eine Welt, in der der Mann in Flammen herrscht, das einzig realistische Ergebnis.*

„Wann wollt ihr morgen los?", fragte Walla nun und ich war froh darüber, dass sie mich aus meinen scheußlichen Gedanken riss. Ich machte eine wegwerfende Handbewegung. „Irgendwann vormittags. Bis in ein südliches Dorf weiter östlich von hier schaffen wir es morgen ohne Probleme. Und wir können so oder so nicht gleich mit den Dromedaren durchstarten, weil wir nachts reisen müssen. Und morgen Nacht, also gleich nach der Anreise werden wir zu erschöpft sein, meint Tabo." Ich rollte mit den Augen. Das alles stank mir. Ich wollte nicht noch einen ganzen Tag in dem Dorf ausharren müssen, in dem wir morgen ankommen würden. Würden wir wohl wirklich vor Müdigkeit von den Dromedaren kippen, wenn wir gleich in der nächsten Nacht durchreiten würden?

„Dann wird mir morgen noch genug Zeit blieben, euch zu verabschieden", riss Walla mich erneut aus meinen Gedanken. „Gute Nacht, Tamia."

Ich lächelte leicht und ließ mich in mein Bett sinken. „Gute Nacht. Bis morgen."

Kapitel 30

Die Verabschiedung war herzlich, aber nicht schwer.

Ich hatte das Gefühl, diese Familie, Tabos Familie, in die ich einfach reingerutscht war, strahlte uns gegenüber ein tiefes Vertrauen aus. Für sie stand außer Frage, dass unsere Reise ein Erfolg und wir stärker und klüger zurückkehren würden. Ich wünschte, ich könnte dasselbe Vertrauen in uns setzen.

Sahri und Rubin strotzten nur so vor Kraft, als sie uns durch die warme Luft des Südens trugen. Immerhin hatten sie ja auch mehrere Wochen in einem engen Schuppen ohne große Anforderung verbracht. Ihr Größenunterschied war auch geringer geworden. Rubin wuchs noch immer jeden Tag. Irgendwann würde er größer als Sahri sein, davon war ich fest überzeugt.

Den riesigen Trinkschlauch hatten wir noch nicht aufgefüllt, das würden wir erst im nächsten Dorf erledigen. Wir wollten den Drachen jedes unnötige Gewicht ersparen, obwohl ich das Gefühl hatte, das hätte keinen Unterschied gemacht.

Wir hatten unzählige, hauchdünne Tücher als Schutz vor der Sonne dabei, so wie mehrere Tuben der Schutzsalbe. Dafür hatte ich kein einziges Ersatzgewand dabei. Tabo hatte mir erklärt, meine östlichen Kleider könne ich in der Wüste sowieso nicht anziehen. Sie seien nur unnötiger Ballast für mich und mein Reittier. So schwer war mir meine Tasche bisher nie vorgekommen. Aber in dieser Sache kannte er sich mit Sicherheit besser aus als ich.

Wir flogen fünf, vielleicht sechs Stunden ohne größere Pausen durch, bis wir entschieden, dass wir landen sollten. Wir konnten das Vorhandensein der Dörfer zwar nur erahnen, aber die Bergspitzen rückten immer näher und der Boden unter uns sah in der Ferne nur noch nach eintönigen, beigen Sanddünen aus.

Laut Yudans Karte gab es zwar noch ein etwas näheres Dorf, aber er hatte selbst gesagt, dass diese nicht mehr aktuell sein könnte. Und von Wertar wusste ich ja von den Sandverwehungen, die Dörfer zum Umzug zwingen konnten. Daher war ich mir fast sicher, dass das Dorf gleich unter uns das letzte war, welches wir entdecken würden.

Die Berge waren für unsere Drachen vielleicht noch eine oder zwei Stunden entfernt. Konghi, welches weiter nördlich lag, wahrscheinlich auch drei. Für uns mit den Dromedaren würde die Entfernung morgen allerdings einen ganzen Tagesritt bedeuten.

Die Sonne schien mir aus Südwesten in den Rücken und tunkte den Himmel in orangegelbe Farbe.

„Es wird schwer für die Drachen sein, hier einen Schlafplatz zu finden", meinte Tabo, als wir von den Rücken unserer Begleiter glitten.

„Ich weiß", erwiderte ich und tätschelte Sahris Nüstern. „Hier ist ja weit und breit nur Sand." Es stimmte mich misslaunig, dass die Drachen jetzt schon weiterfliegen sollten, aber es war besser so. In Konghi konnten sie ohne Probleme in ihren Stall. Hier waren sie der Sonne und dem zu warmen Untergrund ausgesetzt. Ich hatte gewusst, dass es so kommen würde und vorher einen Brief für meine Eltern vorbereitet, den ich jetzt mit einer Schnur um Sahris

Horn band, wo ich sonst den Henkel meiner Tasche befestigte.

Nur kurz nachdem ich mit meiner Verletzung bei Tabo angekommen war, hatte der meinen Eltern schon einen Brief mit den aktuellen Ereignissen geschickt. Mir wäre es lieber gewesen, er hätte das nicht getan. Aber bis ich wieder aufgewacht war, war es eh zu spät gewesen.

Ich schrieb ihnen jetzt in groben Zügen, dass wir eine Idee hatten, es mir gut ging und wir wieder unterwegs waren, aber Sahri diesmal nicht mitnehmen konnten. Sie sollten sich keine Sorgen machen.

Ich hoffte, sie hörten diesbezüglich auch auf mich.

„Fliegt weiter, Sahri", flüsterte ich, als ich die Nachricht angebracht hatte. „Ihr könnt zurück nach Hause."

Sie sah mich verwirrt an und legte den Kopf schief.

„Ich weiß", nickte ich. „Normalerweise komme ich mit, aber diesmal habe ich etwas Wichtiges zu erledigen."

Sahri schnaubte und ich schüttelte sofort den Kopf. „Nein, das muss ich ohne dich machen. Wir wissen nicht genau, ob das Terrain dort drachensicher ist, weißt du? Sei nicht böse, wir sehen uns ja wieder. Pass mir gut auf den Jungsprung Rubin auf, ja?"

Sahri stupste mich noch einmal mit ihrer Schnauze an der Schulter an, bevor sie mit ihren Flügeln schlug, den Sand aufwirbelte und sich in die Luft erhob. Rubin folgte ihr und Tabo und ich sahen noch eine Weile den Schatten nach, die sich in rasender Geschwindigkeit den Bergen am Horizont näherten.

Schließlich spürte ich, wie Tabos Blick sich von ihnen löste und stattdessen auf mich richtete.

Ich drehte mich zu ihm um.

„Bist du bereit?", fragte er mitfühlend.

„Bereit wofür?", erwiderte ich.

„Der Windengel zu sein."

Ich seufzte leise, vermutlich hörte er es nicht einmal. Dann nickte ich. „Natürlich", sagte ich entschlossen und wandte mich mit starrer Miene dem Dorfeingang zu. „Immer."

Auf den Straßen des Dorfes begegneten uns misstrauische Blicke, aber niemand sagte ein Wort. Ich war ein anderes Auftreten gewohnt. Wenn man in einem fremden Dorf nur über die Straße ging, hatte es niemanden interessiert. Wenn man die Leute selbst angesprochen hatte, waren sie sehr offen und freundlich gewesen. Doch ich konnte das Misstrauen verstehen. Die Welt war im Aufruhr und mein Begleiter war ein fremder Mann mit der Gewandung des Südens. Wenn man genauer hinsah, traf die Beschreibung des Mannes in Flammen, die jeder kennen sollte, zwar nicht auf ihn zu - er war weder auffällig groß noch mittleren Alters – doch die ersten, misstrauischen Reaktionen auf uns konnte ich dennoch verstehen.

Erst auf dem Marktplatz sprach uns auch jemand an. Ein dürrer, älterer Mann trat aus einer Gruppe von Menschen heraus und stapfte auf uns zu. Trotz seiner geringen Körpergröße strahlte er etwas Bedrohliches aus. Ich hätte schwören können, dass er sich in diesem Dorf in einer Machtposition befand. Vielleicht war er ein Ratsmitglied.

„Wer seid ihr?", moserte er und zeigte drohend mit dem Finger auf uns. Im Vergleich zu der Art wie er lief, war seine Stimme weniger furchteinflößend. Er klang wie ein alter Mann, der sich über Kinder aufregte, welche verbotenerweise sein Grundstück betreten hatten. Quäkend und nicht besonders tief.

Tabo warf mir einen schnellen Blick zu und bedeutete mir, es wäre Zeit für meinen Auftritt. Ich sprang sofort in die Luft und segelte einmal über den Mann hinweg, dessen ärgerliche Miene einem erstaunten Ausdruck wich. Ich landete sanft in der Mitte des Marktplatzes, streckte meine Arme aus und erzeugte meinen geliebten Wirbelwind in meinen Handflächen. Ich drehte mich einmal herum, sodass jeder der mich umkreisenden Menschen ihn sehen konnte. Dabei beantwortete ich die Frage des Mannes und klang stolzer, als ich es jemals in der Realität sein würde: „Ich bin der Windengel."

Die Leute horchten auf. Manche traten vor und deuteten eine Verbeugung an, welche ich beschämt abwinkte. Das war alles viel zu viel. Ich würde mich nie an die Aufmerksamkeit gewöhnen, die mein neuer Name mit sich brachte.

Selbst der alte Mann, der mich gerade noch so anmaßend angesprochen hatte, neigte leicht seinen Oberkörper. „Windengel", stotterte er. „Es tut mir leid, ich hatte ja keine Ahnung!"

„Schon gut", erwiderte ich, viel kleinlauter jetzt. Ich war mir nicht sicher, ob meine Stimme überhaupt noch hörbar war.

„Was führt dich in unser Dorf?", wollte der Mann nun wissen und legte neugierig den Kopf schief.

Ich suchte kurz Tabos Blick, welcher mir ermutigend zunickte. „Ich kenne einen Weg gegen den Mann in Flammen vorzugehen", verkündete ich wieder mit meiner gefassten Stimme. Meine Worte waren kontrolliert und auswendig gelernt und doch schienen sie zu wirken. Ich machte den Menschen Mut. „Dafür muss ich mich auf eine Reise begeben. Ich brauche für heute eine Unterkunft und morgen zwei Dromedare." Und auch darauf reagierten die Dorfbewohner, wie wir es erwartet hatten. Ich hatte eine dreiste Forderung gestellt, doch die Leute freuten sich darüber, als hätte ich ihnen ein Geschenk gebracht.

„Natürlich!" Der Mann, der scheinbar der Sprecher des Dorfes war, nickte eifrig. „Kommt mit mir, ich führe euch zu unserer Herberge!"

Tabo und ich folgten dem Mann in eine Nebenstraße.

„Hier kommen oft Reisende des Ostens her", erklärte er. „Du bist doch aus dem Osten, nicht wahr?"

Ich nickte und der Mann tat es mir nach. „Deine Kleidung hatte mich verwirrt. Aber die Luft gehörte immer zu der Geschichte des Ostens und du kontrollierst sie. Verblüffend."

Ich rollte mit den Augen. *Verblüffend.* Eigentlich sollte es jeder können, nicht nur ich. Eigentlich sollte es eine Selbstverständlichkeit sein. Aber unsere Völker hatten ihre Fähigkeiten seit Generationen verkommen lassen. Ich hatte geglaubt, jeder besäße diese Fähigkeit, sie wüssten es nur nicht. Doch Tabo bewies mir das Gegenteil. Er wusste davon. Und er hatte es immer wieder probiert, mit dem Feuer und auch mit der Luft. Und es gab nichts, was ihm im Wege stand. Vermutlich war niemand so sehr im Reinen mit sich selbst, wie er. Aber das Ergebnis war nichts. Er baute einfach keine Verbindung auf.

„Mein Name lautet übrigens Liron. Ich bin ein Mitglied des Rates", fuhr unser Führer nun fort.

Aha, dachte ich. *Genau wie ich vermutet hatte.*

Liron blieb vor einem Gebäude stehen. Dieses sah aus wie drei normale Wohnhäuser, die miteinander verbunden worden waren. Er klopfte an die Tür und kurz darauf wurde diese von einer schlanken Frau mit kurzen, welligen Haaren geöffnet. „Liron", sagte sie überrascht. „Was verschafft mir die Ehre?"

„Es ist eine größere Ehre als du glaubst, Jara", erwiderte Liron und deutete auf mich.

Sofort zog die Frau die Luft ein und hielt sich die Hand vor den Mund, ihre braunen Augen weiteten sich. „Ist sie etwa…", hauchte sie.

„Ich bin genau die, für die Sie mich halten", erwiderte ich ungeduldig, bevor Liron antworten konnte. „Ist das hier das Wirtshaus des Dorfes?"

Die Frau nickte und sah mich an, als wäre ich ein Tier, das soeben gesprochen hatte. Sie trat wortlos einen Schritt zur Seite und ich schlängelte mich an ihr vorbei ins Haus und bedeutete Tabo, mir zu folgen. „Ein Zimmer, zwei Betten", ordnete ich an und war selbst überrascht über den herrischen Ton, den meine Abgenervtheit über meine neue Position verursachte. „Für eine Nacht."

„Ja!", die Frau namens Jara nickte hektisch und lief an uns vorbei zu ihrem Tresen, der gleich gegenüber der Eingangstür stand. Sie wühlte kurz in einem Schränkchen und reichte mir dann einen Schlüssel herüber. „Den linken Flur entlang immer geradeaus, die letzte Tür. Das ist mein schönstes Zimmer", erklärte sie mit einem strahlenden Gesichtsausdruck.

Wer hat um das schönste Zimmer gebeten?, dachte ich augenrollend. Ich nahm dankend den Schlüssel entgegen.

„Liron?", sagte ich dann und drehte mich zu dem Mann um.

Er schien sich sofort ein Stück aufrechter hinzustellen. „Ja?"

„Sorgst du dafür, dass uns morgen Abend zwei Dromedare zur Verfügung stehen?"

Der Mann nickte eifrig. „Aber sicher, das wird kein Problem sein."

„Gut", meinte ich. „Dann will ich mich jetzt ausruhen."

Liron neigte wieder leicht seinen Oberkörper. Dann verließ er das Gebäude, während Tabo und ich den linken Flur entlang auf die letzte Tür zugingen.

Ich schloss das Zimmer auf und stellte sofort fest, dass es wirklich das beste des Wirtshauses sein musste. Wunderschöne Zeichnungen von der Wüste und von den Bergen verzierten die Wände. An den gegenüberliegenden Seiten, welche übrigens wirklich sehr weit auseinander waren, stand jeweils ein gigantisches Bett, das mit Netzvorhängen ausgestattet war, die nachts vor Mücken schützen würden. Neben jedem Bett war ein wunderschöner, breiter Sessel. Gleich gegenüber der Tür befand sich ein riesiges Fenster, von dem aus man auf die Straßen des Dorfes blicken konnte.

Ich schmiss meine Tasche achtlos auf den Boden und ließ mich auf eines der Betten fallen. Tabo folgte mir und setzte sich in den Sessel, der daneben stand. „Du machst das gut", sagte er.

Ich richtete mich auf, stützte mich auf meine Ellenbogen und sah ihn fragend an.

„Den Windengel spielen. Du hast dich selbst immer kritisiert, aber du bist wohl schon ziemlich geübt darin."

Ich stieß ein verächtliches Schnauben aus. „Sie behandeln mich einfach unmöglich."

„Sie verehren dich", sagte Tabo belehrend. „Das ist etwas anderes."

„Das ist total bescheuert", entgegnete ich. „Ich kann mit ihnen sprechen, wie ich will und ich kann fordern, was ich will. Sie werden trotzdem noch so tun, als wäre ich ein… ein…"

„Engel?"

Ich sah Tabo mit einer Mischung aus Fassungslosigkeit und Verärgerung an, dann ließ ich mich wieder zurück auf mein Bett sinken. „Ja."

„Das ist nichts Schlechtes, Tamia", beharrte Tabo in seiner ruhigen Art.

Ich drehte mich auf die Seite, um ihn ansehen zu können. „Ich wollte das nie."

Er lächelte schief. „Das widerspricht sich nicht."

Wahrscheinlich hatte er recht. Etwas konnte ungewollt, aber gleichzeitig auch gut sein. Ich war mir nur nicht sicher, ob das auch in diesem Fall zutraf.

„Die Sonne geht unter", murmelte ich mit einem Blick aus dem Fenster. „Es wäre wohl das Klügste, jetzt zu schlafen."

Tabo lächelte mich noch einmal an, dann stand er auf und lief zur anderen Seite des Zimmers, zu dem anderen Bett. „Gute Nacht, Tamia. Tu mir einfach einen Gefallen und denk nicht so viel über alles nach."

Kapitel 31

Wir verließen unsere Betten erst spät am nächsten Tag. Es war besser, liegen zu bleiben und Kräfte zu sammeln. Tabo meinte die erste Nacht sei am Anstrengendsten, weil der Körper noch daran gewöhnt war, nachts zu schlafen. Sobald man sich das erste Mal tagsüber ausruhte, würde es besser werden.

Jara brachte uns ein köstliches Frühstück in unser Zimmer und natürlich verlangte sie weder für das Zimmer noch für den Service auch nur ein bisschen Geld.

Tabo verließ zwischendurch die Herberge und bewegte sich ein wenig auf den Straßen des Dorfes. Er hielt es nicht aus, den ganzen Tag nur rumzuliegen. Ich hingegen war das inzwischen gewohnt. Ich zog es vor, im Zimmer zu bleiben, um zu verhinden, dass man sich vor einer bedeutungslosen, sechszehnjährigen Reisenden verbeugte.

„Bist du ausgeruht?", fragte Tabo, als er am Nachmittag zurück ins Zimmer kam.

„Und wie", antwortete ich. „Ich bin zwischendurch wieder eingeschlafen."

„Das ist gut."

„Was hast du die ganze Zeit draußen gemacht?", wollte ich wissen.

Tabo zuckte mit den Schultern. „Ich habe mich mit ein paar Dorfbewohnern unterhalten. Sie wussten natürlich, dass ich dich begleite."

Meine Augen verengten sich ein Stück. „Keine Sorge", fuhr Tabo sofort fort und hob beschwichtigend die Hände.

„Ich habe nicht erzählt, was genau wir vorhaben und auch nichts anderes, was die Vorstellungen der Menschen beeinflussen könnte. Wie wir schon festgestellt haben, bist du ihr Engel. Das wollte ich nicht ändern."

Aus meiner Kehle entwich ein schnaubendes Lachen. „Wieso nicht?", fragte ich ironisch. „Ihre Vorstellungen sind nun einmal falsch."

Tabo betrachtete mich mit ehrlichem Interesse und der Ruhe, die nur er mir immer wieder entgegen bringen konnte. „Sind sie das?", hinterfragte er schließlich.

Ich erwiderte seinen Blick, dann schüttelte ich abschätzig den Kopf. *Nicht du auch noch,* wollte ich sagen, behielt es aber für mich.

Schließlich seufzte Tabo nur, durchbrach damit die Ruhe, mit der er mich angesehen hatte und stand auf: „Wir müssen noch die Trinkschläuche auffüllen, die Sonne geht ohnehin bald unter." Er sah mich ein wenig verlegen an. „Frisches Obst wäre auch nicht schlecht. Wir haben sonst nur noch einen Laib Brot."

„Ja", erwiderte ich kühl. „Kein Problem. Alles für den Windengel." Ich stand auf, schulterte meine Tasche und verließ vor Tabo das Zimmer. Seufzend folgte er mir.

Ich ging zu Jaras Theke und legte den Zimmerschlüssel vor ihr ab. Die Frau strahlte mich an und fragte, ob auch alles zu meiner Zufriedenheit gewesen sei.

Ich nickte und lächelte übertrieben. „Alles wunderbar", antwortete ich aufgesetzt freundlich. „Aber wir müssen los." Damit drehte ich mich schwungvoll um und verließ das Wirtshaus. „Danke für das schöne Zimmer", hörte ich

Tabo noch sagen, bevor auch er die Tür hinter sich schloss. Er sah mich abschätzig an. „Was?", fragte ich.

Er schüttelte bloß den Kopf und obwohl er mit meinem etwas unhöflichen Verhalten nicht einverstanden zu sein schien, fand ich in seinen Augen nur Verständnis.

Wir liefen die Straße entlang zurück bis zum Marktplatz, auf dem weit verteilt mehrere Brunnen standen. Zu einem von ihnen gingen wir nun, ließen den Eimer hinab und schöpften Wasser, um es danach in unsere Trinkschläuche zu füllen.

Obwohl ich mich nicht umsah, spürte ich die bohrenden Blicke, die auf mir ruhten.

Als unsere Schläuche gefüllt waren und Kilos wogen, betrachtete ich die Stände auf dem Platz, bis ich einen mit Obst und Gemüse entdeckte. „Das sieht vielversprechend aus", meinte ich zu Tabo und steuerte den Verkaufsstand an.

Der Mann, der dahinter stand, grinste mich breit an, als er feststellte, dass ich auf ihn zuging. Er breitete die Arme in einer einladenden Geste aus. „Windengel, was verschafft mir die Ehre?"

„Ich brauche Obst für meine Reise", erklärte ich. Ich stellte wiederholt fest, dass ich sehr streng und bestimmend klang.

„Sicher!", rief der Mann erfreut. „Alles, was du brauchst. Ich habe ganz frische Äpfel, Birnen, Bananen oder Trauben." Er hielt mir ein kleines Körbchen voller Weintrauben entgegen. „Was mein ist, ist auch dein!"

Toll, dachte ich und unterdrückte den Drang, mit den Augen zu rollen. *Da das jeder so sieht, gehört mir die Welt.*

271

Ich nahm das Körbchen mit den Weintrauben entgegen und nahm mir noch vier Äpfel, um sie dazuzulegen. Dann sah ich Tabo fragend an. „Nimm noch zwei Birnen mit, Tamia", schlug dieser vor. „Wir haben keine Ahnung, wie lange wir unterwegs sein werden. Aber das sollte dann wirklich fürs erste reichen." Der Mann vom Verkaufsstand nickte zustimmend und ich legte noch zwei Birnen in den Korb.

„Wo sind die Dromedare?", fragte ich dann Tabo und entfernte mich dabei vom Verkaufsstand. „Östlicher Dorfausgang", erwiderte dieser. „Ich habe heute Morgen mit Liron alles geklärt. Er bestand darauf, uns persönlich die größten Tiere der Herde zu bringen."

„Hm", machte ich und nickte wissend. „Natürlich, was auch sonst."

Wir liefen zu Fuß bis zum östlichen Dorfausgang. Tatsächlich stand dort Liron mit zwei Dromedaren, welche wohl die größten Tiere dieser Art waren, die ich je gesehen hatte. Außerdem trugen sie dicke Sättel auf ihren Rücken.

„Wie soll ich denn da drauf kommen?", hauchte ich Tabo zu.

Dieser lachte. „Sie legen sich hin", erklärte er. „Genau wie Sahri."

„Das sind Zula und Raan", erklärte Liron freudestrahlend und sah erst das Dromedar zu seiner Linken an, welches ein kleines bisschen kleiner war als das Tier an Lirons rechter Seite, welchem er gleich darauf den Blick zuwandte. Liron reichte mir den Zügel des kleineren Tieres. Tabo nahm den Zügel seines Dromedars ohne zu zögern entgegen und führte es an seine Seite. Ich hielt den Zügel zwar fest, traute mich aber nicht, Druck darauf auszuüben. Das Dromedar stand mir gegenüber und sah mich ausdruckslos an.

„Sie sind jung und ausdauernd", fuhr Liron fort. Scheinbar bemerkte er nicht, dass Dromedare mir ziemlich fremd waren. „Eben unsere Besten."

Tabo trat mit Raan an meine Seite, griff den Zügel von Zula und zog sanft daran. Ich hätte gewettet, eine so kleine Bewegung würde keine Reaktion auslösen, aber Zula reagierte sofort und bewegte sich so, dass sie neben mir stand.

„Danke", sagte Tabo dann an Liron gewandt. „Ich denke, von hier kommen wir allein zurecht."

Liron neigte respektvoll den Kopf und zog sich durch den Dorfeingang zurück.

Jetzt grinste Tabo mich schief an.

„Was?"

„Du fliegst auf Drachen", erwiderte er lachend. „Du willst mir doch jetzt nicht erzählen, du hättest Angst vor einem Dromedar, oder?"

„Angst?" Ich zog beleidigt die Stirn kraus. „Natürlich nicht! Ich bin schon auf so einem... Ding geritten. Ich habe nur einen gesunden Respekt vor Tieren, die ich nicht kenne."

„Du musst dich vor sie stellen", sagte Tabo und deutete mit dem Kopf auf Zula.

„Gerade eben habe ich noch vor ihr gestanden, dann hast du sie neben mich gezogen", merkte ich an.

Tabo rollte mit den Augen, grinste aber leicht. Ich tat, was er mir gesagt hatte und ging einen Schritt vor, damit ich

Zula wieder gegenüberstand. „Und jetzt den Oberkörper beugen und den Zügel nach unten ziehen", erklärte Tabo. Ich folgte wieder seinen Anweisungen und auf einen minimalen Zügeldruck legte Zula sich hin.

„Sehr gut!", lächelte Tabo stolz. „Sie können nun aufsteigen, Windengel."

Ich kletterte auf den Sattel auf Zulas Rücken und sie richtete sich sofort wieder auf, wodurch ich fast mein Gleichgewicht verlor.

Auch Tabo war innerhalb von Sekunden auf Raan aufgestiegen und trieb ihn an. Zula folgte ihrem Gefährten, ohne dass ich etwas machen musste.

Die Tiere bewegten sich gemächlich durch den Sand. Tabo plante zur Morgendämmerung in einem der Krater, die in meinem Reisejournal beschrieben wurden, ein Lager aufzuschlagen. Er ging also davon aus, dass wir bis zum Ende der Nacht nahe genug an den Bergen angekommen sein würden, sodass sie uns eine ganze Zeit lang Schutz vor der aufgehenden Sonne bieten würden.

Zu unserem Glück wurde es in dieser Nacht nicht richtig dunkel. Als die Sonne untergegangen war, stand der Mond fast voll am Himmel und es war eine wolkenlose Nacht. Millionen Sterne leuchteten am nachtschwarzen Himmel und warfen Schatten auf die Landschaft vor uns, sodass wir auch ohne Fackeln erahnen konnten, wo wir, beziehungsweise unsere Reittiere, entlang gehen konnten. Tabo hatte nur wenige Fackeln mitgenommen, da wir ja möglichst wenig Gepäck dabei haben wollten. Daher war es gut, gleich in der ersten Nacht keine zu benötigen.

Streckenweise stiegen wir von den Dromedaren ab und liefen zu Fuß, sodass diese nur unser Gepäck und nicht auch noch uns tragen mussten und deshalb nicht so schnell erschöpften. Ich hätte deutlich mehr reiten müssen als Tabo, um meinen Fuß zu entlasten, hätte ich nicht meine ganz spezielle, andere Möglichkeit, mit diesem Problem umzugehen: Der Zustand kurz vor der Schwerelosigkeit war mein dauernder Begleiter.

Den Bergen, die im Mondlicht nur riesige schwarze Flecken vor dunkelblauem Hintergrund waren, kamen wir nur schleichend näher. Doch ich spürte mit jeder Stunde mehr, dass wir unserem Ziel näher kamen. Unser Vorhaben basierte auf einer Idee, die wir aus verschiedenen Büchern und Texten zusammengereimt hatten. Aber jetzt, wo wir auf die lodernden Berge zumarschierten, fühlte es sich für mich richtig an. Was wir taten, war genau das, was nötig war. Davon war ich nun fest überzeugt.

Kapitel 32

Wir hatten die Krater erreicht. Wir waren noch fast eine Stunde von den Bergen entfernt, doch schon von hier aus bahnte sich eine Vertiefung von geschätzt anderthalb Metern Tiefe bis hin zu den Bergen. Natürlich hatte sich auch die Vertiefung im Laufe der Zeit mit Sand gefüllt, nur die Wände waren davon befreit. Aus ihnen sprossen kleine Pflanzen. Ich fragte mich, ob diese Schneise wirklich durch Feuer aus dem Berg entstanden war. Ich wusste nicht, wie ich mir das vorstellen sollte. Tabo hatte eine besonders schmale Stelle der Schneise gesucht, sodass wir eines unserer Tücher darüber spannen konnten. Darunter konnten wir fast wie in einem Zelt liegen und waren vor der direkten Sonneneinstrahlung geschützt. Die Dromedare hatten wir an einem hervorstehenden Ast angebunden und sie bedienten sich an den Blättern und Blüten, die aus den Erdwänden wuchsen.

Wir hingegen aßen die Hälfte unseres Brotes und ein paar der Weintrauben. Unterwegs hatten wir bereits jeweils einen Apfel verschlungen. Das war sehr erfrischend gewesen, dadurch hatte sich mein Bedürfnis zu trinken verringert.

„Was hast du eigentlich vor, wenn du auf Hunoyan triffst?", fragte Tabo beim Essen.

„Ihn besiegen", erwiderte ich irritiert. *Dämliche Frage.*

„Ich meine danach", erläuterte Tabo. „*Nachdem* du ihn besiegt hast."

Ich hielt inne und steckte mir noch eine Weintraube in den Mund. Darüber hatte ich bisher noch nicht nachgedacht. Ich würde mich ihm entgegenstellen und seine Eroberungen stoppen müssen, soviel war mir klar gewesen. Aber wie würde ich ihn auf lange Sicht davon abhalten, wieder Leute zu verletzen und Dörfer gewaltsam unter seine Kontrolle zu bringen?

„Vielleicht ist das ja auch nicht mehr deine Aufgabe", spekulierte Tabo, der wahrscheinlich mein ratloses Gesicht bemerkt hatte. „Verbrecher kommen ins Gefängnis, nicht wahr? Das wird auch mit ihm passieren."

„Nur, dass wir noch nie einen Verbrecher wie Hunoyan hatten", dachte ich laut nach.

Tabo legte seine Hand auf meine Schulter. „Ich weiß, dass ich dich zu deiner Verantwortung gedrängt habe", redete er auf mich ein. „Aber es ist nicht *alles* deine Aufgabe. Du besiegst ihn und die Leute werden sich ein passendes Gefängnis für ihn ausdenken müssen. Leute, die sich mit so was auskennen. Aber das sind nicht wir, weder du noch ich."

Ich nickte langsam. Wahrscheinlich hatte er recht. Es war besser, nicht zu weit in die Zukunft zu denken. Ich musste mich auf meine eigene Aufgabe in dieser Sache konzentrieren.

Tabo legte sich hin und reichte mir eine Tube mit Schutzsalbe. „Hier, creme dich ein", ordnete er an. „Die Sonne geht auf, während wir schlafen. Wir wollen morgen nicht mit einem Sonnenbrand aufwachen."

Ich nahm die Tube entgegen und bedeckte meine sichtbaren Hautstellen mit der Salbe. Dann gähnte ich und Tabo lächelte mich verständnisvoll an. Ich gab ihm die Salbe zurück und legte mich auf die Seite. Die Müdigkeit kam schnell über mich. Es würde schließlich nicht mehr lange dauern, bis die Sonne über die Berge Richtung Süden klettern würde.

Ich hustete und röchelte, als ich aufwachte. Ich drückte meinen Oberkörper ein Stück vom Boden ab und Sandkörner rieselten von meinen Lippen. Angewidert rieb ich mit meinen Händen darüber und schnalzte mit der Zunge, um meinen Mund vom Sand zu befreien. Auch aus meinen Haaren rieselten endlos viele Körner, als ich mich aufrichtete.

So ähnlich waren Ruka und ich auch aufgewacht, als wir am Strand übernachtet hatten. Da war es nur deutlich kühler gewesen, sodass wir uns morgens noch in warme Decken gehüllt hatten.

Als ich mich nach Tabo umsah, saß dieser bereits mit dem Rücken gegen die erdige Wand gelehnt und lächelte mich verschmitzt an. „Guten Morgen.“

„Guten Abend“, korrigierte ich. Tabo wurde von einem fahlen Licht beleuchtet, das von der untergehenden Sonne im Westen herrührte und durch das über uns gespannte Tuch noch röter wirkte.

„Frühstück?“, fragte Tabo und reichte mir die Tasche mit unseren Lebensmitteln. Ich riss mir ein kleines Stück Brot von unserem Laib ab und Tabo tat es mir nach. Jetzt war nur noch ein Viertel des Brotes übrig.

Als er nach drei Bissen aufgegessen hatte, zog Tabo das rote Tuch über uns wieder aus den Erdspalten, in die wir es am Vorabend geklemmt hatten. Ich war erstaunt, dass unser improvisiertes Dach den ganzen Tag gehalten hatte. Ich griff derweil nach meinem Trinkschlauch und trank einen Schluck Wasser. Nach der Nacht war meine Kehle ganz ausgetrocknet. „Denk dran, es dir einzuteilen", ermahnte mich Tabo.

Ich verschloss den Trinkschlauch wieder und legte ihn zur Seite. „Ja doch", beruhigte ich ihn. „Ich habe noch weit über die Hälfte." Ich stand auf, um Tabo zu helfen, das Tuch zusammenzufalten ohne Sandkörner mit darin einzuwickeln.

„Wie geht es deinem Fuß?", fragte er danach.

Seine Frage überraschte mich, obwohl ich damit hätte rechnen müssen. Mein Fuß war unter der Sonneneinstrahlung des Tages, welche ich voll und ganz verschlafen hatte, der gefährdetste Teil gewesen. Doch ich hatte bisher noch gar nicht darüber nachgedacht, da ich keinen Schmerz gespürt hatte. Scheinbar hatte die Salbe, die mir Jorasto extra dafür gegeben hatte, gut geholfen.

Ich setzte mich in den Sand, streckte mein Bein nach oben aus und streifte meinen Schuh und den Schal, den ich wie einen Verband um mein Bein gewickelt hatte, ab. Tabo kniete sich hin, bettete meinen Fuß in seinen Schoß und begann sofort, einen frischen Schal aus seiner Tasche, welcher noch nicht in Salben getränkt und verklebt war, darum zu wickeln. „Sieht soweit alles gut aus", stellte er dabei fest.

„Fühlt sich auch normal an", fügte ich hinzu.

Ich hob meinen Schuh vom Boden auf und zog ihn wieder über meinen gut eingepackten Fuß. Dann stand ich auf und

klopfte mir den Sand von der Kleidung. „Also dann",
meinte ich. „Wir können weiter."

Tabo und ich brachten unsere Taschen wieder an den
Sätteln der Dromedare an und begannen den Rest unserer
Wanderung durch die Schneise auf die Berge zu.

Nach geschätzt zehn Minuten blieb Tabo stehen, reckte
sich an der Felswand nach oben und pflückte vorsichtig
rote Früchte von einem Kaktus, der am Rand der Schneise
wuchs. Ich beobachtete ihn verwirrt: „Was machst du da?"

Tabo hielt mir vielsagend die hellrote, stachlige Frucht entgegen. „Kaktusfeigen", erklärte er. „Ein paar Sekunden
über Feuer gehalten, damit die Dornen abbrennen, dann
können wir sie essen. Die enthalten viel Wasser."

„Wir haben kein Feuer", meinte ich schmunzelnd.

„Sollten wir wirklich mal zu wenig Essen oder Trinken
haben, können wir eins machen", erwiderte Tabo augenrollend. Er lief zu seinem Dromedar und verstaute die
Feigen in unserer Lebensmitteltasche. „Gibst du mir einen
Apfel, wenn du gerade schon an der Tasche bist?", fragte
ich mit einem gespielt unschuldigen Lächeln.

„Ah, schon wieder hungrig?" Tabo lachte und hielt mir
den Apfel entgegen. Er hatte selbst den anderen in der
Hand. „Soviel haben wir dann doch nicht gefrühstückt,
was?", meinte er, um kurz darauf abzubeißen.

Die Berge kamen schnell näher und wir schafften den
Weg, ohne auf die Dromedare aufsteigen zu müssen.
Irgendwann, kurz bevor wir unser Ziel erreichten, zündete
Tabo doch eine Fackel an. Der Mond war ein wenig klei-
ner als in der Nacht zuvor und wurde zum Teil von Wol-

ken bedeckt. Je näher wir den Bergen kamen, desto mehr standen wir auch in deren Schatten.

Die Berge ragten längst nicht so hoch vor uns auf, wie ich es von zuhause gewohnt war. Da hinaufzuklettern wäre eine Sache von zwei, vielleicht drei Stunden, vorausgesetzt wir fanden eine geeignete Stelle dafür. Die Frage war nur, wie wir in das *Innere* des Berges kommen wollten, wo wir die Phönixe erwarteten.

„Hier ist es zu steil", stellte ich fest, als wir direkt vor den Bergen standen. „Ich meine, ich würde da hochkommen, aber es würde länger dauern."

„Also?", wollte Tabo wissen.

„Wir sollten die Berge abwandern", erwiderte ich, „und nach einem geeigneten Aufstiegspunkt suchen. Oder wir finden unterwegs schon eine Art Höhle, die uns in das Innere führen könnte. Das wäre natürlich noch besser."

Es fühlte sich auf unerklärliche Weise gut an, wieder die Anweisungen zu geben. Die Wüstenwanderung war Tabos Gebiet gewesen und jetzt waren wir wieder bei meinem angekommen. Wir bildeten ein gutes Team.

Jetzt stiegen wir doch auf die Dromedare auf, damit wir die Berge genauestens in Augenschein nehmen konnten, ohne Angst haben zu müssen, über irgendetwas zu stolpern. Wir ritten in Richtung Süden an den Bergen entlang. Ihre Kette war nicht endlos, das konnte ich bereits erkennen. Aber es würde noch über eine Nacht dauern, bis wir ihr Ende erreicht hatten und bis dahin sollten wir einen geeigneten Punkt zum Klettern entdeckt haben.

Ich ritt nah an Tabos Seite, der die Fackel der Felswand an unserer Linken entgegenhielt. Ich hoffte so etwas wie einen Eingang zu einer Höhle zu entdecken. Aber nirgends war ein Spalt zu entdecken. Die Wände waren nur grau und glatt.

Irgendwann übernahm ich die Fackel von Tabo, da sein Arm ganz taub vom langen Hochhalten wurde.

Und dann, Stunden später, zog ich an Zulas Zügel, um sie zum Anhalten zu bringen. Raan blieb ebenfalls sofort stehen und Tabo sah mich fragend an. Sein Gesicht schimmerte orange im Licht der Fackel. „Geht es hier?", fragte er hoffnungsvoll.

Ich nickte fröhlich: „An dieser Stelle sind die Felsen kantiger. Das ist keine größere Herausforderung als der Weg, denn du jeden Tag mit meinem Vater zu den Ställen unternommen hast. Natürlich vorausgesetzt, weiter oben werden die Felsen nicht wieder glatter", ergänzte ich. Ich versuchte über die Spitze der Berge hinwegzublicken, aber ich hatte keine Chance. Wir standen viel zu dicht vor ihnen.

„Was meinst du, wie lange es noch dauert, bis die Sonne aufgeht?", wollte ich wissen.

„Lange genug", antwortete Tabo, brachte Raan dazu, sich hinzulegen und stieg ab. Ich hatte schon am Tag zuvor nicht verstanden, wie er dem Dromedar von oben den Befehl gab, sich hinzulegen und war froh, dass Tabo um Raan herumlief, um auch Zula zum Hinlegen zu bewegen. Ich stieg von ihrem Rücken und löste die Gurte unter ihrem Bauch, die den Sattel auf ihr festhielten. Tabo tat dasselbe bei Raan.

Wir legten die Sättel zwischen zwei niedrigen, spitzen Felsen ab und banden die Tiere am langen Zügel um den größeren der beiden fest. Sie hatten genug Bewegungsfreiraum, um sich an den kleinen Pflanzen und Ästen zu bedienen, die aus den Felswänden hervortraten, konnten aber nicht fortlaufen. Von unserem Gepäck nahmen wir nur unsere Trinkschläuche, die Lebensmitteltasche und zwei weitere Fackeln mit. Und ich hatte natürlich meine eigene Tasche, in der sich die Schutzsalben befanden, über der Schulter.

„Also gut", meinte Tabo dann und sah mich ermutigend an. „Bereit?"

Ich nickte. „Für die Berge bin ich immer bereit", erwiderte ich lächelnd. Dann setzte ich meinen ersten Fuß zwischen die Felsen und begann den Aufstieg.

Kapitel 33

Beim Abendessen waren der Rest unseres Brotes und eine der Birnen verzehrt worden. Unser Gepäck wurde immer leichter.

Der Sonnenaufgang am gestrigen Morgen war wunderschön gewesen. Die Sonne war nur ein Stück weiter östlich von uns quasi direkt vor unserer Nase am Himmel aufgestiegen. Ich hatte das Gefühl gehabt, nur die Hand ausstrecken zu müssen um einen Teil ihres Lichtes pflücken zu können, wie einen reifen Apfel von einem Baum. Es hatte sich magisch angefühlt.

Wir hatten den Berg zur Hälfte erklommen, bis wir eine kleine Nische gefunden hatten. Es war keine richtige Höhle, aber ein sehr geeigneter Platz für eine Übernachtung.

Jetzt schlug ich zwei Feuersteine gegeneinander, sodass die Fackel, die vor mir auf den Steinen lag, Feuer fing und unseren Schlafplatz des vergangenen Tages erhellte. Ich hob die brennende Fackel hoch und sowohl Tabo als auch ich blinzelten ein paar Mal, um uns an das Licht zu gewöhnen. Dann sah er sich in der Nische um und fand unsere Lebensmitteltasche wieder. Er holte zwei der Feigen hervor, die er am Vortag gepflückt hatte und hielt sie mir triumphierend unter die Nase. „Gib mir die Fackel", bat er dabei.

Ich reichte ihm die Fackel und sah ihm neugierig dabei zu, wie er die roten Früchte ablegte und sie mit der Fackel bearbeitete, sodass nur das äußerste Ende der Flamme jeden Teil ihrer Schale berührte. Dann übergab er mir wieder die Fackel, holte ein kleines Messer hervor und schnitt die Früchte in Viertel.

„Hier." Er schob mir meine vier Stücke zu. „Du kannst die Frucht von der Schale abbeißen", erklärte er, nahm sich selbst eines seiner Viertel und biss hinein.

Interessiert tat ich es ihm nach. „Hm", machte ich gleich darauf genießerisch, woraufhin Tabo mich erfreut angrinste. „Lecker", sagte ich und biss gleich noch ein Stück ab.

„Und wässrig", fügte Tabo fröhlich hinzu.

Er hatte recht. Die Feige schmeckte nicht nur und half mir gegen meinen Hunger, sie löschte auch meinen morgendlichen Durst.

Als ich alles aufgegessen hatte, schulterte ich meine Tasche und meinen Trinkschlauch und stand auf, um mit der Fackel voran zu gehen.

Gestern hatten wir noch an manchen Stellen klettern müssen, aber ab hier wirkte der Weg bis zur Spitze wie genau das - wie ein Weg. Er war steil, aber wir konnten laufen, ohne fürchten zu müssen, jeden Augenblick abzurutschen. Deshalb dauerte der Aufstieg auch nicht sonderlich lange.

Ich war positiv überrascht von Tabos Ausdauer. Er schlug sich soviel besser als damals, als wir nur mal eben nach Konghi rübergewandert waren. Aber er hatte auch sechs Wochen lang bei uns im Osten gelebt und war oft ohne mich unterwegs gewesen. Vielleicht hatte ich die Auswirkungen seiner Arbeit in den Ställen unterschätzt.

„Wow", entwich es mir, als ich den Gipfel unmittelbar vor Tabo erreichte. Mehr brachte ich nicht heraus. Der Anblick, der sich mir bot, war unglaublich.

„Was?", fragte Tabo aufgeregt und kam neben mir zum Stehen, um ebenfalls die Besonderheit des lodernden Berges zu sehen. Ungefähr ein Meter der Spitze, auf der wir angekommen waren, war massive Felsmasse, wie ich sie von den Bergen kannte. Doch dann senkte sich der Berg ab in ein gigantisches Loch. Und obwohl es Nacht war und ich nur eine, im Vergleich dazu, winzige Fackel in der Hand hielt, konnte ich bis auf den Grund in geschätzt fünfzehn Metern Tiefe sehen. Ich konnte erkennen, wie glatt die Wände waren und somit kaum einen Punkt zum Festhalten und Klettern boten.

Ich konnte all das sehen, weil die Wände funkelten, als wären Millionen Kristalle in ihnen eingelassen. Aber selbst Kristalle brauchten Licht, um zu funkeln.

„Das hat keine natürliche Ursache", flüsterte ich beinahe ehrfürchtig. „Also… keine, die wir kennen." Ich konnte nicht aufhören, die leuchtenden Punkte an den Wänden anzustarren. Sie waren so wunderschön. So fesselnd wie der Auf- oder Abstieg der Sonne.

„Da soll mal Feuer raus geflogen sein?", fragte ich und rümpfte die Nase, als ich mich endlich von dem unglaublichen Anblick losreißen konnte.

„Flüssiges Feuer", ergänzte Tabo, nur um gleich darauf selbst die Stirn zu runzeln. „Was die Vorstellung nicht gerade leichter macht."

„Wir müssen da runter", sagte ich und blickte in den Abgrund. *Es könnte tiefer sein,* dachte ich dabei, ein durchaus ermutigender Gedanke, es sei denn… es sei denn, es *war* tiefer, aber die Lichter an den Wänden reichten nicht bis zum Boden. Kurz entschlossen ließ ich die Fackel hinunter fallen. Tabo sprang einen Schritt vor: „Hey, was machst du da?!", rief er erschrocken aus. Im selben Moment traf die Fackel schon mit einem dumpfen Knall am Boden auf. Ihr Feuer war fast ausgegangen, doch jetzt loderte es wieder auf und zeigte mir, dass der Boden tatsächlich da war, wo ich ihn vermutet hatte. Auch Tabo sah zu dem Feuer weit unter uns. „Ah", machte er sofort. „Verstehe."

Ich kniete mich direkt vor den Abgrund. Da hinunter zu springen, war für mich ein Leichtes. „Na dann", meinte ich. „Kommst du?"

„Tamia, ich kann da nicht runter."

Ich drehte mich verständnislos zu Tabo um: „Wieso?"

„Die Wände sind zu glatt und wir haben kein Seil. Runter ist noch das kleinste Problem. Wenn ich einmal unten bin, wie soll ich dann wieder hochkommen?"

Verdammt! Er hatte recht.

„Aber ich will das nicht ohne dich machen." Ich sah Tabo mit großen Augen an. „Du bist mit mir bis hierher gekommen, da sollten wir das doch auch gemeinsam durchziehen!"

Tabo setzte sich neben mich an die Kante und legte seine Hand auf meine Schulter. „Schon okay", sagte er, lächelte und nickte mir zu. „Ich glaube, es ist deine Sache, einen Phönix zu finden. Auch, wenn du das jetzt nicht gerne hörst, aber… Sache des Windengels eben", er zuckte mit den Schultern.

Ich nickte langsam. Ich wusste genau, was er meinte. Es waren meine Kräfte, die mir erlaubten, dort hinunterzugehen und ohne größere Schwierigkeiten wieder hinaus zu springen. Vielleicht war es so vorgesehen. Vielleicht war es aber auch gar nicht vorgesehen, dass irgendein Mensch, sei es einer aus dem Osten oder aus dem Westen, dort hinunterging und ich war im Begriff eine ewige Regel zu brechen… Ich schüttelte den Kopf. Das brachte jetzt nichts. Das hier war der Moment, den wir herbeigesehnt hatten. Es würde sich bald zeigen, ob unsere Vermutung, unsere Hoffnung, berechtigt war oder nicht.

Ich atmete tief durch… und sprang.

Die Steine im Inneren des Berges waren feucht und kühl und dennoch ging etwas von meiner Umgebung aus, dass sich… *richtig* anfühlte.

„Tamia?"

Ich hob die Fackel auf, die vor meinen Füßen lag und streckte sie nach oben. Ich konnte Tabo nur als Schatten erahnen, aber er müsste jetzt mich sehen können. „Alles in Ordnung!", rief ich.

„Was siehst du?" Seine Stimme schallte von den Wänden wieder. Ich sah mich auf dem Boden um. Das war ja merkwürdig!

„Asche", teilte ich Tabo mit. „Hier ist ein ganzer Haufen Asche aufgetürmt, als hätte jemand ein Lagerfeuer gemacht!"

„Ein Lagerfeuer?", kam die geschriene, schallende Antwort. „Meinst du, im Berg wohnt jemand?"

„Vielleicht ja doch Feuergeister", scherzte ich schwach.

„Sieh dich weiter um", meinte Tabo. „Vielleicht gibt es einen Gang, der zu einer Höhle führt. Irgendetwas."

Ich tat, was er mir gesagt hatte und lief die glühenden Wände ab. Die glühenden Steine waren glatt und angenehm warm, aber ansonsten fiel mir überhaupt nichts auf. Ich konnte weder etwas mit meiner Hand spüren, noch im Licht der Fackel sehen. Keine Einbuchtung, kein Gang, einfach nichts. Ich befand mich in einem lodernden Berg, dem Ort, auf dem unsere Hoffnungen sich gestützt hatten… Und ich war allein.

„Nichts!", rief ich.

Tabo schwieg und ich sah vor meinem inneren Auge, wie er sich verzweifelt durch die Haare fuhr und sich sammelte, um sich seine Stimmung bei einer Antwort nicht anmerken zu lassen.

„Aber er ist hier", hängte ich an, ohne groß nachzudenken, und hörte selbst verblüfft dem Echo meiner Stimme zu. Wieso hatte ich das nur gesagt? Hier war nichts. Nur ich war hier. Und ein Haufen Asche. Aber dieses Gefühl… es ließ sich nicht erklären. Ich fühlte mich sicher.

Moment mal. Nur ich und… ein Haufen Asche. Asche!

„Tabo, die Asche!", rief ich aufgeregt.

„Was ist damit?", fragte Tabo. Ich konnte ihm anhören, wie er verzweifelt versuchte, guter Stimmung zu bleiben.

„,Aus der Asche, die er hinterlässt, wird er immer wieder neu geboren werden!'", zitierte ich aus meinem Buch. Ich hüpfte aufgeregt auf und ab. Doch nur ein paar Sekunden später hielt ich inne und beäugte den Aschehaufen, als wäre er ein Feind. Tabo antwortete nicht mehr von oben.

Vermutlich musste er meine Erkenntnis erst einmal verarbeiten.

Ich schlich um den Aschehaufen herum, reckte beide Arme nach vorne und rief: „Auf, Phönix! Zeit, aufzustehen!"

Nichts.

Ich wirbelte meine Hand mit der Fackel beschwörend über dem Haufen herum. „Erwache, Phönix, erwache!", sagte ich dabei, halb singend.

„Tamia, hör auf, rumzuspielen!"

Ich sah verärgert nach oben. „Ich spiele nicht, ich probiere was aus!"

„Er ist ein Vogel aus Feuer", rief Tabo. „Es ist das Feuer! Du musst dich damit verbinden." Er klang so sachlich, als hätte er dieses Thema studiert und würde nicht bloß spekulieren.

„Bist du verrückt?" Ich reckte den Hals nach oben, doch ich konnte Tabo nach wie vor nicht sehen. „Das hat doch schon einmal nicht funktioniert!"

„Das ist ewig her", erwiderte Tabo und ich meinte *hören* zu können, wie er mit den Augen rollte. „Inzwischen hast du gelernt, die Luft wie einen Teil deines Körpers zu behandeln. Tamia, es steht in deinem Buch: ‚So ist es nur einem Menschen möglich, einen Phönix von sich zu überzeugen, welcher die Kraft besitzt, sich sowohl auf die freie Energie der Luft als auch auf die kraftvolle Energie des Feuers einzulassen.'" Ich sprach seine Worte flüsternd mit. Wir hatten das Phönix-Kapitel so oft gelesen, dass wir es inzwischen in- und auswendig kannten. „Du lässt dich schon längst auf die Energie der Luft ein", fuhr Tabo eindringlich fort. „Jetzt musst du es auch mit dem Feuer tun. Du brauchst beides!"

Ich schluckte. Dann legte ich mit langsamen Bewegungen die Fackel auf dem Boden direkt vor der Asche ab und versuchte, ihr Feuer so wahrzunehmen, wie ich die Luft wahrnahm.

Und ich spürte es. Ich spürte das ganz eigene Tuckern, dass von der Fackel ausging. Es war ganz anders als der Herzschlag der Luft, der immerzu in meiner Hand vibrierte. Es war nicht so flüssig und fließend, es war eher wie ein Poltern, das gegen seine Wände stieß und versuchte freizukommen. Es war wild und mutig. Die Luft war leicht dazu zu bewegen, etwas zu tun, was mir nützte. Mit dem Feuer fühlte es sich so an, als würde ich dagegen ankämpfen müssen.

Ich spürte die Luft um mich herum flimmern. Ich spürte den Herzschlag des Feuers der Fackel, bis es erlosch.

Und dennoch lag vor mir immer noch nur ein Aschehaufen.

Kapitel 34

„Du hast es stundenlang probiert", murmelte Tabo entmutigt, als ich wieder aus der Tiefe gesprungen kam und neben ihm auf der Bergspitze landete. Es hatte ein paar Versuche gebraucht, bis ich die winzigen, vorstehenden Steine so erwischt hatte, dass ich mit drei Sprüngen wieder aus dem lodernden Berg herauskommen konnte.

„Ich weiß", erwiderte ich.

„Es nützt nichts, oder?", flüsterte Tabo mit gesengtem Kopf. „Es war alles umsonst."

„Nein", entgegnete ich entschieden. Ärger zeichnete sich auf meiner Stirn ab. „Sag so was nicht!"

Tabo schluckte und sah wieder auf, nur ein Stück, wie ein schüchternes, kleines Kind. „Was hast du jetzt vor?"

„Ich…", ich fuhr mir durch die Haare. Wut und Frustration schwangen in meiner Bewegung mit. „Wir müssen noch einen Tag bleiben", entschied ich. „Ich muss nachdenken."

Tabo seufzte und zuckte mit den Schultern. „Eine Übernachtung mehr wird wohl auch nicht schaden."

„Tabo", sagte ich nachdrücklich. „Du warst immer der Optimist von uns. Verlier jetzt nicht den Mut."

Jetzt sah er doch auf und schenkte mir ein kleines, aber ermutigtes Lächeln. „Ich werde noch etwas zu essen suchen", meinte er dann.

Ich setzte mich dankbar hin und sah Tabo hinterher, der ein wenig unterhalb der Spitze verschwand und die Felsen nach etwas Essbarem absuchte. Obwohl ich nichts weiter getan hatte, als stundenlang zu stehen oder zu sitzen und mich wie ein Teil zweier Elemente zugleich zu fühlen, war ich ausgelaugt.

Es dauerte nicht lange, bis Tabo wiederkam. Ich war froh zu sehen, dass sein Gesicht strahlte. „Wie sich herausstellt, bietet dieser Berg scheinbar die optimalen Bedingungen für Beeren!" Er hielt mir seine offenen Hände entgegen, die angefüllt waren mit Blau- und Himbeeren. Er zeigte in eine Richtung. „Nicht weit von hier gibt es Sträucher voller Beeren. Wir können auch noch zwei Tage bleiben, wenn es sein muss."

„Nur das Wasser wird irgendwann knapp", erwiderte ich.

„Wir haben auch noch drei Feigen", entgegnete Tabo, der anscheinend ziemlich schnell seine positive Grundeinstellung wiedergefunden hatte.

„Eine Nacht wird reichen", sagte ich und versuchte mich an einem Lächeln. Vielleicht gelang es mir besser, als ich selbst annahm.

Wir aßen schweigend die Beeren, die Tabo gepflückt hatte und eine weitere Feige. Mein Wasser hatte ich heute kaum angerührt. Daher war es gut, wenigstens noch die Flüssigkeit aus der Feige zu trinken, oder zu essen, je nachdem.

„Wir sollten uns einen etwas geschützteren Ort suchen", meinte Tabo dann.

Ich nickte und wir packten unsere Sachen zusammen und liefen den Berg wieder ein Stück hinunter, bis wir eine Einbuchtung fanden, in der wir vor der Sonne des Tages geschützt sein würden.

Und morgen Nacht würde mir einfallen, was heute das Problem gewesen war. Und ich würde es bekämpfen. Ganz bestimmt.

Ich schreckte auf und atmete rasselnd ein. Die Sonne stach mir mit einer Wut ins Gesicht, die mich dazu zwang, meine Hände vor mein Gesicht zu werfen.

Tabo neben mir richtete sich langsam auf und rieb sich mit den Händen über die Augen. „Was ist denn los?", murmelte er verschlafen und blinzelte ein paar Mal gegen das blendende Sonnenlicht an.

Meine Augen hatte ich inzwischen weit aufgerissen. „Tabo!", rief ich, wodurch er sich noch weiter aufrichtete. Der Gedanke war über mich gefallen wie ein Blitz. „Es ist die Sonne!"

„Die Sonne?" Tabo runzelte die Stirn und sah mich verwirrt an. „Erst war es die Asche, jetzt die Sonne, was denn nun?"

Ich sprang auf die Beine. Einen kurzen Augenblick loderte Schmerz in meinem Fuß auf, dann trug die Luft schon wieder mein Gewicht und ich spürte nichts mehr. „Na, beides!", erklärte ich eindringlich. „Ich muss in den Berg!"

„Jetzt?", fragte Tabo, der noch immer nicht richtig wach wirkte. „Wie lange haben wir geschlafen? Drei Stunden? Vier?"

„Wenn's hochkommt, ja", antwortete ich schulterzuckend. Das interessierte mich im Moment alles nicht. „Es wird klappen, Tabo. Die Sonne ist die Quelle des Feuers. Ich brauche sie oder der Phönix braucht sie, das weiß ich nicht genau, aber es wird jetzt klappen!"

Tabo kam langsam auf die Knie und fuhr sich durch die vom Schlaf verwuschelten Haare. „Du meinst es echt ernst, oder?"

Ich nickte so heftig, dass mein Nacken schmerzte. „Ja!"

„Okay", stöhnte Tabo leicht. Doch er erhob sich. Ich fragte mich, ob er schon gelernt haben konnte, meinem Bauchgefühl genauso zu vertrauen, wie ich es tat.

Wir ließen unsere Taschen in der Einbuchtung zurück. Bis auf eine Fackel, die ich hastig entzündete, bevor wir das kleine Stück zurück auf die Bergspitze kraxelten. Tabo musterte mich dabei mit gerunzelter Stirn, sagte aber nichts.

Oben angekommen, sahen wir wieder in das Loch voller funkelnder Steine hinein. Sie fielen jetzt im Tageslicht zwar weniger auf, aber sie glitzerten nur noch schöner, wenn das Licht der Sonne sich in ihnen brach und immer zum nächsten Stein weitergegeben wurde.

„Wart's nur ab", flüsterte ich. Dann sprang ich ohne zu zögern zurück in die Tiefe. Die Fackel flackerte dabei in meiner Hand. Sanft unten angekommen, legte ich sie dorthin zurück, wo sie gestern gelegen hatte.

Tabo setzte sich oben an die Kante und sah neugierig zu mir herunter.

Ich atmete tief durch, entfernte mich einen Schritt vom Aschehaufen und tat, was ich schon gestern getan hatte und was so schwer zu beschreiben und für mich so selbstverständlich war. Die Luft pulsierte in meiner Hand und erwartete meine Führung. Und der Herzschlag des Feuers war genauso erkennbar und fassbar, wie er es schon in der Nacht zuvor gewesen war.

Doch nun fühlte ich noch etwas anderes: Eine größere, nahbarere Feuerquelle - In *mir*. Ich schloss die Augen und atmete durch den Mund aus. Durch die Hitze an meinem

Gesicht spürte ich, wie sich die Flamme vor mir ausbreitete. Ich öffnete die Augen wieder, um es zu sehen. Der Aschehaufen stand in lodernden Flammen.

Ich blickte nach oben zu Tabo, der überrascht die Hand vor den Mund geschlagen hatte und ein Stück von der Kante zurückgewichen war.

Ich spürte die gesamte Luft in der Höhle, spürte, wie sie gegen die Wände schlug und spürte, wie sie sich über dem Feuer erwärmte und nach oben stieg, um den Berg zu verlassen. Ich nahm wahr, wie das Feuer die Luft gierig verschlang, um sie dann in anderer Form wieder gehenzulassen. Sie spielten ein Spiel, das ewig weiter gehen konnte. Sie umwogten sich wie in einem eingeübten Tanz. Sie waren eins.

Und dann plötzlich gab es einen Knall. Eine gigantische Flamme stob auf wie eine Säule. Ich sprang entsetzt zurück und barg mein Gesicht schützend in meiner Armbeuge. Doch so schnell wie die Flamme gekommen war, senkten sie und der Rauch, der durch sie entstanden war, sich auch wieder.

Und als ich den Ellenbogen wieder senkte, stand vor mir ein gigantischer Vogel, dessen lange Schnabelspitze, die aus nichts weiter bestand als aus Flammen, welche sich immer wieder umeinander woben, direkt auf mich gerichtet war. Ich konnte die Augenhöhlen des Vogels erkennen, obwohl alles rotorange glühte und immer wieder ineinander verschwamm. Er blickte mich erwartungsvoll an. Es war an mir, den nächsten Schritt zu tun.

Das Feuer umwirbelte sie, führte ich mir die Legende des Südens vor Augen. *Es konnte sie nicht mehr verbrennen.*

Ich streckte mit zittrigen Fingern meine Hand aus und berührte den Schnabel des Vogels.

Ein weiterer Blitz stand mir vor den Augen, wie bereits in dem Moment, in dem ich aufgewacht war. Ich sah mich und den Phönix und...

„Niachi", flüsterte ich. Als hätte er nur auf dieses Kommando gewartet, breitete der Phönix seine Flügel aus und krähte in vollster Zustimmung.

Meine Hand lag auf lodernden Flammen, doch ich verbrannte mich nicht. Es war genauso, wie es in der Legende beschrieben wurde. Ich spürte die Energie des Feuers unter meiner Haut pochen und sie dann weiter und zurück fließen. Niachi – der Phönix – wartete darauf, dass ich aufstieg. Er ließ mich, denn ich erfüllte die Bedingungen. Ich war Teil der Luft und Teil des Feuers. Beides gehörte zu mir, wie es zu ihm gehörte.

Ich stieg auf den Phönix und spürte sofort die Hitze des Feuers, doch ich spürte auch, dass es mich nicht verletzen würde. Es war eher eine wohlige Wärme, die mich überall umwölbte. Sofort krähte Niachi wieder voller Begeisterung, die ich nur teilen konnte. Er schlug mit seinen gigantischen Flügeln und wir verließen gemeinsam den Berg.

Erschrocken wich Tabo mehrere Schritte zurück, so weit, wie er konnte, ohne von der Bergspitze abzurutschen. „Das ist...", murmelte er und konnte nicht aufhören, den Phönix mit großen Augen anzustarren.

„Ich weiß, in welches Dorf ich muss", erzählte ich hastig.

Tabo riss seine Augen vom Phönix los, um mich anzusehen. „Wie bitte?"

„Der letzte Kampf steht bevor", versuchte ich zu erklären. „Zwischen mir und Hunoyan."

„Jetzt?" Ich konnte Tabo ansehen, wie er versuchte, meinen Gedanken auf den Grund zu gehen.

„Ja, jetzt", antwortete ich und versuchte, nicht ungeduldig zu klingen. Es war nicht seine Schuld, dass er es nicht sofort verstand. Niachi hatte die Bilder nur mir gezeigt. „Es sind die Felder vor seinem Heimatdorf. Ich werde dort auf ihn treffen."

„Und siegen?" Tabo zog die Augenbrauen hoch und probierte sich an einem kläglichen Lächeln.

„Das wird sich zeigen." Sofort wurde meine Stimme ein Stück leiser... unsicherer. Ich räusperte mich, um sie wieder zu stärken. „Tabo, du musst die Dromedare zurück in ihr Dorf führen. Ich mache einen Abstecher nach Konghi und schicke dir Rubin."

Das Feuer des Phönix' floss immer schneller. Es kitzelte ihn in den Füßen, los zu fliegen. Und ich war so tief mit ihm verbunden, dass ich es fühlte, als wäre es meine eigene Emotion.

„Okay", antwortete Tabo nickend und mit gerunzelter Stirn. Er verstand nicht wirklich, aber er bemühte sich so sehr, dass es mir ganz warm ums Herz wurde. „Warte! Vor welchem Dorf treffe ich dich?"

„Es ist ein Randdorf der Wüste", antwortete ich. „Eher westlich als östlich. Du wirst es finden, wenn es so weit ist." Der Phönix wandte sich von Tabo ab, Richtung Norden, in die Richtung meines Heimatdorfes. Doch ich drehte mich noch einmal zu ihm um. „Tabo?"

Er trat einen winzigen Schritt vor. „Ja?"

„Ich werde dich dort brauchen. Das ist nicht nur mein Kampf, es ist auch deiner."

Tabo nickte langsam. „Ich weiß", sagte er dann leise.

Und dann konnte ich den drängenden Phönix endgültig nicht mehr zurückhalten und er erhob sich in die Lüfte. Die Steine im Berg, die so hell geglüht hatten, erloschen im selben Moment, in dem seine letzte Klaue die Berührung zu den Felsen verlor. Dies war Niachis Berg. Und er würde wieder leuchten, sobald der Phönix zurückkehrte.

Ich hoffte, Tabo wusste wirklich, wie wichtig er war. Ich hatte die Verbindung zu zwei Elementen und zu einem mächtigen Tier. Ich war die ausführende Kraft, daran gab es keinen Zweifel. Doch Tabo war derjenige, der niemals den Glauben in mich verloren hatte. Was man von mir nicht behaupten konnte.

Kapitel 35

Die Sonne hatte den Osten schon wieder verlassen, als ich an den Ställen der Bergdörfer ankam. Ich schlich in den dunklen Stall, in dem so spät keine Menschenseele mehr war und vorbei an schlafenden Drachen, bis ich bei Sahri angekommen war, die ihren Kopf erstaunt hob. Sie wäre normalerweise bei einem Wiedersehen auf mich zugestürmt und fröhlich herum gesprungen, doch sie schien zu verstehen, dass ich mir keinen Lärm wünschte, denn sie legte bloß den Kopf schief und schnaubte leise.

„Hey", flüsterte ich, lief zu ihr und tätschelte ihren Kopf. „Wo ist Rubin?"

Sie schnaufte wieder leicht und neigte ihren Kopf nach rechts. Ich spähte in die Richtung und erkannte in einem schuppigen Ball aus schlafenden Drachen die rot glänzenden Schuppen von Rubin.

„Hast du was dagegen, wenn ich ein paar Stunden hier bleibe?", fragte ich Sahri. Sie riss ihr Maul auf, ohne ein Geräusch zu machen. Es sah fast so aus, als lächle sie. Ein komischer Ausdruck auf dem riesigen Gesicht eines Drachen.

Ich hatte am vergangenen Tag wenig geschlafen und war fast ununterbrochen mit dem Feuer verbunden gewesen, was eine viel auslaugendere Erfahrung war, als das leichte, stete Pulsieren der Luft. Ich musste morgen bei den Feldern weit westlich von hier sein, daher hatte ich wirklich nur wenig Zeit zum Schlafen. Doch ohne diese Ruhepause würde ich morgen sowieso nicht die Macht haben, Hunoyan aufzuhalten. Niachi hatte mir nicht gezeigt, was genau er plante, doch ich wusste, es war groß. Und gefährlich.

Ich legte mich zu Sahri ins Stroh und war innerhalb kürzester Zeit eingeschlafen.

Ich wachte auf, noch bevor die Sonne aufging und verließ mit Rubin an meiner Seite den Stall. Niachi lag nicht weit davon entfernt auf einem Felsen und hatte den roten, dünnen Kopf unter seinem Flügel versteckt. Ich wollte sanft mit einer Hand über seine Federn fahren, musste aber sofort zurück zucken. „Au", murmelte ich ungläubig und musterte mit gerunzelter Stirn meine Handfläche. *Ich hab vergessen, dass er aus Feuer besteht,* dachte ich langsam. Ich glaubte, dass ich ihn einfach nur nicht so nebenbei berühren konnte. Ich musste mir sicherlich nur darüber bewusst sein, dass ich dafür mit dem Feuer verbunden sein musste und dann würde es wieder gehen.

Also trat ich einen Schritt zurück und versuchte das Feuer, das in und um Niachis Körper pulsierte, bewusst wahrzunehmen. Der Vogel war bei meinem gescheiterten Versuch, ihn anzufassen, aufgewacht, hatte seinen Kopf erhoben und sah mich durchdringend an. Die Luft umwirbelte mich schnell in wilden, umhüllenden Bewegungen, doch das Feuer blieb mir fern. Ich legte erneut die Stirn in Falten und sah Niachi verwirrt an. „Hm", machte ich dann, als hätte mir jemand bloß einen schlechten Witz erzählt. Ich ging wieder einen Schritt auf den Phönix zu und streckte ihm meine Hand entgegen. Die Hitze des Feuers wurde unerträglich, als meine Haut sich ihr näherte. Ich hatte keine andere Wahl als meine Hand zurückzuziehen.

„Wieso geht das jetzt nicht?", fragte ich, während ich wie erstarrt meine Handfläche betrachtete. Der Phönix sah mich nur weiterhin an, als könne er direkt durch mich hindurchblicken. Wirklich helfen tat mir das nicht.

Ohne lange weiter zu fackeln lief ich zurück in den Stall und verließ ihn kurz darauf mit Sahri an meiner Seite wieder. Jetzt war nicht die Zeit zu grübeln und sich Sorgen zu machen. Ich wusste, wo ich hin musste. Ich konnte nur hoffen, dass ich wieder zu Niachi finden würde, wenn die Zeit dafür gekommen war.

Rubin verließ uns schnell, um in das Dorf zu fliegen, aus dem Tabo und ich in die Wüste aufgebrochen waren. Ich hoffte, Tabo hatte die Stunden, in denen ich schlafen musste, besser nutzen können und bereits den größten Teil der Wüste durchwandert.

Ich flog auf Sahri weiter, während Niachi gleich neben uns war. Wir befanden uns auf dem direkten Weg zu den Feldern vor Hunoyans Dorf.

Es war gruselig, als ich nun in der Realität sah, was Niachi mir schon gestern gezeigt hatte. Ich erblickte Hunoyan auf den Feldern. Er trug wieder sein braunes Gewand mit dem roten Gürtel und dem roten Stirnband, was ihm einen kämpferischen Ausdruck verlieh. Er stand in der Mitte des Feldes und bemerkte nicht einmal, dass sich ihm ein Vogel aus Feuer näherte, denn er war höchst konzentriert. Er wollte beginnen. Es war Zeit.

Kapitel 36

„Hunoyan, was tust du da?", rief ich, sprang im selben Moment von Sahri ab und landete wie eine Feder auf dem Boden. Mein Drache segelte dabei knapp über den Boden hinweg in eine sichere Entfernung, während Niachi sich gleich neben mir niederließ.

Der Mann fuhr herum. Ich erkannte einen kurzen Augenblick des Zögerns in seinen Augen, doch er hatte sein Gesicht schnell wieder unter Kontrolle. Ich hoffte, ich hatte mir den Moment des Schocks darin nicht nur eingebildet.

„Tamia", antwortete er dann flötend und ignorierte gekonnt die Anwesenheit des gigantischen Feuervogels neben mir. „Dich hätte ich hier nicht erwartet. Wie geht es deinem Bein?" Er wandte sich wieder von mir ab, als wäre mein Auftauchen absolut bedeutungslos.

Ich lachte schnaubend auf. Die Luft begann drohend zu flimmern. Er *musste* das auch bemerken. „Was tust du?", wiederholte ich.

Menschen liefen aus den umliegenden Dörfern. Ich wünschte, sie hätten es nicht getan. Sie hätten in ihren Dörfern bleiben und froh sein sollen, dass der gefährlichste Mann der Welt gerade weit, oder zumindest hoffentlich weit genug, von ihnen und ihren Wohnhäusern entfernt war. Aber Menschen waren schon immer von Natur aus schaulustig gewesen.

„Weißt du, Tamia", Hunoyan drehte sich langsam wieder zu mir um, „...unsere Welt besteht aus lauter einzelnen Dörfern, die von nichts anderem verbunden sind als uralten

Geschichten. Jedes Dorf hat seinen eigenen Rat und sein eigenes System. Dabei ist es vollkommen bedeutungslos, wo du herkommst. Osten, Süden, Westen oder Norden. Diese Verbindung, diese *größere* Verbindung fehlt uns *allen.*"

„Also?", fragte ich.

Hunoyan lächelte mich an und in seinen Augen funkelte etwas, was ich so bei noch keinem gesehen hatte. „Ich werde diesen Platz hier säubern", verkündete er und machte eine weite Armbewegung. „Den Platz vor meinem Heimatdorf. Ich werde ihn ihm angliedern und die Metropole errichten, die unserer Welt fehlt."

Das ist verrückt, dachte ich. Die Dörfer lagen viel zu nah und es hatte lange nicht mehr geregnet. Wenn er jetzt ein Feuer entzünden würde, um Bäume und wucherndes Gras zu vernichten… Ich sah Hunoyan erneut in die Augen und erkannte, dass ich genau den richtigen Gedanken erfasst hatte: *Er* war verrückt.

„Diese Dörfer gehören alle mir", fuhr er unbeirrt fort. In seiner Stimme erahnte ich eine gruselige Art der Verträumtheit. „Ich werde sie verändern und der neuen Welt schenken."

Neue Welt, dachte ich schaudernd. War das nicht auch der Begriff, den ich immer verwendete?

„Unserer Welt fehlt nichts", erwiderte ich so laut und gefasst, wie ich konnte. „Sie ist gut so wie sie ist."

„Sie hat keine gemeinsamen Werte", schoss Hunoyan zurück. „Kein System, keine einheitliche Gesellschaft. Früher oder später werden die Völker sich wieder gegeneinander richten und sich gegenseitig umbringen."

„Wir haben die Legenden", entgegnete ich im vollsten Bewusstsein darüber, dass das kein Argument für ihn war. Für mich war das immer genug gewesen.

In Hunoyans Handflächen begannen Flammen zu glitzern. Ich berührte das Vibrieren in meiner Handfläche und befand mich in vollkommener Bereitschaft, jederzeit die Luft als meinen Körper zu nutzen. Doch ich würde nicht den ersten Schritt tun. Ich hoffte auf mehr Zeit, auf mehr Worte, die fallen und sowieso nichts ändern würden. So könnte Tabo es rechtzeitig bis hier hin schaffen.

Aber ich bekam keine Zeit mehr. Der erste Feuerstrahl funkte aus Hunoyans Händen und setzte das trockene Gras unter ihm in Brand. Sofort schoss ich vor und erzeugte einen gewaltigen Wind, der das Feuer wieder löschte, bevor es sich ausbreiten konnte.

Hunoyan funkelte mich aus zusammengekniffenen Augen an. Dann wandte er sich in eine andere Richtung und zündete mehr von der Grasfläche an. Und ich sprang wieder blitzschnell vor und löschte das Feuer, bevor es richtig Fuß fassen konnte.

Hunoyan hielt inne. Er richtete sich langsam auf. Er wollte den Ärger in seinen Augen unterdrücken. Es löste ein Triumphgefühl in mir aus, dass es ihm nicht ganz gelang.

Plötzlich und, obwohl ich seine Wut erkannt hatte, unerwartet schoss Hunoyan mit einem gewaltigen Satz nach vorne, direkt auf mich zu, stieß einen wütenden Schrei aus und richtete seine mit Feuer gefüllten Handflächen auf mich. Ich keuchte auf, reckte die Hände der auf mich zu schießenden Flamme entgegen und erzeugte einen Wirbelwind, der das Feuer in sich aufnahm und nach allen Seiten ablenkte.

Das führte leider dazu, dass gleich mehrere Stellen der Wiese Feuer fingen. *Nein!*, dachte ich erschrocken und ließ mich auf die Energie des Feuers ein, um sie zu dämmen. Ich fühlte mich, als würde ich gleich auseinander gerissen werden. Ich befand mich rechts, links und direkt vor meinem eigentlichen Körper. Und das Feuer kämpfte überall darum, weiter existieren zu dürfen. Und noch dazu, war es stärker. Meine Verbindung war *so* schwach. Ich glaubte, sie würde jeden Augenblick zerspringen. Die Frage, weshalb ich mich gerade *überhaupt* wieder mit dem Feuer verbinden konnte, drang in diesem Moment nicht einmal bis in mein Bewusstsein vor.

Ich hätte es kommen sehen müssen. Ich hätte wissen müssen, dass Hunoyan die Gelegenheit, in der ich nur auf die Eindämmung der Funken konzentriert war, nicht ungenutzt lassen würde. Ein weiterer Angriff gigantischer, züngelnder Flammen kam auf mich zu und ich sprang nur geradeso in die Höhe und segelte über sie hinweg. Meine weite Kleidung umflatterte mich wild, als würde der Wind mich dafür schelten wollen, nicht aufgepasst zu haben.

Erschrocken sah ich zurück auf die Flammen, die statt meiner den Boden getroffen hatten. Aber dieses Mal war es anders, als bei meiner letzten Begegnung mit Hunoyan. Dieses Mal kämpfte ich nicht allein. Niachi sprang nun vor, an die Stelle, die Hunoyan getroffen hatte. Anders als ich, brachte er das Feuer nicht dazu, aufzuhören zu brennen, sondern er saugte es in sich ein und schien es zu einem Teil seines eigenen, lodernden Körpers zu machen.

Doch viel mehr tat er nicht. Hunoyan wirbelte wieder mit seinen Flammen hinter mir her.

Er ist so geübt, fuhr es mir durch den Kopf. Ich kannte noch immer keine Techniken dieser uralten Kampfkunst. Ich war nicht trainierter in dem, was ich tat, als bei unserer letzten Begegnung.

Ich sprang und schwebte flüchtend durch die Luft, ohne Zeit zu finden, zurückzuschlagen und der Phönix griff nicht ein. Ich versuchte wieder die Verbindung zu ihm herzustellen, doch es wollte mir einfach nicht gelingen.

Beim nächsten Angriff hörte ich auf, wegzulaufen. Irgendwann würde mir die Ausdauer dafür fehlen. Stattdessen stellte ich mich Hunoyans Flammen entgegen und drückte eine Mauer aus Luft vor mir her. Ich stemmte mich mit meinem ganzen Körpergewicht gegen seinen Angriff. Ein Ächzen entwich mir. Er war stark. Sein Feuer war stark.

Nicht... aufgeben, flüsterte eine Stimme in meinem Kopf. Doch die Wärme schien immer näher an mein Gesicht zu rücken. Ich kniff die Augen zusammen, ignorierte den Schmerz an meinen Armen und Händen und lehnte mich weiter nach vorne. Und dann stieß mich meine selbst errichtete Wand aus Luft zurück und ich stürzte auf den Boden und schlitterte über das Gras. Meine Haut wurde aufgeschürft und brannte.

Erneut versuchte ich, Niachi zu erreichen. Ich sah auf zur Sonne. „Bitte", formten meine Lippen flehend.

Und dann erschien neben dem weißgelben, grellen Licht der Sonne ein weiterer Punkt. Ein roter Punkt, der ein fröhlich flatterndes Gefühl in meinem müden Körper auslöste.

Ein Schatten legte sich über mich und zwang mich, meinen Blick von dem größer werdenden roten Fleck am Himmel zu lösen. Hunoyan ragte vor mir auf. „Ich würde sagen, es ist vorbei, Tamia", sagte er. Es gelang mir nicht, zu verstehen, was in ihm vorging. Er betrachtete mich nicht mit Triumph. Es sah fast so aus, als würde ich ihm leid tun.

Der Mann erhob die Hand, um mir einen weiteren Strahl Feuer entgegen zu schleudern, in diesem Moment schoss ihm meine Hand mit neuer Kraft entgegen und hielt das Feuer darin fest. Es pulsierte in seinem Körper, es floss in meinen und wieder zurück zu ihm.

„Was zum…?", flüsterte Hunoyan erschrocken.

Die Energie kam in ihrem Kreislauf wieder in meinen Körper zurück. Dort nahm ich sie fest in meinem Magen auf, ließ sie Kreise ziehen und sich vergrößern und schickte sie dann in einem Impuls, der Hunoyan vor mir zurücktaumeln ließ, zurück.

Rubin landete nicht weit von der Menge Schaulustiger entfernt, die zu meinem Bedauern um uns herumstand und ebenfalls verlangte, geschützt zu werden. Ich spähte kurz über ihre Köpfe hinweg zu Tabo, welcher sich seinen Weg durch die Menschenmenge bahnte. Ich lächelte. Mit einem Mal war die Kraft in mir angeschwollen. Überreste der Feuerenergie Hunoyans, die in mir pulsierten, wollten verarbeitet und freigelassen werden. Statt sie in ihrer puren Form mit roher Gewalt auf meinen Gegner loszulassen, wie dieser es sicherlich getan hätte, richtete ich sie auf Niachi und siehe da – es funktionierte wieder! Ich konnte ihn spüren und mich auf ihn einlassen, als wäre es das Selbstverständlichste der Welt.

Innerhalb einer Sekunde war meine Aufmerksamkeit schon wieder auf Hunoyan gerichtet. Zu wenig Zeit für ihn, sich wieder vollständig aufzurichten. Ich ließ Winde an mir vorbei auf ihn zuschießen, die ihn immer weiter von mir wegtaumeln ließen.

Er hielt sich die Hände vor das Gesicht, um sich vor der eisigen Luft zu schützen. Dann schrie er wutentbrannt auf und ich erkannte schnell, dass sich wieder sprühende Funken an seinen Händen bildeten.

Und in diesem Moment sauste Niachi mit einer unvorhersehbaren Geschwindigkeit an mir vorbei und rammte Hunoyan zu Boden, welcher ein stöhnendes Ächzen hören ließ. Der Phönix krallte sich mit den fledermausartigen Klauen an seinen Flügeln an Hunoyan fest und drückte seine Schultern zu Boden.

Ich sprang sofort vor. Die Luft vor mir wurde zu einer dichten Masse, die Hunoyan zur Bewusstlosigkeit treiben würde, wenn ich ihn nur fest genug damit traf. Ich landete gleich vor ihm auf dem Boden und wollte mit aller Kraft nach vorne schlagen, doch dann hielt mich eine schrille, schrecklich gequält klingende Stimme davon ab: „Tamia, Stopp!"

Ich hielt inne und sah mich um, bis ich ein bekanntes Gesicht entdeckte. Es war das verweinte Gesicht einer dunkelhaarigen Frau mittleren Alters, die aus der Menge hervortrat und mich flehend ansah. „Bitte töte ihn nicht", flüsterte sie und schüttelte voller Verzweiflung den Kopf.

Hunoyan bewegte mühsam den Kopf unter dem eisernen Griff des Phönix' hin und her. Er hatte seine Augen bereits in Erwartung meines Angriffes zusammengekniffen gehabt, doch jetzt war seine Stirn in angespannte Falten gelegt. Scheinbar versuchte er einen Blick auf die Unterbrecherin zu erhaschen, doch es gelang ihm einfach nicht.

„Mach schon", schrie er mich schließlich voll eisiger Wut an. „Schlag zu!"

Ich konnte nicht anders, als Mitleid mit ihm zu empfinden. Er schien unter einer Macht kaputt gegangen zu sein, die er nicht zu kontrollieren wusste.

Ich wandte mich von seinem Anblick mit den irre aufgerissenen Augen ab. „Ich wollte ihn nicht umbringen, Parla", antwortete ich um einen sachlichen Tonfall bemüht.

Die Frau schluchzte und sah mich mit gläsernen Augen an. „Nicht?", fragte sie zaghaft. „Es… es… sah so aus."

Ich versuchte mir vorzustellen, wie mein geplanter Angriff auf Hunoyan von außen ausgesehen hatte. Ob ihn der Schlag wohl wirklich hätte umbringen können? Ich zog erschrocken die Luft ein. Ich hatte ihn doch nur bewusstlos machen wollen!

„Ich weiß, er hat vielen, vielen Menschen weh getan", sagte Parla und ich musste mich anstrengen, um ihre gebrochene Stimme verstehen zu können. „Aber er ist immer noch mein Ehemann."

Ich schluckte schwer. Ich konnte mir kaum vorstellen, wie sehr Parla leiden musste. Sie *liebte* diesen Mann. Egal, was er tat und egal, wie sehr er sich plötzlich verändert hatte.

„S-schlag zu", zischte Hunoyan erneut und lenkte meine Aufmerksamkeit wieder auf sich. Er strampelte weiter herum und versuchte verzweifelt, sich aus Niachis Griff zu befreien. In seinen Augenwinkeln glitzerten Tränen. War es eine Form von Erlösung, auf die er hoffte? Ein Ausweg, um Parlas Stimme nicht mehr hören zu müssen?

„Nein", antwortete ich und meine Stimme klang seltsam fest und überzeugt. Im selben Moment ließ ich auch die Kontrolle über jede Luft um mich herum sinken. Meine Knie knickten leicht ein, unter dem Gewicht meines eigenen Körpers, welches jetzt wieder in seinem vollen Ausmaß von meinen Beinen getragen werden musste. „Es bringt nichts, dich jetzt bewusstlos zu schlagen", sagte ich.

Wie sinnlos mein eigentlicher Plan gewesen war, hatte ich erst verstanden, als Parla meine Absichten so völlig falsch gedeutet hatte. Es stimmte. Wozu sollte ich ihm das Bewusstsein rauben? Das würde seine Macht nur für kurze Dauer verringern. „Kein Gefängnis der Welt würde dich halten können. Du würdest unschuldige Wärter verletzen und meine Jagd würde nur von vorne beginnen." Ich wusste nicht, welche Lösung es sonst gab. Sein Tod war es ganz sicher nicht.

Nun sah der Phönix mich einen Moment an und seine von Flammen umwobenen Augenhöhlen waren groß und weit. Sie erwiderten meinen ratlosen Gesichtausdruck mit Verwunderung.

Und dann plötzlich ließ der Phönix Hunoyans Schultern los, erhob sich einen Meter in die Höhe und stürzte dann mit dem Kopf voran wieder in die Tiefe, direkt auf den am Boden liegenden Mann zu.

Ich wich erschrocken zurück.

Niachi prallte nicht gegen Hunoyan, sondern fuhr mit dem Schnabel voran in dessen Körper ein. Auch die letzte flammende Schwanzfeder verschwand in dem Mann. Ich wich noch einen Schritt zurück, suchte die Menge nach Tabos Gesicht ab, das mir aber nicht half, da Tabo genauso erschrocken aussah, wie ich mich fühlte. Doch er trat einen Schritt vor und stellte sich direkt neben mich. Die Luft um mich herum sammelte sich sofort wieder. Ich war jederzeit bereit, mich zu verteidigen.

Dann stieg Hunoyans Körper plötzlich auf. Er richtete sich nicht auf, wie ein Mensch es getan hätte, sondern schwebte in die Luft, wie nicht einmal ich es konnte. Er schlug die Augen auf und sie glühten rotorange wie die des Phönix'. Überall aus seinem Körper schlugen Flammen.

Als er der Mund aufmachte, war auch dieser innen rotorange wie seine Augen. Seine Stimme klang merkwürdig verzerrt und hallend: „Ich bündele meine Macht mit der deinen. Solltest du jemals wieder deine Fähigkeiten gegen Unschuldige richten, wirst du wie ich zu Asche zerfallen. Doch nur ich werde daraus wieder auferstehen."

„Das ist der Phönix", hauchte Tabo mir ungläubig zu. Er starrte gebannt auf den vor uns schwebenden Mann und ich erkannte, dass er recht hatte. Der Phönix sprach durch Hunoyans Körper und so wie dessen Worte klangen, sprach er *mit* Hunoyan.

Dann sank Hunoyans Körper wieder zu Boden, kniend kam er unten an und stützte sich mit den Händen am Boden ab. Ich konnte ihn röcheln hören.

Langsam und mit größter Vorsicht trat ich einen Schritt vor. „Hunoyan?"

Der Mann sah auf und seine Augen hatten aufgehört zu glühen. Er starrte auf seine Hände und ich konnte erkennen, dass von ihnen ein unheimliches Flimmern ausging.

Schwach streckte Hunoyan den Arm aus, als wolle er mich angreifen, doch in seiner Handfläche bildete sich bloß eine winzige Flamme, wie die einer Kerze. Hunoyan zuckte wie unter Schmerzen zusammen und unmittelbar darauf färbten sich seine Augen wieder flammend orange. „Das war dein erstes Vergehen", sagte wieder die verzerrte Stimme. „Noch einmal lasse ich dir das nicht durchgehen."

Hunoyans Augen wurden wieder normal, sie sahen erschöpft aus. Fast tot. Dann sank Hunoyan vor mir auf den Boden und fing an zu weinen.

Kapitel 37

Ich saß an der Kante von Niachis loderndem Berg und blickte in die dunkle Höhle hinein. Vielleicht war es merkwürdig, dass ich mich jetzt hier aufhielt und grundlos in die Tiefe starrte. Und doch war es nicht das erste Mal in den vergangenen zwei Wochen, dass ich die zwei Stunden Flug auf mich nahm und von Konghi mit Sahri herkam.

Die Steine glühten nicht. Was bedeutete, dass Niachi noch nicht wieder hier war. Einmal war ich hinabgesprungen, um zu sehen, ob der Aschehaufen nicht doch wieder da war. Aber dort unten war absolut nichts.

Niachi steckte in Hunoyans Körper und das würde so bleiben, bis dieser die Bedingungen seines Überlebens brach. Meiner Logik nach war der Mann in Flammen jetzt sogar noch stärker als vorher. *Ich bündele meine Macht mit der deinen.* Bei dem Gedanken an Niachis Worte lief mir ein Schauer über den Rücken. Sie klangen eher wie ein Geschenk. Nur leider würde Hunoyan selbst verbrennen, bis nur noch Asche von ihm übrig blieb, sollte er diese Macht wieder für seine Zwecke missbrauchen. Hunoyan war nun in dem Gefängnis seiner Heimatstadt untergebracht. Er konnte niemanden verletzen, um zu fliehen, es sei denn, er wollte sterben.

Am Ende hatte Tabo recht behalten. Die Welt hatte einen Helden gebraucht. Jemanden, der sofort bereit war, sich für sie zu opfern. Und das war der Phönix gewesen.

„Hey." Ich zuckte kurz zusammen, als ich eine Stimme hinter mir hörte.

Überrascht drehte ich mich um. „Was machst du denn hier?", wollte ich wissen und lächelte leicht.

Tabo lief über die Felsen der Bergspitze und setzte sich neben mich an die Kante zum Abgrund. „Was machst *du* hier?", fragte er einfach zurück. „Ist es nicht etwas weit hierher, um ständig einfach nur rumzusitzen?"

„Ich kann hier am besten denken", erwiderte ich. „Jetzt du", ich stupste ihn leicht mit meiner Schulter an.

Tabo schüttelte den Kopf, zog ein Knie an seinen Körper und wickelte seine Arme darum. „Ich wollte nur bei dir sein." Er stützte seinen Kopf auf seinem Knie ab und betrachtete mich forschend. „Worüber denkst du denn nach?"

Ich zog die Schultern hoch. „Über nichts weiter", antwortete ich leise. „Und über alles."

Einen Moment lang sagte niemand etwas. Ich betrachtete gedankenverloren irgendeinen Punkt an der dunklen Felswand im Inneren des Berges und doch entging mir nicht, dass Tabo mich von der Seite musterte. Irgendwann strich er sich übers Kinn und räusperte sich. Ich sah fragend auf.

„Es ist noch eine Meldung aus dem Westen gekommen, von der du noch nichts weißt", erklärte Tabo schnell. „Es passiert jetzt immer öfter."

Ich wandte meinen Blick langsam wieder ab und nickte. Es war faszinierend, wie viele Leute mir ihre Erfahrungen mit ihrem Element geschildert hatten. Jetzt, nachdem Hunoyan fort war, waren die Meldungen plötzlich sogar ernst zu nehmen. Wahrscheinlich gab es da keinen Zusammenhang. Vermutlich war bloß die Zeit, die vergangen war, notwendig gewesen.

„Ich schätze, sie werden deine Hilfe brauchen", fuhr Tabo fort. „Damit es nicht noch einmal jemand... falsch angeht."

Ich nickte wieder langsam. „Mit einer Sache könnte Hunoyan recht gehabt haben", sagte ich und meine Stimme hörte sich klamm an.

„Meinst du das ernst?", fragte Tabo überrascht.

Ich sah auf, um den Blick nur kurz darauf wieder zu senken und mit den Schultern zu zucken. „Unsere Welt ist wirklich durch nichts weiter verbunden als durch alte Geschichten", erklärte ich.

„Aber das ist doch genau das, was du ändern wolltest."

Ich seufzte, dann schüttelte ich den Kopf. „Nein." Ich wickelte gedankenverloren eine Haarsträhne um meine Finger. Ich wollte mir die Worte zurechtlegen, mit denen ich meine Einstellung erklären konnte, bevor ich sie aussprach. „Ich wollte nur etwas zurück haben, das ich vermisst habe", ich sah über die Bergkante hinweg zum glühend blauen Himmel. „Eigentlich war ich selbstsüchtig."

„Aber..." Ich hob sofort die Hand, um Tabo zu unterbrechen. „Aber", begann ich dann selbst. „Ich habe etwas bewirkt." Ich wandte mein Gesicht wieder meinem besten Freund zu und lächelte. „Und ja. Die Leute werden meine

Hilfe brauchen. Und *ich* werde deine Hilfe brauchen. Bist du bei mir?"

Tabo erwiderte mein Lächeln. „Immer", flüsterte er und griff nach meiner Hand. Ich hörte die Drachen hinter uns Zustimmung brüllen, als hätten sie die ganze Zeit zugehört und wollten uns sagen, dass auch sie bei uns sein würden. Aber das wusste ich ja schon längst.

Ende

Danksagung

Mein Roman ist fertig! Das ist nach über einem Jahr Schreibarbeit ein unglaubliches Gefühl! An dieser Stelle zuallererst mal Danke an meine Mutter und alle Freunde, die diesen Prozess geduldig ertragen und manche Szenen sicherlich mehr als einmal Probe gelesen haben. Danke an dieser Stelle auch an Gerhild für das ausführliche Korrigieren!

Ich muss auch meinem Bruder für die Kritik an Hunoyan danken. Ich habe meinen Antagonisten erst richtig verstanden, als du mich auf ihn gestoßen hast und jetzt gefällt er mir richtig gut.

Außerdem Danke an Hacki für die schöne Karte am Buchanfang, sie sieht genauso aus, wie ich sie mir vorgestellt habe.

Und nicht zuletzt gilt mein Dank natürlich jedem Leser da draußen. Es freut mich riesig, wenn jemand die Welt, die ich erschaffen habe, erkunden will. Ich hoffe, ihr hattet genauso viel Spaß dabei, wie ich beim Schreiben!

Von Carolin Held bereits bei BoD erschienen:

Poisoned

Im Grunde wollte Mai nur für ihr Abitur lernen. Na gut, vielleicht gemischt mit ein bisschen Spaß. Immerhin steckte in dem Wort "Lernurlaub" auch das Wort "Urlaub." Doch dieser Plan änderte sich schlagartig, als Mai zum ersten Mal Nates Stimme hörte...

"Hey, ähm... Wenn es etwas gibt, worüber du reden willst... Ich hab ein offenes Ohr für dich, okay?", sagte Nate plötzlich mit einer Aufrichtigkeit, die Mai nicht erwartet hätte. Ob er das Zittern ihrer Hände gesehen hatte? Dann war es jetzt eh egal.

Eine Kurzgeschichte für Jugendliche ab 13 Jahren

ISBN: 9783751918626

Das Buch hat 76 Seiten